KB263492

젯다에서 멈춘 시간

젯다에서 멈춘 시간

미사의 종

김제이 소설

차례

1. 두 남자 아기의 탄생 9

2. 뜻을 알겠스무니이다 12

3. 런던에서 '뚜꺼비'와 함께 23

4. 저녁 한때 목장 풍경 27

5. 리베이트 35

6. 휴게실 41

7. 종로 낙원 볼링장 44

8. 빛과 그리고 그림자 49

9. 젯다 사업본부 56

10. 걸프만 바닷가 64

11. 오륙도 89

12. 기념식 102

13. 미사의 종 105

14. 군계일학(群鷄一鶴) 111

15. 음모 131

16. 오는 사람, 떠나는 사람 142

17. 사직 143

18. 가족 146

19. 주홍 글씨 150

20. 이상한 재회 161

21. 연민의 정 166

22. C.E.O. 176

23. 마름 185

24. 수용소 군도 187

25. 전자오락실 189

26. 삿포로 스시집 192

27. 방황 197

28. 호랑이 인형 199

29. 우리가 남이냐 205

30. 작별 212

31. 이상오 사장의 방미 226

32. 존 웨인 에어포트 231

33. 거사(擧事) 233

34. 알렉스 240

35. 하늘이 무너지고, 땅이 꺼지고.......249

36. 투명인간(透明人間) 260

37. 악어의 눈물 280

작가 인터뷰 310

두 남자 아기의 탄생

1981년, 6월 18일 오후 1시 21분 서울에서 한 남자 아기가 태어났다.

"으앵, 으애앵-"

"어이쿠, 우리 손자가 태어났네, 고추도 달렸고."

"남자 아기예요?"

"그래 그래, 넌 아들도 잘 낳는구나. 나는 딸만 셋 낳았었는데."

"엄마, 우리 아기 좀 보여 줘."

"그래 그래, 여기 여기."

"오! 이렇게 예쁜 아기가 내 뱃속에서 태어나다니. 또 낳고 싶어요, 엄마."

"안 돼. 배 열고 나왔는데, 이 아기만 잘 키우면 돼."

"아니에요, 엄마. 내 친구도 제왕절개로 아기 둘 낳았어요."
"그래 그래, 지금은 우리 이 아기만 생각하자."

같은 날, 같은 시간. 멕시코 중부 도시 San Luis에서도 한 남자아이가 태어났다.
"에애앵 애앵-"
"오우, 예쁜 우리 아기."
"고추가 달렸어, 고추도 잘 생겼네."
"엄마, 고마워. 내 동생 이름을 무엇으로 지을래?"
"여보, 알렉스가 좋겠어."
"좋아, 아빠. 나도 알렉스가 좋아."
"그래, 우리 가족 모두 좋아하는 알렉스로 하자."
"여보, 고생 많았어요."
5살 꼬마 소녀 베로니카는 늘 남동생이 있는 친구들이 부러웠다. 밖에서 아이들과 놀다가 집에 들어오면, 잠 들기 전까지 형제 없이 외로워서.
"엄마, 동생 하나만 좀 낳아 줘, 응?" 하고 엄마 손을 붙잡고 올려다보곤 했었다. 작년부터 불러오는 엄마 배를 고사리 손으로 쓰다듬고, 밖에 나가서는 친구들에게 자랑하곤 했었다.
"애들아, 나도!"
"쟤는 우리 할머니처럼 했던 말 또 하고 그래."
"그래, 우리도 네 동생 빨리 보고 싶다."
한국과 멕시코에서, 한날 태어난 두 남자아이의 울음소리가 지구 반대편에서 울려 퍼지고 있을 때, 사우디 최대 상업 도시 젯다, 한국 굴지의 재벌 대연그룹. 대연건설의 사우디 본부 3층 텔렉스 룸에서는, 서울에서 태어난 남자아이의 아빠 민기태가 전송하는 텔렉스 기계음 소리가 요란하게 울린다.

'뚜투드둑 득 - - - 뚜뚝'

2

뜻을 알겠스무니이다

'뚜우 뚜뚜 드투툭 뜨 뚝두'

영국 버밍엄 제너레이터 공장과 한 주간 계속된 네고에서, 6% 디스카운트를 수용한다는 전문이다. 6%에 해당하는 금액은 2,000달러(현재 3,500만 원의 가치)이고, 1억 달러짜리 공사에서는 큰 돈이 아니지만, 첫 아들 출생을 아내와 함께하지 못하게 된 원인인 2,000달러와 일치하는 금액이라 씁쓸해진다. 낚시할 때 손 맛을 느끼며 프린트된 원본 뒤 블루 카피를 Out Going 박스에 밀어 넣고, 부리나케 2층 계단을 두 계단씩 밟아 뛰어 내려간다. 소변이 마려운 지 10분이 지났지만, 화장실 바로 옆을 지나면서도 들릴 마음의 여유가 없다. M 현장에서 1시간 전에 물어온, 소요자재 인도기일 단축문제를 프랑스 공장과 협의해야 한다.

이때, 5층 본부장 대행으로 나와 있는 김대영 상무가 2층 조만수 자재 부장에게 전화한다. 김대영 상무는 정범주 사장의 복심이고 실세로서, 3년 전 대형 건설사에서 정범주 사장 사단 50여 명 핵심 멤버들과 함께 이동해 와 있다. 4개월 전, 전 본부장 유고로 공석이 된 사우디 사업부를 재정비하라는 특명을 받고 3개월 전부터 업무 전반을 점검하고 있다.

"조 부장, 나 좀 봅시다."

"네, 곧 올라가서 뵙겠습니다."

5층 건물 대저택을 임대 사용 중인 사업 본부 2층에서 5층까지 뛰어올라 본부장 방으로 들어서서 숨도 고르기 전에,

"민기태 말이요. 체크해 보니, 아직 1년이 남았지만, 이번 3월 정기 인사 때 특진을 시켜야겠어요. 부서장 서류에 사인해서 올려 주시오."

"…!"

"왜 무슨 문제가 있어요?"

예상하지도 않았던 문제를 뜬금없이 물어오는 임시 본부장의 말에, 엉거주춤 서 있는 조 부장한테 물어본다. 조 부장은 상급자의 제안에 동의하지 않는 일 없는 예스맨이고, 상급자가 부르면 번개처럼 나타나는 유일한 직원이다.

"상무님 말씀에 외람되지만, 일이 년 먼저 입사한 직원들도, 이번에 겨우 몇 사람만 올라갑니다."

"허어! 이 양반 그래서 특진이란 게 있지 않소? 아주 특별한 친구 아니오?"

“네, 옳으신 말씀입니다. 그러나 조직 내 위화감이라든가, 사기 문제 같은 부작용이 염려되기 때문입니다.”

“…”

“…”

잠시 두 사람 사이에 흐르는 침묵 속에는, 줄다리기 경기처럼 긴장감이 도사리고 있다. 잠시 후,

“허어, 그, 뭐 참, 무슨 방법이 없어요?”

“글쎄요, 저도 특진을 시켰으면 좋겠습니다만, 함께 일하는 직원들 입장도 고려해야 하니까요. 매우 안타깝습니다.”

“허어, 그 특진 제도가 민기태에 해당되는데, 안 그러면 무용지물 아니요?”

김 상무의 힘이, 약간 느슨해지는 모습이다.

“…”

“…”

그러나 또 팽팽한 긴장감이 살아나면서 두 사람 사이에 불편한 침묵이 흐른다. 조 부장은 다음 말이 나올 김 상무의 입을 주시하며, 그의 얼굴에서 일어나는 미세한 움직임도, 놓치지 않으려고 온 신경을 곤두 세우고 있다. 지금 김 상무가 조금이라도 섭섭히 생각한 나머지 자신에게 조그만 불이익이라도 생기지 않을까 경계하면서, 버틸 수 있을 만큼 버티고 있다. 더군다나, 김대영 상무는 지금, 대연건설의 실세 아닌가? 그보다 위에 있는 전무도 많지만, 그가 파워맨임은 모두가 알고 있다. 따라서, 만약 김 상무의 의중에 만에 하나, 그럴 불똥이 자신한테 튈 낌새가 보이면, 즉시 꼬리를 내리고

“네, 뜻을 알겠습니다.”

라고 말할 준비도 하고 있는, 순간이다. 그러나 김 상무의 다음 말은,

“알았어요. 그럼 이번에 영국, 프랑스, 독일 등 우리 현장 자재 발주 공장들을 한 달 여정으로 쭉 한 번 점검하고, 향후 신규 공사에서 예상되는 자재 발주 관련 업무를 협의하고 오라고 하세요.”

“네, 뜻을 알겠습니다.”

하고 보통 때보다 머리를 10도가량 더 아래로 2초 더 오래 숙이고 있다가 뒷걸음으로 살살 걸어 나온다. 금시초문인 김 상무의 제안을 적당히 넘기고 내려온 조 부장은 한창 분주한 민기태와 다른 부서 직원들 20여 명에게 다 들리는 큰 목소리로,

“민기태 씨, 한 달간 유럽 출장이요!”라고 말한다.

순간 민기태는, 담당자로서 기안해 올린 적도 없는 출장 지시를 받고, 모종의 흑막이 영악한 조 부장 배후에 깔려 있음을 직감한다. 그러나 조 부장은 선물이라도 안기는 것처럼 생색을 내고 있다.

조 부장이 내려가고 김 상무는 아쉬운 마음을 되새기고 있다. 콧대 높은 영국 애들이 개들 귀책 사유로 생긴 문제에도 사과하는 데 인색한 것을, 오랜 중동 현장 경험에서 잘 알고 있는 김 상무는, 민감한 문제로 쌍방이 부딪칠 때마다 “We are sorry.”를 받아내는 민기태처럼 샤프하고 스피디한 업무 추진 능력을 가진 직원을 보지 못했기 때문이다. 집요하게 공급자들을 상대하면서, 유연하게 원가를 낮추는 기교와 추진력에 감탄하는 재미는, 그의 일거수일투족으로 나타나는 텔렉스 블루카피가 기다려진다. 마치 한국 본사에서 보내오는 신문이나, 몇 달 전부터 『일간 스포츠』에 연재되고 있는 김성종의 추리 소설,

「제5의 사나이」이번 호가 기다려지는 것처럼.

오늘은 어떻게 또 저 모세 놈이 잔혹하게 박문자 여사를 괴롭힐까?

갑자기 부서 책임자의 우려를 무시해버리고, 본부장 직권으로 밀어붙이고 싶은 생각이 꿈틀거리지만, 조 부장 말에도 일리가 없어 보이지 않으므로 손깍지를 긴 채 두 손의 엄지 손가락으로 나머지 네 손가락을 하나하나 눌러서, 뼈 마디가 뚝뚝 부러지는 소리를 들으면서 입맛을 다시며 아쉬워한다.

"허, 그것 참!"

한동안 침묵에 잠겨 있던 김 상무는 유럽 각 지역 그룹 계열사 지점들 앞으로 민기태의 이번 여정에 많은 배려를 당부하는 메시지를 사우디 본부장 명의로 전송하라고 총무부장한테 지시한다. 그룹 계열사의 유럽 지점들로부터, 중동 건설 현장 요원들의 출장 시 텔렉스와 국제 전화 사용을 포함한 기타 편익을 제공받을 수 있고 술집 없는 사우디에서 날아가니 소주도 한 잔씩 사 주라는 뜻이다.

민기태는 조 부장을 쥐도 새도 모르게 우습게 보는 편이다. 만약에 조 부장이 이를 눈치채지 못했으면 어떤 핑계로 그의 특진에 태클 걸지 않았을지도 모른다. 그가 조 부장을 속으로만 우습게 보는 이유는 함께 팀워크로 성취할 조직의 성과보다, 자신의 보신에 급급해하는 점, 일반 교양이며 해외 현장 필수인 기본 영어 준비도 안 된 점 때문이다. 거래선 상담에서 민기태가 표를 내지 않으려고 조심해도 조부장 스스로 자격지심에 의한 피해 의식에서 거래선이 말한 중요한 내용을 확인 차 물어오는 민기태가 마음에 걸리게 된다. 뿐만 아니라, 그가 표정 관리에 애쓰고 있는 것 까지도 눈치 차리고 불편해한다.

그리고, 조 부장은 30분마다 옥외로 들락거려야 하는 골초이다.

"뜻을 알겠습니다."의 자기 비하로부터 맞닥뜨리는 마음의 상처 때문일 수도 있다. 그러나 그의 전략적 "뜻을 알겠습니다."의 계정 항목은, 그의 결산대차대조표와 손익계산서에서 언제나 자산과 이익으로 자리매김하고 있다. 이마에 작대기 하나 더 그려진 상급자에게는 고개를 숙인 채 시선은 상대방 표정을 놓치지 않고 말 한마디마다 "뜻을 알겠습니다."라고 말하며, 고개를 숙인 후 상대방 표정을 체크한다. 한마디 할 때마다, 그 말이 그 말이면 맨 나중에 "네." 혹은 "알겠습니다." 해도 충분한 경우도 '도요토미 히데요시'의 전매 특허 용어로, 말끝마다 "알겠습니다." 앞에 "뜻을" 붙여 길게 말하는 이유는, 이 차별화된 요망한 말로부터 기대하는 이득이 뒤따라 오기 때문이다. '저렇게까지 하나?' 하는 주위 사람들의 눈총을 의식해도, '쯧쯧, 당신들은 이게 얼마나 피가 되고 살이 되는지 모르지. 너희들은 나름대로 무슨 전술이 있는지 모르지만, 특허라도 내고 싶은 무기이다.' 생각하는 것이다.

그것은 그의 주변 좁쌀만 한 좁은 공간에 있는 사람들로부터 웃음거리가 되어도, 한 경계만 벗어난 더 먼 곳 보이지 않는 수많은 사람들로부터는 탁월한 직장인으로 칭송받을 수 있다는 확신의 산유물이며 수면 아래 경쟁에서 살아남을 수 있는 무기이다. 그의 지론은 담당 업무란 관행과 지침에 따라야 하고 혼자 처리해서 부담할 책임도 권한도 없다는 것이다. 그렇다면 인간 관계, 특히 상급자의 마음을 사로잡고 '예쁘게' 보이는 것이 최상의 전술이다. 자신의 취향대로 선택하던 친구들과 다른 구성원들 속에서는 "뜻을 알겠습니다."로 무장하는 것이 한 가정의 가장으로서, 무한 책임을 다 하는 길이라고 다짐하는 것이다.

하지만 때로는 자기의 현재 모습을 거울 보듯이 들여다 보면서 깊은 생각에 잠기기도 한다. 이런 부류의 요란한 사람들이 홀로 침묵해 있는 모습은 근엄함을 느끼게 한다. 어느 날 점심시간이 끝나갈 무렵, 먼저 사무실에 들어와서 홀로 창밖을 내다 보고 있는 그의 뒷모습을 보고 섬칫함을 느낀 사람도 있었다. 그러나 그는 변함없는 'My Way'이다. 물론 조 부장 스스로 그의 마이 웨이는 쇼로 가득 차 있다는 것을 알지만, 예수님이나 부처님 같은 분들을 제외하고는 누구나 쇼를 한다는 신념을 갖고 있다. 많이 하느냐 조금만 하느냐 정도의 차이일 뿐이다. 그의 또 특이한 재능은 상대하는 사람들의 내면을 귀신같이 알아내는 재주이다. 자신을 우습게 보는 사람, 슬프게 보는 사람, 호감을 갖는 사람들을 구분하고 관리한다. 그의 이 재능은 멕시코 국경 애리조나 8차선 고속도로 검문소 옆에서, 좌우 수십 대씩 두 줄로 대기하는 차량들을, 1초에 한 대씩 차체 문 틈과 이음새를 통해, 트렁크 속 초미세 냄새만 맡고도 밀입국자나 인근 감옥의 탈옥수뿐만 아니라 겹겹이 밀봉된 소량의 마약도 찾아내는 탐지견을 연상케 한다. 좌우 30여 대씩 60여 대가 대기하고 있는 줄 끝에 도착하면, 멀리 반대편 100미터 전방 경비 초소 옆에서, 흰색 푸들 개 한 마리가 좌우로 바쁘게 왔다 갔다 하고 있다. 컴퓨터로 작동되는 로버트 기계처럼 왼쪽 줄 차 한 대에 코를 갖다 대고, 몸을 잽싸게 틀어 오른쪽 줄 차 한 대에 코를 갖다 대는 데 걸리는 시간은 1초이다. 지금 대기 중인 60여 대의 인스펙션은, 작은 하얀 개 한 마리에 의해 1분만에 끝난다. 하얀 개가 몸을 틀어 다른 쪽으로 향하면, 푸른 제복의 세관국경보호국 경비병이 떠나라는 신호를 보내고, 강아지의 검문을 받은 사람들은 1초에 한 대씩 쏜살같이 가던 길을 빠져나가고, 양쪽 줄 맨 끝에는 새로 들어오는 차량들이 하나 둘 정지한다. 1999년 6월 15일 오후 7시 21분, 한국 '대연자동차'의 소형 세단 한 대가 검문소에 들어선다. 이미 좌우로 50여 대의 차량들이 검문을 대기하고 있다. 이 소형 세단에는, 18년 전 민기태의 아들이 서울에서 태어나던 날 멕시코에서 태어난 알렉스가 운전석에 앉아 있고, 조수석에는 알렉스의 사촌 형인 헤수스의 아내 쏘냐가 앉아 있다. 멀리서 어렴풋이 초소가 보일 때부터 알렉스의 가슴은 쿵쿵거리기 시작했다. 쏘냐도 불안하기는 마찬가지지만, 자신만 의지하고 사시나무처럼 떨고 있는 알렉스에게 애써 태연한 목소리로,

"알렉스, 걱정하지 마. 이 검문소는 SUV와 CARGO 트럭처럼 큰 차만 집중 조사하는 곳이야. 우리처럼 한 쌍의 남녀가 앉아 있고 유리창이 훤히 들여다 보이면, 저 개새끼 한 마리가 트렁크에 콧구멍만 갖다 대고 '쿵!' 한 번 하면 그냥 통과야."

"그래, 차 속이 들여다 보이고 밤도 아니니, 의심받지 않겠지."

경비병이 그랬으면 좋겠다는 뜻이지만, 그의 목소리는 떨리고 있다.

"그러니 걱정 마, 이 체크포인터만 통과하면, 우리 집으로 직통이야."

"그래, 다음 휴게소에서 자리 바꿔 형수가 운전해."

검문소를 통과하기 전인데 김칫국부터 마시는 소리 하고 있다.

"그럼, 넌 '도꾸멘또'가 없으니 5시간 장거리에 스피드라도 걸리면 십 년 공부 도로 나무아미타불이야."

안전 가옥에서 알렉스를 픽업해서 오던 쏘냐는 이전 휴게소에서

조수석으로 옮겨 탔다. 국경 인근 검문소에서 남자가 조수석에 앉아 있으면 여자가 어디 가서 남자를 태워서 오는 것 같기 때문이다. 곧, 가다서다 하다 초소에 다가서기 직전,

"알렉스! 절대로 저 경비병을 쳐다보면 안 돼. 나만 고개 돌려보며 아무 말이나 하는 거야!"

"알았어."

알렉스의 외사촌 형 헤수스는 6년 전 밀입국했다. 불법체류자 신분으로 지내다가 쏘냐와 결혼 후 영주권을 취득하였다. 쏘냐는 캘리포니아가 멕시코 영토일 때부터 대대로 살아온 히스패닉계 미국인이다. 알렉스는 헤수스를 가이드했던 밀입국 조직의 안내로, 어젯밤 국경을 넘어서 애리조나에 도착했다. 국경 도시 Yuma의 안전 가옥에 머물던 알렉스를 픽업해서 캘리포니아로 가는 길이다.

"알렉스! 됐어! 떠나!"

"어휴, 땀 나. 내 덩어리에."

"WELCOME to U.S.A., 알렉스!"

"고마워, 형수!"

"천만에! You are my brother in law."

'개새끼' 한 마리의 수색을 받고, 대연자동차 미니 세단 한 대가 I-8번 프리웨이 서쪽으로 달려 나간다.

"열 길 물속은 알아도, 한 길 사람 속은 알 수 없다."라고 하지만, 조 부장은 아니다. 눈만 마주쳐도 그 사람의 속마음을 인지한다. 애리조나 고속도로 검문소 탐지견은 곧 모든 것을 망각하지만, 조 부장은 지난 일을 낙타처럼 되새긴다. 크고 작은 유리병 속 물질에 열을 가하

거나, 원심분리기로 물질을 추출하여 분석하고 실험한 데이터를 연구 관리하는 것과 같다.

"뜻을 알겠습니다."로 무장한 조 부장의 비장의 무기는, 상급자를 향한 충성이고, 상급자들은 기회가 되면 그를 챙기고 싶어한다. 그의 가족, 친인척, 동창, 친구들은 그를 탁월한 직무 수행 능력을 인정받는 전도유망한 회사원으로 칭송한다.

기라성 같은 무사, 호족들이 한 가닥씩 하던 전국시대 때, 미천한 소작농의 아들로 태어나 수 없이 쪼개진 국경을 발바닥에 불나도록 넘나들며 입에 풀칠하기에 바빴던 바늘 밀수꾼에서, 병영 땔감 담당인 일개 성의 최말단 조직원으로, 난생 처음 급여를 받고 일하게 됨에 감개무량해하던 140cm 단신에 원숭이 얼굴을 닮은 '도요토미 히데요시'가, 30여 년만에 일본 통치자로 등극하게 된 것은, 상급자들을 향한 충성심에서 우러나오는 "뜻을 알게스무니이다."에서 시작되었다. 자신보다도 작거나 못생기고, 더 찢어지게 가난한 가정 출신이 한 사람도 없고, 문맹으로 글조차 모르는 자신보다, 모두가 더 나은 것을 느끼고 존경하는 것이다. 이런 간절함이 "뜻을 알겠습니다."라는 명언을 만들어 내었다. 응집된 절실함이 좁은 공간에서 분출된, 보석같이 반짝이는 명언이다. 조 부장은 도요토미 히데요시의 "뜻을 알게스무니이다."를 따라 하지만, '델타'와 '오미크론' 관계와 유사한 변종이다. 그러나 많은 상급자들은 언제나 깔끔한 복장에 절도 있고 씩씩하게 움직이는 그를 볼 때마다,

"덩치 큰 저 친구를 위해서, 뭐 좀 도와줄 것이 없을까?"

하며 뒤져 짜 보기도 한다. 많은 기쁨을 선사받은 마음의 빚을 졌

기 때문이고, 조 부장 스스로 부족한 부분을 커버하는 정무 감각의 결실이기도 하다.

국내 굴지의 재벌, 대연그룹이 새로 인수한 대연건설은 그룹 계열사들로부터 부문별 인력을 보완하고, 인수된 업체와 동행해 왔던 인력 외에, 또 다른 해외건설시장 진출을 일찍한 여러 선발업체 경력직원들도 모집한다. 조 부장의 빛나는 능력은 나이와 학번, 사회 경력 연수와도 상관없이 이마에 작대기 하나만 더 그려져 있어도 두 눈을 부릅뜨며 초지일관 "뜻을 알게스무니이다."이다.

조만수 부장은 대연화약에서 옮겨 왔다. 관계사로부터 전출 전입은 두 가지 측면이 있다. 전략적 핵심 요원 투입과 할당된 패키지 차출 인력 투입인데, 콕 찍혀 밉보이거나 직무수행 능력이 탐탁지 않은 경우에 걸려들 수 있다. 때론 할당받은 인력을 채우기 위해서 아까운 사람을 보내야 하는 경우도 있고, 가끔 우수한 자질을 갖춘 인재임에도 코드가 맞지 않는 꼴통상사에 의해 쫓겨 나가는 경우도 있다.

3

런던에서 '뚜꺼비'와 함께

일주일 후, 대연그룹 영국 본부 빌딩 앞에 내려 대연건설이 위치한 5층 대회의실 문을 열고 들어서니,

"어! 이게 누구야! 사우디를 주름잡는 사나이 아냐?"

하면서 키가 작고 배가 나온 뚱뚱한 사람이, 26인용 회의용 탁자 주변에 옹기종기 모인 사람들 속에서 용수철처럼 튀어나오며 그를 반갑게 맞는다. 리비아 사업부에서 엔지니어들과 함께 단체 출장 중인 추대선 차장이다. 추대선 차장과는 10개월 전 본사 해외자재부에서 함께 근무했다.

"여러분, 이 친구가 사우디를 주름잡는 사나이입니다."

하고는 함께 출장 중인 일행들에게 소개한다.

"반갑습니다, 민기태입니다."

"이야기 많이 들었어요."

"아, 저 양반이구나!"

"그래, 언제 돌아가냐?"

"프랑스, 독일, 네덜란드 등 몇 나라 공장들 한 바퀴 돌아보는, 한 달 정도 여정입니다."

"우리는 다음 주 트리폴리로 돌아가니, 내일 저녁이나 함께하자."

다음 날, '코리언 바비큐'에서 10개월 만에 마시는 차가운 '뚜꺼비' 소주가 싸아- 하며 짜릿짜릿하게 몸속 깊이 타고 내려가니, 10개월 전 떠나온 아내와 지난 달 태어나 손바닥보다 조금 더 크게 보이는 사진 속 아들의 모습이 아른거린다. 몇 개월 전 아내가 보내온 편지에서

"요즈음 우리 아기가 뱃속에서 발로 내 배를 툭툭 차요."

했던 바로 그 아기이다. 하루하루 자라는 모습이 보고 싶고, 또 갑자기 주먹 크기만 한 아들이 더 자라기 전의 모습이 보고 싶어서 탈영병처럼 뛰어가고 싶어지기까지 한다. 10달 만에 갑자기 스트레이트로 들어키는 소주 때문이다. 얼마 안 되는 빚 때문에 와이프를 속이고, 혼자 복부를 열어 애 낳게 하고 온 것이 차갑고 짜릿한 소주와 함께 찡하고 가슴 깊숙이 파고든다.

"리비아는 한잔씩 하나요?"

"이슬람 국가니까, 연휴 때에 카사블랑카에 가서 한 잔하지. 모로코는 개방된 이슬람 사회라서 이태원 같은 곳도 있어."

"이태원 하니까 싸이키 조명 나이트클럽이 아른거리네요."

"모로코에는 그런 클럽들이 많아. 거기 여자애들은 큰 눈에 기다

란 속눈썹과 오뚝 솟은 코 하며 전부가 소피아 로렌 클래스다!"

"사우디 처녀들도 얼굴은 가리지만, 꼬마 여자애들 보면 모로코 아가씨들 비슷할 겁니다. 낙타처럼 쌍꺼풀 진 커다란 눈에 또, 중동 사람들 광대뼈 없이 갸르스름 하지요. 리모델링 할 일 없는 자연산 미녀들이지요."

"클레오파트라가 그렇게 생겼을 거다. 카사블랑카에서 한 발 뛰면 카이로니까 거기서 거기 아니겠냐?"

"그러네요. 북경서 펄쩍 뛰면 도쿄이고, 중국 여자, 일본 여자 모두 다 뾰쪽뾰쪽하지 않고 둥그스름하고."

"그 동네는 한잔씩 하나?"

"이슬람 종주국이니까 좀 타이트한데, 수요가 있으니까 공급이 꿈틀거리지요. 수천 명이나 되는 많은 왕자와 각국 외교관 등 '특수신분'들이 밀반입한 위스키가 고가에 밀거래되어 한 잔씩 하지요."

"어디 가나 특수 신분이 있으니까, 그거는. 필요악이네. 걔들 아니면 위스키 구경이나 하겠니? 그러면 근로자들은?"

"쉬는 주말 과일주를 만들어 한잔씩 하는 것 같아요. 밀수된 술이 아니고 '밀주'죠."

"가끔 한잔하면서 밤하늘 달을 보며, 그리운 마누라, 아들딸 생각하고 맘을 달래야 안 되겠냐? 그리고 양주니 밀주니 해도, 우리 '국산'들은, 이렇게 차가운 소주에 불판 위에 이글거리는 삼겹살이 최고 아니냐?"

"그렇죠. 사랑하는 가족과 떨어져, 스스로 가고 싶어서 간 사람 있겠어요? 어쨌든 이렇게 대한민국 '뚜꺼비'를, 한때 대영제국 심장부에서 열 달 만에 마시니, 이 동네 본토 말로 '오브코스'죠."

"어제는 황태자 결혼식이라고 온 나라가 난리야."

"남의 나라 말하기는 좀 실례이지만, 조선시대 왕이니 양반, 상놈 나누던 짓을, 지금까지 왕이고 황태자고, 무슨 귀족이고 하는 것 보면 달에 사람 발 디딘 지가 언제인데 이 양반들 철들려면 한참 멀었어요."

"그러게. 황태자의 아버지는 그리스 왕자라고 하지만, 덴마크, 러시아, 스웨덴, 스페인 왕가들 끼리끼리 혼인과 혼인으로, 그리스에서도 그리스 사람이 아니라고 하는데. 이 양반이 날아와서 낳은 아들이 황태자이고 차기 영국 국왕이니, 좀 씁쓸하지 않겠냐?"

"그러니 왕족들은 백성과 다른 혼혈들이 바글바글하겠죠. 백제 의자왕 누나도 일본 천황한테 시집가서 차기 천황의 어머니가 되었지요."

"우리야 밑진 장사 아니지."

4

저녁 한때 목장 풍경

이제는 술에서 단맛이 나기 시작한다. 술이 술을 마신다.

"더운 나라에서 술 마시면 더 몸살이 나니까 금기시한 건, 회교 율법 이전에 자연 이치에 맞는 일이야. 추운 소련에 '보드카'가 판치듯이."

"그러네요. 돼지고기를 금기시한 것도 모습이 불결해서라기보다 사막 기후에서 제일 빨리 부패하는 육류이고, 그들이 즐겨 먹는 양고 기는 자가소화가 늦어서 가장 오래가니. 이 양반들 옷차림처럼, 자연 의 이치에 순응하며 사는 영리한 사람들이지요."

"어쨌거나, 복 받은 사람들이지. 우리는 꽃 피고 새 우는 금수강산 을 떠나, 사랑하는 마누라, 애들과 헤어져 돈 벌러 갔는데, 이들은 황 량한 사막에서 금은보화가 솟아오르니, 하루에 다섯 번씩 기도하며 알라를 더 섬기지 않을 수 있겠나?”

“그런데 내가 1년 남짓 거기서 느낀 점은, 모래 사막에 ‘오일달러’ 쏟아부어서 현대식 도시들을 만드는 것보다 산천초목이 우거진 인접 빈국 대륙을 사서 그 사람들 취향대로 새로운 도시를 만들어 살면 좋을 텐데, 했어요. 알래스카 대륙 사고팔았듯이요.”

“아닐 거야. 사람은 태어난 흙에 말뚝 박고 살려는 속성이 있으니. 고향의 흙은 어머니의 품속이거든. 이천 년이 흘렀어도 척박한 땅 팔레스타인으로 꾸역꾸역 기어 돌아오는 유대인들 봐!”

“2000년 된 연어?”

주거니 받거니하며, 지난 달 초대받은 ‘저녁한때 목장 풍경’이 등장한다. 승용차 본네트 위에 올려놓으면 계란이 에그프라이 되는 한낮에 출발하여 불볕더위가 사그라드는 초저녁, 동서남북이 모두 하늘 끝까지 뻥 뚫린 지평선 한가운데 중장비 딜러인 거상 ‘압달라’의 사막 속 별장이 드러난다. 젯다에서 세 시간 정도, 어둠이 내리기 시작하는 황량한 사막 한가운데를 관통하며 달려 나가는 기다란 캐딜락 앞으로 그의 별장이 어렴풋이 나타나기 시작한다.

별장이라고 해야 대형 텐트 서너 채에 교대로 상주하는 여덟 명의 관리인과 수백 마리 낙타들이 함께하는 낙타 목장이다. 사진으로만 보던 낙타를 처음 마주한 그는, 큰 키와 커다란 덩치(약 500kg)에 압도당하는 느낌이지만 이방인을 대하는 그윽하고 부드러운 눈빛에 안도한다.

어느 시인은 사진 속 낙타만 보고서도,

"기다란 속눈썹과 커다란 눈은

선한 이의 눈을 닮았고,

애틋하게 다가오는 그윽한 눈빛은

따스하고 슬프기도 하다."

하고 노래했다.

"하이! 아라비아 사막 한가운데에서 서로 만나 반갑구나."

하며, 되새김질 하느라 길쭉 납작한 입을 오무작거리는 부드럽고 긴 낙타 목을 쓰다듬는다. 검은 수염도 없고, 도포 자루를 덮지 않고, 민머리와 티샤쓰에 청바지 입은 그를 보는 낙타도,

"오래 살다 보니, 별 희한하게 생긴 사람도 다 보네."

하고, 커다란 옆 눈으로 힐끗힐끗 쳐다본다. 다른 낙타들도 고개는 움직이질 않고 눈알만 민기태 쪽으로 굴리니까, 커다란 흰 창들이 더 크게 보인다. 압달라의 별장은 두툼한 야자수 나무들이 작은 숲을 이룬 명당이다. 축구장 이십여 개만 한 사막 한가운데에 식물이 자라는 수백 마리 낙타 농장이 있는 것은, 빗물이 지하 암벽층에 고여서 지표를 적시고 있거나, 지하수나 수맥이 있는 작은 오아시스 덕분인 것만은 확실해 보인다.

어두워지는 서쪽 하늘에는 눈썹 같은 초승달이 떠 오르고, 더 멀리 높고 검푸른 하늘에는 수많은 작은 별들이 무리지어 보일듯 말듯 한 빛을 뿌린다. 사막 서쪽 끝 지평선 너머로 해가 떨어진 초저녁 시원한 바람이 간지럽게 불어오고 온갖 스트레스가 날아가 버리는 '힐

링 캠프'다.

　장비 같은 구레나룻 수염이 온 얼굴을 뒤덮은, 전통 복장인 회색 원통 '깐두라'와 머리를 뒤덮은 붉은색 '케피야' 위에 원형 고리 '이깔'을 누른 커다란 체구의 농장 관리인이 일행을 반갑게 맞이한다. 지금 막 짜와 김이 모락모락 나는 낙타 젖 사발을 보스의 초대로 온 이방인에게 먼저 권한다. 그들의 관습으로 보이지만, 민기태는 완곡히 사양하니, 뚝배기 사발에 넘치는 막걸리 마시듯 하얀 낙타 젖을 수염에 듬뿍 묻히며 꿀꺽꿀꺽 원샷으로 마시고, 솥뚜껑만큼 넓적하고 두툼한 오른 손바닥으로 입술을 한번 쓰윽 문지르고는,

"낙타 젖이 정력에 최고야! 하하하."

하면서 엄지손가락을 치켜세운다. 그러고는 곧,

"와이프가 네 명인데 바로 이 낙타 젖이 다 해결해 주지! 하하하하."

하고는, 유인원처럼 검은 털로 뒤덮인 굵은 장작개비만 한 팔뚝을 L자로 접어 보이면서 호탕하게 웃음을 터뜨린다. 이슬람 율법에서는 네 명까지의 아내를 허용하므로 남자에게는 축복받은 곳이다. 조선시대 사대부들이 기껏 한 여인의 첩을 둔 것에 비하면 넘치고, 또한 4명의 한도 내에서 이혼과 재혼을 반복할 수 있는 특전도 있으니, 금상첨화가 아닐 수 없다.

　어느 나라의 대통령은 삼삼한 아가씨 한 명도 변죽만 울린 채 망신당한 것 보면, 소국 백제의 의자왕은 삼천 명이나 되는 궁녀를 거느리고 하고 싶은 대로 다 해도 뉴스에 안 나가니, 이 양반들한테,

"대통령 할 사람 손 드세요."

하면, 멀뚱하게 쳐다만 보면서 한 사람도 손들지 않고 있다가,

“백제 왕 할 사람, 손 드세요”

하면 전부 다,

“네, 저요!”

“제가 하겠어요!”

“나도요!”

“미 투!”

하면서, 서로 하겠다고 할 것이다.

과연, 낙타 젖이 네 명의 아내를 사뿐히 거느리게 하는 정력제라면, 중년에 이르러 고개 떨군 남자들, 해구신 찾는다고 가짜 말린 것에 속거나 보신탕 집에 가서 그것 서로 달라고 아우성칠 때 서버 하는 아줌마의,

“오늘은 암캐만 잡았어요.”

하는 푸념 듣거나, 멸치 가루 섞어 끓인 짝퉁 추어탕에 속지도 말고, 낙타 젖을 원료로 만든 치즈나 비타민처럼 정제로 만들어 개발한 상품을 ‘낙타표’로 하고, 광고에 등장한 낙타가

“이제 잠자리에 들 시간입니다. 아라비아 사막의 불사조, 이 낙타가 책임 지겠습니다.”

부작용 없는 No Camical 바이아그라란 뜻이다.

사방을 훑어보아도 마실 물도, 먹을 것도 제대로 보이지 않는 삭막한 사막에서, 다른 대형 초식 동물은 오래 전 멸종했을 환경에서, 저렇게 커다란 체구와 체력을 유지하는 낙타의 강인함이 그 에너지의 원천으로 보인다.

형의 중장비 딜러에서 매니저로 일하는 압달라의 배다른 이복동

생 이드와, 미국에서 학업을 마치고 8년간 일하다가 고향의 흙 냄새가 그리워서 3년 전 미국 생활을 뒤로하고 귀향한 또 다른 이복동생 무하마드, 그러니까 어머니가 모두 다 각각 다른 이복형제 셋과 농장 관리인들 모두 다 함께 위스키 잔을 부딪치며, 떠들고 웃으며 서서히 깊어지는 사막의 밤. 향로 모양의 놋쇠로 된, 물 담배 항아리에 연결된 파이프 한쪽 끝에서, 술기가 오른 별장 주인 압달라가 볼록 솟아오른 배를 하늘을 향해 비스듬히 누워 뿜어대는 파르스레한 물 담배 연기가, 달빛으로 물든 사막의 밤하늘에서, 나릇나릇 퍼져 올라간다.

사우디 총각 무하마드의 여러 가지 미국 생활 에피소드도 재미있었지만, 핸섬한 무하마드를 좋아했던 이혼녀인 제인은 지난 해에, 이스탄불의 아파트에서 함께 지내다가 텍사스로 돌아갔다고 한다.

제인은 남편의 외도로 두 번 이혼했다. 첫 남편 존은 그녀가 간호사로 일했던 대학병원 MRI 촬영 기사였는데 '딘 마틴' 같은 미남이어서, 섹시한 자신을 애모하는 왜소한 흉부외과 전문의의 구애를 뿌리쳤지만, 결혼 후 존은 꼴값하느라고 꼬리 치는 여자들과 놀아났었고, 두 번째 재혼 남편은 오빠의 부인과 놀아났었다. 제도적 남녀 결합에 환멸을 느끼고 독신으로 살아가던 제인은, 메뚜기도 한때 인양, 스스로 자신을 사랑하기로 했다. 미국 생활을 정리하고 떠난, 자신의 육신을 원 없이 만족시켜 주던, 파트너의 묵직하고 불덩이같이 뜨겁던 그의 그것이, 밤이면 밤마다 낮이면 낮마다 아른거릴 때마다, 그녀의 육신은 갈증을 느끼며 그녀를 조른다. 마침내, 인습이 자유롭고 개방된 사우디 아라비아 머리 위 이스탄불로 날아왔다. 크고 작은 배들이 흰 물살을 일으키며 떠올라가고 떠내려가는, 보스포루스 좁은 바다 위에 걸쳐진 다리가 내려다보이는 아파트에서, 달이 떠도 해가 떠도 그것만 하다가 돌아간 제인을 위하여, 예의 그 장비 체구의 관리인이 우렁찬 목소리로 건배를 제청한다.

"텍사스로 돌아간 제인을 위하여!"

하니까, 너도나도,

"위하여!"

"위 이-잇 하여!"

"오-우- 젯이이 – 인!"

"아이 러브 유! 제-애-애애인!"

"미 투!"

"나도!"

자기 집 여자들은 종교와 사회적 속박 속에, 검은 천으로 온몸을 뒤덮고 외출해야 하는데도 모두 기뻐하며 건배한다. 밀반입되어 암거래되는 위스키도 집안에서는 마시지만, 코란이 지배하는 제도와 관습으로부터 자유로울 수 없는 그들이 불편해 보인다.

무하마드는 화답이라도 하듯 한술 더 떠서, 어느 구름이 짙게 낀 어둠침침하고 쭈룩쭈룩 비 오는 날, 아침부터 해 질 무렵까지, 일곱 번이나 했던 날도 있었다고 자랑하니, 처음부터 쉬지 않고 물담배 연기를 뿜어내면서 듣기만 하던 맏형 압달라가 한 말씀하신다.

"뿌리를 뽑았구나, 뽑았어!"

하지만, 나머지 사람들은, 서로 쳐다보며,

뻥을 튀기도 너무 튀긴

"세 번이면 몰라도, 일곱 번이라고?"

"세 번도 너무해, 두 번이면 충분하지."

"맞아, 효용체감의 법칙 배웠잖나? 하이스쿨에서."

하면서 쑥덕거리며, 어깨들을 올렸다 내렸다 히쭉히쭉 웃어댄다.

그날따라 물오른 제인이 하고 또 하고, 또 하자고 해서, 몸속 정액이 모기 눈알만큼도 남지 않고 다 빠져나가고 헤롱헤롱하다가, 뿌옇게 안개 낀 날, 부산 앞바다 오륙도 섬이 다섯 개로도 보이고, 여섯 개로도 보이는 것처럼, 계산이 좀 틀릴 수도 있고, 부처님께서도 '중생소락'이라고 말씀하셨거늘, 분위기 타서 뻥을 좀 튀길 수도 있고.

"그날 밤, 금주의 나라에서 집안이 아니고, 사방이 하늘 끝까지 뻥뻥 뚫린, 광야에서 '조니워커' 맛은 별미였지요."

사우디아라비아에서 술을 남녀 간의 사랑으로 비유하면 '불륜'이고, 동서남북 사방이 지평선으로 둘러싸인, 대자연 한가운데에서 펼쳐지는 '금지된 사랑'은, 더 짜릿하고 로맨틱한 것이다.

"우리도 텍사스로 돌아간 제인을 위해 건배하자! 위하여!"

"제인! 멋쟁이!"

"또 가! 이스탄불로!"

"From Russia with love to Istanbul, 'James Bond',

From Texas for love to Istanbul, 'Jane'!"

5

리베이트

"사실은 내가 지금 런던에서 이나라 저나라 공장들 돌아다닐 필요가 없습니다. 3개월째 임시본부장으로 나와 있는 김대영 상무가 이번 3월 정기인사 때 특진시키려고 하는데, 조만수 부장이 너무 빠르다고 태클을 거니까, 김 상무가 격려차 바람 쐬고 오라고 보낸 것입니다."

"그 친구 왜 그래? 리비아까지 일 잘한다고 매일 소문이 이어지고 있는데, 참 골 때리는 친구네."

"사실은 내가 그 양반을 좀 우습게 보는 걸 눈치챈 것 같습니다."

"신입 때부터 좀 그렇고 그런 친구란 걸 모두 다 알지. 그냥 하던 대로 해라. 내년에 되면 되니까."

"내가 보기에 추 차장님 하고 조부장이 같은 시기에 리비아와 사우디로 각각 나온 것 같아요. 또 입사 동기이지 않습니까?"

"맞아, 그 친구는 작년에 챙겨 먹었지. 워낙 말끝마다 눈알을 부릅뜨고 '뜻을 알겠습니다.' 하고 살살거리고, 부르면 단거리 육상선수처럼 달려가서 '차렷자세'를 취하니까. 내가 거기로 가고 그 친구가 리비아로 갔으면 이런 일이 없었을 텐데, 꼬인 것 같다."

"할 수 없지요."

"그런데 김대영 상무면 지금 실세 중 실세인데, 조 부장한테 밀리다니. 이해가 안 되네."

"일이 년 고참들도 이번에도 못 올라가는 사람이 많은 게 좀 걸린 것 같습니다. 세상만사 그렇고 그렇지요. 어쨌든 리비아로 잘 갔어요. 이름도 사우디처럼 삭막하지 않고, 아프리카와 유럽 대륙 사이에서 펼쳐지는 푸른 바다!"

'Mediterranean!'

'지. 중. 해!'

"운치 있게 번역된 지. 중. 해는 고유명사지만, 형용사 같네."

"푸른 향이 묻어나며, 아름다운 음률이 타고 흐르는 말. 지. 중. 해! 햇볕에 반짝이는 하얀 집들. 이 도시를 '카사 블랑카(하얀 집)'로 이름 지은 사람들!"

주거니 받거니, 마시고 또 마시던 두 사람 사이에 갑자기 어두운 그림자가 드리운다. 이마에 주름이 지어지면서, 약간 혀가 구부러지는 낮은 목소리로,

"그런데 우리 동네 본부장이 1년 반 전 A 건설에서 옮겨 오지 않았나? 수많은 대형 공사 현장소장으로 완공된 건축물이 여기저기서 광

을 내는, 경력이 화려한 양반이지.”

“근데, 무슨 문제가 있어요?”

“우리는 걸음마 시작할 때부터 몸에 밴 일이지만, 이 업종을 불과 몇 년 전에서야 시작하면서, 별의별 사람들이 여기저기서 모인 곳이다 보니 체질이 다른 사람들이 많지 않겠냐.”

“…”

“그래도 전에 있던 동네와 좀 다르다는 걸 느끼고 조심하지만, 간혹, 옛날 미련을 못 버리는 것 같아.”

“무슨 말인지 알겠어요.”

“그렇다고 당장 눈에 띄는 피해를 주는 거는 아니지만, 스플라이어 입장에서는, 기대이익에서 빠지는 부분을 커버하려는 경우에 좋을 일이야 없지 않겠냐.”

“좀 신경 쓰이겠어요.”

“터놓고 말이야 못하지만, 은근히 지나가다가 한 마디씩 하는 것을 못 들은 척하니, 물 먹일 수도 있는 구조이고.”

“내가 우연히 알게 된 의류 제조업자가, 우리 그룹 계열사 대연백화점 바이어한테, 자사 제품 한두 개를 주면 안 받는데 다른 동일 업종 업체 사람들 중에는 하나 주면 몇 개 더 달라고 하더라는 말이 생각나네요.”

“거기는 그런 일은 없지?”

“없지요. 발붙일 틈도 없고요. Exclusive(독점)로 Nominate(지정)된 거는 흔들어서 좀 깎아 보기도 하지만, Alternative(선택 가능) 경우에는 복수 견적 받아서 단돈 1불이라도 싼 곳, 사버립니다.”

“쓸데없는 데 신경 안 쓰고 좋겠다.”

“그렇다고 흔적도 없고, 인사고과는 그쪽 손에서 놀고. 줄타기하는 것 같네요.”

“글쎄 말이다.”

“그렇지만 육군 정량은 찾아 먹어야지. 눈치껏 해서 내년에는 차장 꼬리 떼어 내야지요. 더욱이 동기 중에 조 부장하며, 이미 찾아 먹은 사람들 많이 있지 않아요?”

“그렇다고 이런 문제를 함부로 입 밖에 낼 수도 없고.”

“참 글쎄입니다. 회사에 무슨 불이익이 눈앞에서 생긴 것도 아니고, 눈치껏 하세요.”

“예전에 인허가 내주는 사람들 상대할 때, 독야청청해서 트러블메이커가 되기도 했지. 개중에는 생계형도 많고 힘드니까 그런 사람도 이해는 가지만.”

“그러게요.”

“세법에도, 일정 금액 기밀비 명목으로 영수증 없는 경비 인정해 주지 않았냐?”

“그렇죠.”

“내가 9년 전, 그러니까, 입사 후 2년 차 때, 업무와 연관된 기관 확인서 문제로, 나 때문에 우리 본부장이 곤욕을 치른 적 있었지. 통상 관례 이상을 요구하며 업무에 차질이 생기는 데다가, 모욕감마저 들게 하는 통에 내가 뒤집어엎어 버렸지.”

“그래서요?”

“그랬더니 거기 책임자가 위층에서 내려와서, 추대선 씨라고 내

이름을 부르면서 담당자 보고 도와 주라고 했어. 평소에 인사해도 모르는 체하던 양반이 내 이름까지 알고 있었어."

"…"

"우리 본부장이 들어가서 여차저차하고, 어쩌고 저쩌고 했겠지."

"그래서 때가 덜 묻은 신입사원들을 껄끄러워 한다는 말이 있었어요."

"그 이후로는 그냥 눈치껏 타서 후딱 갖다 주었어."

"…"

"한동안 소식이 뜸하면 먼저 전화와서, 뭐 좀 도와줄 것이 없냐고 하기도 했어. 언제는 급하다고 하면, 바쁜 것은 당신들이지 하던 사람들이."

"나도 과도한 요구를 하면, 관리부서에서 타다가 증빙 없이 처리하니 신경 쓰인 일이 있었어요. 내 경우는 인허가 업무도 아니고, 단순 갑을관계, 쌍방 B2B(기업 간 거래)였는데도요."

"웃기는 거는, 우리가 바이어 입장이었는데도 주객이 전도된 적이 있었어. 정상적으로 돌아갈 경우에는 우리한테 와서 도와 달라고 하던 애들이, 공급이 달리다 보니, 바이어가 셀러한테 테이블 밑으로 찔러 주었으니, 환장하는 것 아니었나?"

"나도 그런 경험이 있는데 그쪽에서도 웃기는 거 아니까 받으면서도 주객이 전도되었다고 하면서, 미안해하기도 했어요. 특히 나보다 나이가 한참 많은 작은 아버지뻘 되는 상대인 경우는 더 많이 미안해했어요. 이러면 안 되는데 하면서요."

"맞아! 받으면서 안 되는데 하는 그 표정, 상상이 가고 남아. 구석구석 숨어 흐르는 비자금들이, 이삼십 퍼센트의 지하 경제를 만드는 것 같아. 내가 신입 때 선적 업무를 담당할 때, 주간 쉬핑가제트 스케줄에 맞추어서 내보내는 건데 영업이익이 좋은 황금 항로 경우 일부 선사에서 리베이트를 주었고, 나에게도 유혹이 있었지. 아마 그때 그 돈 다 받았으면 변두리 조그만 아파트 하나 샀을 거야."

6

휴게실

젯다로 귀임한 지 2주가 될 무렵, 민기태는 점심 식사 후 동료 직원 몇 명과 함께, 커다란 휴게실 소파와 여기저기 테이블 위에 흩어져 누워서 오수를 즐기고 있었다. 무더운 사막 기후에서는 정오 점심 식후 30여 분의 오수는 꿀맛이고, 오후 업무에 활력소가 된다. 그러나 이날은 엉망이 되었다. 잠이 든 지 얼마되지 않은 때, 문이 열리면서 사람들의 시끄러운 말소리에 모두 단잠이 부서지고 말았다. 총무부 한종인 부장이다. 그 뒤로 따라 들어온 얼굴이 고구마처럼 길고 머리숱이 적어 가르마 선이 분명치 않은데, 약간 번들거리는 엷은 헤어로션을 바른 50대 중반으로 보이는 남자가, 우두커니 서서 바닥만 내려다보고 있었다. 기다란 얼굴 코 등 위에는 차가운 금테 안경이 얹혀 있었고, 두 안경 렌즈 속에 코팅된 연한 벚꽃 색깔에 반사된, 렌즈 뒷부분의 얼굴색이 붉어 보이고, 왼 손목에는 크고 누런 롤렉스 금딱지 시계가 감겨 있다.

"여기가 직원들 휴식 공간입니다."

한종인 총무부장 설명에도 남자는 아무 말이 없다. 그저 듣기만 하고, 자다가 엉겁결에 일어나 거북하게 서 있는 직원들에게 시선을 주지도 않고, 그저 목과 어깨에 살며시 힘이 든 채로 계속해서 바닥만 내려다보고 있다. 밑바닥에는 바닥 말고는 아무것도 없다. 조선시대, 새로 부임해 오는 고을 원님 같기도 하다. 신임 본부장이다. 사전에 들리는 소식으로는, 대구에서 고등학교 졸업 후 미국으로 가족 이민해서 시빌 엔지니어링을 전공하고, 월드 클래스 엔지니어링 설계 건설회사에서 30여 년 근무한 한국계 미국인이라고 했다. 잠들자마자 깬 사람들은, 미국에서 37여 년 생활했으면 한국에서보다 더 오래 살았고, 미국 문화 속에서 미국인으로 살았으니까 최소한,

"안녕하세요? 새로 온 본부장입니다. 단잠을 깨워서 미안합니다. 어서 계속해서 쉬시고, 이따 만납시다."

라고 했어야 맞고, 또 모든 미국 사람들은 그렇게 한다.

또한 시찰도 좋지만, 휴식 시간엔 안내하는 총무부장도 쉬어야 하고, 통상 점심 후 직원들이 낮잠 자는 휴게실 문을 열고 드는 일은, 오후 업무 시작 후 해야 하는 것이 맞다. 더욱이, 지금 갑자기 단잠에서 깨어나 우두커니 서 있는 사람들은 사우디 사업본부 전입 고참들이다. 뭔가 첫 단추가 잘못 끼워지는 것 같다는 생각이, 민기태의 머릿속을 빠르게 스쳐 지나갔다. 첫인상에서 50%는 왔다 갔다 하기 때문이

다. 신임 본부장은 휴게실에 있던 그 누구도 쳐다보지 않았다. 다른 사람들만 모두가 일방적으로 그를 보았다. 그는 바닥만 내려다보다가, 한종인 총무부장과 함께 한마디 말도 없이 나갔다. 다른 모든 본부 각 층 사무실, 공사 현장들 및 캠프에 들를 때도 바닥만 쳐다볼 것이다. 휴게실 바닥은 하얀색 바탕의 타일 위 엷은 마름모꼴 사각 무늬 그림들이 좌우로 열을 지어 벽 쪽으로 달려가고만 있다.

7

종로 낙원 볼링장

민기태는 대연 그룹 정기 공채 입사 후 대연전자에 배치되었다. 어느 토요일 오후, 친구들과 종로 낙원 볼링장에서 소주 내기 게임을 하다가, 한 자리 건너 옆 레인에 영화 「겨울 여자」의 긴 생머리 주연 배우를 연상시키는 그녀를 보고 한눈에 끌린 나머지, 그의 시선은 그녀에게 멈추고를 반복하니, 스트라이크는커녕 남은 한 개 핀마저도 맞추지 못한 채, 공은 오히려 남아 있는 핀을 피해 넓은 공간 속으로만 삐뚤삐뚤 나가 시커먼 구렁텅이에 빠져서 사라진다.

"용기 없는 남자는 미녀를 잡을 수 없다."

어디서 듣던 이 말을 거울 삼아 때를 기다리다가, 이때다, 하고는 심호흡을 크게 한번 하고

"파이팅!"

하고는, 함께 게임에 푹 빠져 있는 동료들한테는 말 한 마디 없이 벌떡 일어나서 그녀 쪽으로 다가갔다. 그녀가 그의 일행 속에 있던 그를 보았는지 안 보았는지는 모른다. 함께 있던 그녀의 다른 일행들과는 몇 번 시선이 마주쳤지만, 그가 그녀를 볼 때는 한 번도 그녀와 시선이 마주치지는 않았기 때문이다.

"안녕하세요? 어디서 많이 보았던 분 같습니다."

그녀는 건너편 레인 남자들 일행 중에 있던, 처음 보는 한 남자가 다가와서 말을 하니까, 놀라서 그냥 있어도 큰 두 눈이 더 커지면서,

"누구세요?"

하고 본능적으로 경계하는 것처럼 반응한다.

"민기태라고 합니다."

하면서, 미리 준비해서 한 손에 잘 잡히도록 와이셔츠 왼쪽 포켓에, 한 장을 따로 잘 넣고 간 빳빳한 명함을 잽싸게 끄집어내어 건네준다. 이럴 때는 일단 받아보고 본다. 좀 이상하긴 해도 그렇다. 명함을 건네받은 그녀는 반사적으로 손에 쥔 명함을 흘긋 한번 내려다보고는, 거리에서나 TV에서나 매일 어디서나 한두 번은 눈에 뜨이는 회사 로고를 인지하고,

"대연전자에서 일하세요?"

사람들이 모두 아는 대기업에 소속된 것을 아는 순간, 경계의 벽은 조금 허물어지게 된다.

"네, 외화 벌이하는 무역 일꾼입니다."

"수출과군요. 우리는 E여대 졸업반이에요."

"여기 오자마자 「겨울 여자」의 긴 생머리 주연 여배우 같아 보였
어요."

그녀는 요즈음 인구에 회자되는 「겨울 여자」라는 문학적 용어에,
싫지 않은 표정으로 윤기 흐르는 긴 생머리를 가볍게 한번 옆으로 젖
힌 후, 작은 미소를 입술에 띠며,

"그 영화 보셨어요?"

"네, 요즈음 보기 드문 좋은 영화였어요. 그 여배우도 매혹적이었
지만, 우수에 젖은 모습의 남자배우도 참 좋았습니다."

"우리 친구들도, 그 장발의 배우(김추련) 모습을 좋아했어요."

"저하고 이야기하면 재미있으실 것 같은 분이십니다. 우리 나가
서 뜨거운 커피를 함께 하면서 「겨울 여자」 애기 계속하지 않으시겠
습니까?"

"안 돼요, 조금 후 친구들이랑 함께 가야 할 곳이 있어요."

"그럼, 내일 오후 3시 정동길 베로니카 어떠세요?"

대답 대신 살며시 웃어 보이는 그녀에게 그는 잽싸게,

"오늘 뜻밖에 아름다운 분을 만나게 되어서 행복합니다."

보일 듯 말 듯 웃어 보이는 그녀를 뒤로하고 돌아오는 그에게,

"기태야, 잘 되었냐?"

하면서 게임하다가 익스큐스미도 없이 수작 부리고 어슬렁어슬
렁 돌아오는 녀석한테 절친 이상오가 기다렸다는 듯이 물어온다.

"잘 모르겠어, 내일 봐야 해."

"애, 그 긴 생머리 여자애, 썩 괜찮아 보인다. 잘 됐으면 좋겠다, 기
태야."

“그래, 개 아주 삼삼해 보여, 내일 잘해 봐.”

상오가 기를 돋아주니, 또 한 친구가 응원해 준다. 그의 생각은 내일 그녀가 나타날 수도 있고, 안 나타날 수도 있다. 그녀가 나오는 것도, 안 나오는 것도, 팔자소관이다. 그래도, 그녀의 짧은 미소는 그의 가슴에 작은 물결을 일으키고 있다. 오늘 아침 일찍부터 머릿속에는 그녀 생각만 꽉 차 있고, 윤기 흐르는 그녀의 긴 생머리를 연상하다가, 가장 좋아하는 네이비 블루 컬러 재킷을 골라 입고, 모처럼 거울 속에 비친 자기 얼굴을 쳐다본다. 늘 샤워만 하고, 거울도 안 본 채 타올로 털고만 하는데, 오늘은 사용 안 한 지 몇 달이 지난 로션도 이것저것 토닥거려 본다. 오랜만에 마주하는 거울 속 자기 모습은 잘생기지도 못했고, 못생기지도 않은 것 같다고 스스로 격려한다. 그러면서 기생 오라비보다는 몽돌처럼 단단하게 생긴 것이 낫다고 스스로 격려도 한다.

일요일 오후, 지하철 1호선 시청역에서 내린 그는 덕수궁 돌담길을 끼고, 노랗게 물든 나뭇잎들을 사근사근 밟으며, 정동길을 걸어 베로니카에 들어선다. 진실이라는 의미의 ‘베로니카(Veronica)’는 스페인어가 모국어인 부모들이 여자 아기 이름으로 선호한다. 카페의 스트레오에서는 프랑스 영화 「개인 교수」의 주제 음악(프란시스 레이)이 흘러나온다. 비를 맞고 모터 사이클을 탄 채 올려다보는 연하의 연인 인사가 마지막인 줄도 모른 채, 2층 유리창을 때리는 굵은 빗방울을 가리키며, 코트 깃을 올리라고 손짓하는 고혹스러운 여인의 얼굴이 70mm 대형 스크린을 꽉 채우면서, 미소 짓는 연상의 연인(나타리 드롱)을 뒤로한 채 첫사랑의 아픔을 안고 모터사이클과 함께 비 내리는 파리 시내 울긋불긋 차들 속으로 사라져 가는 마지막 장면을 떠올

릴 때 가슴을 파고드는 주제 음악이 끝나고 나뭇가지 모양의 크리스
탈 상들리에를 주시하던 그는 둥근 벽시계의 두 바늘이 직각을 이루
는 3시 긴 생머리를 휘날리며, 검은 공을 굴리던 그녀의 모습이 스쳐
지나가고, 그녀가 나타날 수도 있고, 안 나타날 수도 있는 확률을 세어
본다. 그가 그녀의 스타일이 아닐 수도 있고, 그녀의 미모라면 날쌘 남
자들이 눈에 불을 켜고 우글거리는 장안에서, 그녀의 시추에이션이
오픈되어 있는 것이 이상할 수도 있고, 아니면 등잔 밑이 어둡듯 아직
혼자이거나, 혹은 일이 생겨 나중에 명함을 받았던 그녀가 전화를 해
올 수도 있고, 아니면 다음에 괜찮은 '가을 여자'를 만날 수도 있고. 오
락가락하던, 3시 14분이 채 되기 전, 작은 미소를 띤 채 그녀가 사뿐히
나타난다.

어둠침침하던 카페 속이 환해지고, 「개인 교수」에서 두 남녀가 파
리 시내 길모퉁이에서 처음 만날 때, 커다란 바이올린 음률이 극장 천
장 양쪽에서 터져나오던 장면이다.

8

빛과 그리고 그림자

어느 날, 대연전자 해외사업부 이일훈 본부장이 부른다.

"민기태 씨, 나 좀 봅시다."

"네."

"이번에 결혼하는 신부가 어떤 여자인가?"

"그냥 여자입니다."

"그럼 여자지."

하고, 김진오 부장이 끼어들면서, 본부장 질문을 비껴가는 답변이 못마땅하다고 핀잔을 준다.

"제 말씀은 보통 여자라는 뜻입니다."

이 일은 XXX 고위 간부가 대연전자 관리본부장 유재한 전무에게 찾아와서 조사를 해 갔기 때문이다. 이일훈 본부장은 그의 약혼녀 쪽에, 썸씽 스페셜이 있다고 생각하지만 자세히 말하고 싶지 않은 것으로 알고,

"김 부장, 뭔가 좀 특수한 배경이 있는 양갓집 규수 같은데, 말 안 하네."

"요즈음 XXX가 난리 아닙니까, 나중에 알게 되지 않겠습니까?"

서울 중심지가 내려다보이는, 남산자락 대궐 같은, 그녀의 경제력 있는 집에서 한강변 아파트를 사 주었다. 샐러리맨 월급으로 빠듯한 그에게 행운이었다. 빛이 있는 곳에 그림자도 따라왔다. 대학 졸업생들이 가장 취업하고 싶어하는 대기업 집단이라 해도, 봉급이 너무 초라했다. 빛 좋은 개살구였다. 학교 다닐 때 고교생들 영어, 수학, 아르바이트 수입이 더 짭짤했었다고, 소주 한잔할 때 푸념 하는 동료도 있었다. 월급 받고 술 한잔씩 하고 나면 동전 소리 짤랑짤랑 나니까, 쓸 만한 건덕지도 안되지만 그냥 다 써버렸다. 이렇게 굴러가다 보면 어디선가 멈춰 서지 않겠나, 하는 생각만 문득문득 들고, 또 다음 날이면 둥근 해가 솟아 오른다.

그녀가 좋아서 만나기는 했어도 결혼이란 말은 한 적이 없는데, 모녀간 일상적 대화 때 결혼할 만한 사람이 있다고 한 말이 꼬장꼬장한 아버지 귀에 들어가니, 신경이 날카로워진 아버지는 애지중지하는 철없는 딸이 어떤 양아치 같은 놈한테 걸렸나 하고, 즉각 민기태란 놈의 정체를 파헤치기 시작했다. 집안 경제 사정은 보통 수준 이하이지만 굶기지는 않을 직업은 있으니까, 면담 후 NO라고는 하지 않는다. 그러나 아무 준비도 없이 결혼이란 문제에 봉착하게 되어, 지난해 늦깎

이 결혼한 형의 뒤를 이어 결혼은 하지만, 그의 통장은 빈 깡통이었다. 소주 먹고 저축 안 한 문제는 있지만, 짜증 나는 월급이 더 문제였다. 이런 박봉으로 인고의 세월을 견뎌 온, 사무실 뒷줄에서 유리창을 등지고 목에 힘주고 앉아있는 직장 상사들이 기특해 보였다. 전반적인 사회 현상이고 선택의 여지가 없다. 시대라는 큰 수레바퀴를, 밀고 나아가는 동력은 톱니 하나하나에 해당하는 방대한 조직들의 구성원에 의해서 전달되므로, 사기업, 공기업, 은행원, 선생님, 공무원, 군인, 경찰관, 판검사, 전임강사, 조교, 연구원, 불문하고, 빠듯한 월급쟁이로 스타트할 수밖에 없다. 그것도 아무나 할 수 있는 것도 아니다. 높은 경쟁률을 통과해야 한다. 어쨌든, 지금은 고난의 행군 시간이다. 그는 얇은 월급 봉투를 아내에게 갖다 주고 나면, 결혼 때 진 빚이 늘 고민이었다. 그 즈음, 대학 동창이고 그룹공채 동기로 전자 계열사로까지 함께 보내져서, 경리과에 근무하며 종로 낙원 볼링장에서 아내를 처음 만났을 때에도 있었고, 결혼 때 함진아비도 했던 이상오가 오더니,

"기태야, 오늘 대연건설로 이동 발령받았다. 다음 주 보따리 싸서 가니까 내일 소주나 한잔하자."

"허구한 날 너하고 마시는 게 소주고, 거기로 간다고 안 보냐. 어제 점심 먹을 때에도 그런 낌새 보이지도 않더니, 뜬금없이 그게 무슨 소리냐?"

"그걸 내가 어찌 알겠나? 조금 전에 통보받고, 너한테 달려온 거야."

"거기 가면 식구들이랑 헤어져 중동 나간다고 들었는데, 거기도 가라면 갈 거야?"

"미쳤냐? 절대로 못 가! 우리 공주님 돌잔치 때 와서 보았겠지만

지금 아장아장 걷는 모습이 예뻐 죽겠는데, 내가 어떻게 나가냐?”

“인사 명령 떨어졌는데 안 나가면 진급에도 문제가 있을 텐데, 어쩌려고 그래?”

“그런 것 신경 안 써.”

“알지, 너희 집 부자인데 너 같은 귀공자가 그런데 나가면 웃기는 거지.”

“귀공자는 무슨 귀공자냐? 그만두라면 다른 회사 알아보면 되는 거고. 전에도 말했지만, 지금 직장 생활이 먹고사는 문제가 아니고 사회를 하나둘 배워 나가는 과정, 너랑 다니던 학교 생활의 연장으로 봐.”

그는 재가 또 뚱딴지 소리하고 자빠졌나 하고 있는데,

“얼마 전에 그룹에서 건설업을 하려고 쓸만한 회사를 하나 인수했잖아.”

“사보에 난 기사를 본 것 같아.”

그는 별로 관심 없이 듣는 둥 마는 둥 한다.

“새로 인수하는 회사니 원래 소속 직원들도 함께 오지만, 그룹 차원에서 자체 인력을 많이 투입하는 모양이야.”

여기까지도 무덤덤하게 듣고만 있다.

“그리고 퇴직금도 나왔다”고 한다.

그는 귀가 뻔쩍 뛰었다.

“뭐라고? 퇴직금 받았다고 했냐?”

“그게 말이야. 같은 그룹 회사지만, 각각 독립된 법인체기 때문이래.”

그는 점점 더 흥미가 더해지는데,

“그래서 관계사 전출되면 퇴직 처리된다고 해.”

“얼마나 받았나?”

“이백만 원 조금 덜 되나 봐.”

“한 번 더 말해 봐!”

“귀 먹었나? 이백이라고 안 했나?”

“야, 나도 가고 싶다. 거기 어떻게 하면 갈 수 있나?”

“그룹기획실에서 계열사들에 분야별 소요 인원 지원 요청을 한대. 인사부에 한번 물어 봐.”

이 돈 이백만 원(현가 3,500만 원)이면 즉시 빚을 갚을 수 있다. 그도 몰랐는데, 아내가 이런 걸 알 리가 없다. 그리고 건설로 가면, 자신도 모르는 인사 이동이라고 말하면 된다. 와! 갑자기 엔도르핀이 솟는다. 다음 날부터 건설로 가기 위한 작업에 돌입한다.

“과장님, 건설로 가게 좀 알아봐 주십시오.”

“내가 못 하겠는데, 왜 거기는 무슨 바람이 불었어요?”

“그냥 변화를 좀 갖고 싶습니다.”

“위에서 No 할 거요.”

“그래도 수고 좀 해 주십시오. 중이 제 머리 못 깎지 않습니까.”

장재창 과장한테 부탁하니 김진오 부장한테 전언한다.

“본부장님한테 말해도 안 될 테니, 그냥 안된다고 하세요.”

다음 날 민기태는 김진오 부장한테 요청한다.

“저, 꼭 가야겠습니다.”

“거기 가면 전부 중동 나가야 하는데, 엊그제 결혼한 사람이 아내랑 떨어지는 게 좋아요?”

남의 사정도 모르는 말씀으로 각설하고, 또 다른 루트를 모색해서 돌진하기로 했다. 인사 담당 전판건 과장한테 부탁한다.

"좀 보내 주십시오."

"현업부서에서 No 하는데, 내가 욕먹어요. 모든 부서 사람 무역 부서에 못 가서 안달인데 왜 그래요? 매년 뉴욕, 런던, 밀라노, 독일 등 지사로 교체 파견 되는데, 다시 생각하세요."

다음 날 오전 고의로 출근을 안 하고 오후에 나가니까 이일훈 본부장이

"민기태씨, 나 좀 봅시다." 하고 부른다.

"거기 가지 마라. 곧, 여러 해외 지사 나간 지 오래된 사람들 교체도 해 주어야 하니까, 아무 소리 하지 말고 마음 정리해라. 그리고, 내가 OK 안 하면 못 간다."

그런데 미국, 영국 등 해외 지사에 나갔다가는 빚을 절대로 못 갚는다. 해외 지점 근무 후 돌아온 전임자들에 의하면, 3년 있는 동안 차 한 대 사서 월부값 다 갚느라고 허덕거리다 보면, 귀국할 때 된다고 했다. 어디 가나, 빚 좋은 개살구이다. 이렇게 한 달가량 우기고 쇼를 해서 퇴직금을 받자마자 빚을 모두 다 갚아 버리니, 하늘을 날아가는 기분이었다. 이제 곧 중등으로 나가야 하는데 아내는 아무것도 모르고 있다. 오직 회사의 명에 의해서, 일어나는 일로만 알고 있을 뿐이다. 그는 임신 한 달째인 아내가 속상해하는 모습을 볼 때마다, 미안한 감정을 억제하기 힘들고 가슴 아프다. 그가 사실대로, 결혼 빚 얼마 때문에 건설 계열사로 자원해서 옮긴다고 하면, 한강변 아파트도 사주는 재력 있는 처갓집에서 올스탑시키고, 잔돈 몇 푼 때문에 계열사 중에서도 가장 돋보이는 전자 회사를 팽개치고, 이제 막 결혼한 딸을 두

고 몇 년씩 중동으로 나간다고 하면, 그가 지고 있는 빚도 1초 내로 갚아 주겠지만, 그런 말은 할 수 없다. 어쩔 수 없는 모두의 안타까운 일이다.

9

젯다 사업본부

    민기태는 건설로 이적 후, 한 달가량 본사 외자부서에서 기본 업무를 파악하고 사우디행 국적기에 몸을 싣고, 11시간 비행 후 사우디의 관문인 '다란 국제공항'에 도착하였다. 국제선에서 국내선으로 환승하기 위해 대합실에서 두세 시간 대기하는 동안, 띄엄띄엄 앉아 있는 사우디 여인들의 모습을 보고 소름이 끼쳤다. 검은 천으로 된 '아바야'라는 옷으로 온몸을 뒤덮었고, 흑두건처럼 두 눈만 보이는 저 여인들은, 사우디 남자들과는 다르게 생기고, 옷차림도 이상한 그를 머리 꼭대기부터 발끝까지 다 보고 있겠지만, 그는 아무것도 볼 수가 없다.

    다란 공항을 이륙한 항공기는, 동이 트는 아침 햇살에 은빛 날개를 번쩍이며 홍해바다 젯다를 향해, 멀어져가는 걸프만 푸른 바다를 뒤에 두고 서쪽 하늘로 날아간다. 발 아래 펼쳐진 대양 같은 사막은 아침 햇살에 반사되어 온통 적토색으로 물들어 있다. 저 멀리 사막 곳곳에서는 불기둥들이 솟아오른다. 유전이다. '딸라'가 땅 밑에서 솟아오른다. 식물도 동물도 보이지 않는 메마른 사막에서 금은 보화가 용솟음쳐 쏟아져 나오니, 알라의 축복인가, 부럽고 놀랍다.

그는 한 달간 6개 현장의 자재 업무를 수습한 후 본부 외자부서에서 해외 자재 구매 업무를 시작한다. 소요 자재는 설계 회사에 의해서 설계도에 명시되고 제조업체가 지정되어 있다. 시공사는 설계도에 표기된 자재로 시공하고, 발주처는 기성금, 즉 공정 비율에 따른 공사 대금을 지불하기 전, 설계도와 함께 감리 회사로 하여금 투입된 자재를 점검하도록 한다. 해당 소요 자재의 제조업체는 독점으로 지정되어 있기도 하고, 복수업체로 선택 가능한 경우도 있고, 완전히 개방된 경우도 있다. 시공사는 설계도에 따라서 제조사 정상 가격으로 구매하면 간단하다. 해당 공사 입찰 때 소요 예산으로 산정된 원가이고, 그로부터 반영된 공사대금으로 수주했기 때문이다. 그러나 기자재 제조업체들은 자사 제품이 지구촌 구석구석에서 시공 중인 수많은 공사 현장에서 지정되거나 선택 가능으로 분류되어 있는지 알 수 없다. 그는 이 틈을 노린다. 제조업체 제품을 제조사 정상 가격에 구매해서 현장에 투입하면 할 일도 없다. 그러나 그는 제조업체의 가격을 받으면 무조건,

"베스트 가격을 알려 주세요."로 시작해서,

가격을 받으면

"귀사의 가격이 우리 예산을 좀 오바합니다." 하고 반응을 본다. 비

싼지 안 비싼지 따져 보기도 전에 툭 던지는 견제구이다. 링에 오른 권투 선수의 쨉이다. 선택 가능하거나 오픈된 경우에는 복수 제조업체 가격을 전부 받아서 비교한다. 단수 지정 노미네이트 제조사 자재 구매보다 가격을 깎아낼 수 있는 찬스가 많다. 복수 견적을 받아서 가격 대비한 후, 상대를 자극해서 밑바닥까지 훑어 나간다. 여기서 개별 업체들의 생리를 하나둘 체득하고 자료로 삼는다.

그는 전자에서 수출 업무를 담당할 때 지역별 바이어 특성을 나름대로 분석하고 활용했다. 수입업자의 견적 요청을 받고 정상 가격을 제시하면 그대로 수용하고 신용장을 개설해 오는 바이어가 있는가 하면, 무조건 할인 요청해 오는 수입업자도 있다. 그러나 일부 중동 국가들을 포함한 특정 지역 바이어들은 최소 15%는 깎아야만 구매한다. 그것도 시작은 30%부터 요구해온다. 오래 전부터 불신 풍조가 만연한 지역 국가의 바이어들이다. 단번에 15% 깎아 주겠다고 하면 안 된다. 더 깎자고 달려드니까 물러설 곳이 없다. 정상가격의 5.7%까지라고 소수점 이하까지 밀고 당기고 해야 15% 선에서 마무리된다. 이렇게 사전에 계획된 할인 가격에서 거래가 성사되고 바이어들이 만족해하는 모습을 확인했다.

그러나 수입자가 재판매를 위해서 수입하는 모든 유통용 수출 상품의 수출 단가는 모든 지역, 모든 바이어, 똑같다. 수출 가격에 차이가 나면, 제3지역이나 제삼자한테 재수출을 위한 수입도 발생하고, 자사 제품의 시장 통제력이 무너지고, 그 부작용은 부메랑이 되어 돌아온다. 따라서 특정 지역 혹은 블랙리스트에 올린 바이어들을 대상으로는 일정 비율이 인상된 가격표를 따로 준비해서 같은 수출가격을 유지하므로, 정상 가격에 사면서도 매우 흡족해한다. 반도체나 기술 집약형 스마트폰 같은 하이테크 제품 출현 이전, 잡화 수준 전자 제품 현지 수입상들이 도매시장의 도매업자들이기도 했기 때문이다. 그러나 1억 달러 이상 규모의 프로젝트를 시공하는 데 소요되는 기자재의 제조업체와는 서로가 품격을 유지한다. 그리고 건설회사 수입 자재는 자체 시공을 위한 기자재이고, 유통 차익을 위한 재판매용 소비 제품이 아니므로 전자 제품 수출 업무와는 상이하다. 즉 난방용 히터와 마이크로 오븐 같은 잡화 제품을 취급하는 남대문 시장 도매업자 수준의 수입업자들과는 다르다. 따라서 고가의 기술집약형 기자재를 생산하는 대형 제조업체들은 서로가 품위를 유지한다. 그래도, 체면만 차리고 넘어가지는 않는다. 한번 시도하고, 반응이 서로 다른 것도 감지하고, 나름대로 방법과 요령을 만들어 나간다. 현장에서 구매 요청이 들어오면, 제조업체에게 견적을 의뢰하고 가격을 받으면, 아무리 설계도면에 독점으로 지정된 제조업체라고 해도 슬쩍 한번 흔들어 보면, 극소수, 전혀 룸이 없다는 업체도 있다. 이런 업체들은 정가 온리(only)이고 받을 금액만 제시하는 제조업체들이다. 어떤 의미에서는 이런 업체와의 거래가 더 편 할 수 있다. 거품이 없기 때문이다. 하지만 대부분 할인된 가격, 즉 카운터 오퍼가 들어온다. 비싼지 안 비싼지 모르고 시도하는 일종의 견제구인 훼인트모션의 부산물이다. 자재 수입 업무와 반대였던 제품 수출만 하다가 처음 수입 업무를 하면서, 크게는 이삼천 불 적게는 천 여달러씩 깎아서 사는 재미가 보통이 아니다. 가격 협상이 진행될 때는 간지러움을 느끼고, 낚시하는 즐거움도 생긴다. 물론 수입 업무 과정에서 필수적인 훼인트모션은 품격

있는 업체 간 거래이기 때문에, 상대의 제시 가격이 합리적이기도 하겠지만, 얼마라도 좀 저렴한 가격에 사고 싶고, 최소한 1불이라도 비싸게는 사지 않겠다는 저의도 깔려 있다. 어쨌든 소요 자재 제조업체 레귤러 가격은 공개 경쟁 입찰 때 원가로 산정되었던 것이므로 그대로 구매하면 기대이익을 확보한다. 그러나 엄살을 떨든 쇼를 하던 그런 과정을 거치고 얻어지는 수확은 크다. 1억 달러 공사에서 평균 5퍼센트만이라도 저렴하게 구매하면, 총 소요 자재비, 평균 30%에 해당하는 자재 구입비가 3,000만 달러인 경우, 150에서 200여 만 불이 그의 손끝에서 묻어 들어온다. 그는 결혼 때 빚진 2,000달러 때문에 여기까지 와 있다. 바로 이 2,000달러(현가 3500만 원)이 목에 걸린 가시였고, 아들의 출생을 먼 이국땅에서 맞아야 했던 원초이다. 그래서 2,000달러는 그에게 별도의 의미가 있고 보람을 느끼게 한다.

모든 인앤아웃 텔렉스 메시지의 불루카피는 당일 본부장에게 전달된다. 그의 일거수일투족이 텔렉스 불루카피에 기록되고, 성과가 계산서에 금액으로 한눈에 들어온다. 원가 절감뿐만 아니라, 수많은 소요 자재의 원활한 적기 현장 투입은, 공기 단축에도 영향을 미친다. 해외공사에서 공기 단축 은 황금 덩어리이다. 한 시간, 한 시간이 비용이기 때문이다. 수많은 인력들이 해외 현장에서 체재하는 것 자체가, 고속도로를 주행하는 차량의 연료 비용처럼 쉬지 않고 줄줄 새는 경비 지출이기 때문이다. 공기 2년의 1억 달러 프로젝트 인건비만 통상 30퍼센트로 책정하면 3,000만 달러이고, 1개월 공기 단축 경우, 125만 달러가 절약되고, 인건비 절약 외에 부수적으로 절약되는 체재와 숙식, 복리후생 비용까지 감안하면 2개월 공기 단축은 350만 달러 이상의 부가 수익을 창출한다고 볼 수 있다. 예측하지 못한 돌발적인 사유로 자재의 적기 공급에 빨간불이 켜지면 현장의 전체 공정에 심각한 부작용을 피할 수 없고, 공사 기간 연장도 불가피해진다. 공기 이내에 완공을 못하면 추가 비용 발생으로 인한 수익감소 뿐만 아니라 위약 벌금도 감수해야 하고, 더 심각한 문제는 차기 공사 공개입찰 참가 기회마저 박탈당한다.

대부분의 자재들은 수에즈 운하를 통과하는 해상 운송이다. 그러나 선박 해상 운송이 불가능한 대형 오버사이즈 설비 같은 벌크 카고(Bulk Cargo) 기자재는 중장비 트레일러로 유럽 대륙으로부터 육로 운송된다. 무사히 도착할 때까지 신경 쓰이는 부분이다. 선적지에서 출발한 차량의 현재 위치와 다음 기착지 ETA를 매일 확인한다. 대형 수송 트랙터에 의해 수송 중인 초대형 화물이, 장거리 운송 도중 생길지도 모르는 조그만 문제에도 현장 전체 공정 시간표에 커다란 차질이 생기기 때문이다. 어느 날, 바람이 좀 세게 불면 날아갈 것 같은 가냘프고 왜소한 체구의 네덜란드 드라이버가, 엄청난 크기의 트레일러를 네덜란드로부터 독일, 헝가리, 루마니아, 불가리아, 터키, 시리아, 요르단을 거쳐 사우디까지 4천 마일을 2주만에 젯다 인근까지 운반해 온 것을 시 외곽으로 마중 나가서, 복잡한 도심의 현장까지 에스코트한다. 저렇게 큰 화물을 싣고, 20미터나 되는 기다란 트랙터 트레일러를 운전해서, 산 넘고 물 건너 먼 길을 무사히 달려온 가냘픈 몸매의 드라이버를 보고, 평상시보다 더 극진히 대접해서 보낸다. 임무를 완수하고 가벼운 빈 차로 날아가듯 돌아가는 얼굴에 미소가 번진다. 물가가 서구 유럽 국가보다도 몇 곱절 저렴한 동유럽의 불가리아와

루마니아를 통과할 때는 술 한잔에 젊고 예쁜 아가씨를 껴안고 하룻밤을 지낼 생각을 하니 피곤한 얼굴에서 생기가 돋아난다. 오대양 육대주를 항해하는 마도로스들이 정박하는 함부르크나 암스테르담에는 술과 여자들과 함께 불야성이 이루어지는 것처럼 가스 스테이션에서 처음 보는 사람과도 말 한마디 하고 싶어 입이 근질근질해지는, 사흘이고 나흘이고 홀로 대륙을 횡단하는 트레일러 운전사들의 휴식과 위안도, 애리조나 카우보이들처럼, 주막집 아가씨들과 흥겹게 춤추고 마시고 노는 것이다.

별 의미 없이 오가는 말에도,

"ㅎ ㅎ ㅎ ㅎ ㅎ!!"

굵은 남자들 웃음 사이사이에,

"에애앵애 에"

간드러진 여자들 웃음소리가, 라면의 수프이고 찐빵의 앙꼬이다. 지나간 것은 지나간 것이고, 케세라세라(Que sera, sera)!

Whatever will be, will be!

The future is not ours to see!

Que sera, sera

Whatever will be, will be.

인종과 언어는 달라도 외롭고 고달픈 남자들이 멈추는 곳에는 술과 여자들이 있다.

알프스를 넘으며 기진맥진 힘들어하는 병사들에게 "저 산만 넘으면 술과 여자들이 있다."

나폴레옹이 했다고 전해 내려오는 말이지만, 누군가 지어낸 것 같
기도 하다(?).

10

걸프만 바닷가

어느덧 M 현장 공사가 마무리되어갈 무렵, 소요 외자재 발주는 대부분 완료되었다. 사우디 사업본부는 정부 관보에 공포되는 향후 신규공사 입찰 안내에 따라, 신규 공사 수주를 위한 전진기지 역할과 곧 착공할 중서부 지역 복수의 추가 신규 공사와 함께 늘어나게 될 수입자재의 원활한 통관 수송을 위해서 걸프만 해안 도시 알코바에 새로운 지점을 개설키로 했다. 당연히 본부에 여유 있는 유휴 가용 인력을 투입하면 된다. 모든 직원 생각으로는 이집트, 쿠웨이트, 말레이시아 등 현장에서 경험 많은 유능한 간부사원 중 특별나게 유창한 영어 실력도 겸비한 황봉근 부장이 최선의 선택으로 하마평에 오르내렸다.

"한 부장, 다음 달 개설하는 알코바 지점은 민기태를 책임자로 해서 팀을 꾸려 보세요."

한종인 총무부장한테, 안써니 김 사우디 본부장이 지시한다.

"무슨 말씀인지요?"

"민기태를 책임자로 지점 요원을 구성하세요."

"지금 특별한 보직 없이 지내는 황봉근 부장 등 중견 간부사원들이 많지 않습니까?"

"아니야요, 이번에 신설 지점의 책임자는 민기태가 적격이에요. 기초를 잘 잡아 놓아야 해요. 신규 공사 입찰 작업 관련 영업부 현지 지원 문제, 건물 임대, 관청 업무, 텔렉스 등 통신시설, 금융기관과 기타 인허가 문제, 자동차 및 기타 지점 사무실과 숙소 설비 비품 구매 등, 그리고 기존 및 신규 공사 화물 수송 통관과 신규 착공 공사 인력의 입출국 다란 국제공항 행정 업무와 국제선 출입국 환승 인력 지원 문제 등 신규 공사가 시작되면 신경 많이 써야 해요."

다음 주 민기태와 행정 요원 두 명, 주방장 한 명이 함께 알코바로 출발한다.

신설 지점 관련 업무는 3주 만에 마무리되었다. 그리고 그는 할 일이 없다. 행정요원 박순조만 남고, 별로 특별한 업무가 없는 한 명은 구조조정해서 본부로 귀환시켰다. 박순조는 곧 착공될 신규 공사 현장 요원들과 기능 인력의 입출국 및 환승을 도와 주기 위해 다란 국제공항으로 상시 출타한다. 행정 요원 박순조와 함께 두 사람만 상주하면 주방장도 본부로 귀환할 수 있지만, A.K. 지점으로 출장 오는 신규 공사 현장 조사 및 수주 담당 직원들의 식사 문제로 주방장은 상주해야 한다. 그러나 일을 찾아보아도 할 일이 없다. 젯다에서 하루가 번개처럼 지나가는 것에 비하면 날이 갈수록 고통이다. 무슨 상품을 판매한다면 신나게 잘할 것이다. 골목 구석구석 찾아다니면서 바이어를 발굴하거나, 일감을 만들어 낼 것이다. 일주일이 지나고, 또 일주일이 지나니 도무지 할 일이 아니다. 기존 여섯 군데의 젯다와 리야드 등 중부 현장, 소요 자재 통관 수송 업무는 일거리가 못된다. 수입업자가 세관에 출입해서 수입 면허를 받는 것이 아니다. 반드시 라이선스를 받고 세관에 등록된 통관회사만이 대행할 수 있는 일이다. 특히, 사우디의 모든 사업자 등록은 사우디 아라비아 시민이어야 받을 수 있고, 외국인일 경우는 파트너십으로 들어가야만 한다. 구멍가게도 예외는 없다. 통관에 소요되는 선적서류만 준비해서 통관회사에 건네 주기만 하면 관세율표에 의해 계산된 수입관세를 납부하고, 통관 후 운송회사한테 진행 중인 6개 각 공사 현장으로 수송 의뢰하면 된다. 이 업무는 지점 개설 이전에 젯다 본부에서도 통신으로 진행했었고, 한 달 평균 2회 출장으로도 원활히 수행할 수도 있었던 업무이다. 향후 젯다 본부 계획대로 동부 해안 지대에 신규 공사를 수주하게 되면 많은 일들이 있을 것이다. 그러나 그것은 빨라야 1년 이후에나 가능하다. 또한 신규공사 입찰 준비 차 본사에서 출장 나오는 태스크 포스 팀들이 다음 주부터 분주하게 들락거릴 것이다. 민기태가 할 수 있는 일도 아니고, 기껏 현장안내 정도이다. 할 일도 없지만 그의 귀국 예정일은 6개월 밖에 남지 않았다.

제대 날짜가 가까이 오는 병장이면 떨어지는 가랑잎에도 조심해야 한다는 말이 있었다. 그러나 아무리 조심해도, 신호등 사거리에서 빨강불을 무시하고 달려드는 차량에는 속수무책이다. 통관회사에서 나와 지사로 돌아가는 사거리에서 청색 신호에 따라 직진하는데, 왼쪽 방향 차선에서 흰색 픽업 트럭 한 대가 달려 나와서 그의 차량 운전석 바로 앞을 추돌한 것이다. 픽업 트럭이 멀리서 사거리 진입 전에 푸른 신호등이 노랑에서 빨강으로 바뀌니까 신호 대기 대신 가속 페달을 힘차게 밟아 과속으로 인터섹션을 빠져나가려 했던 것이다. 그의 차는 추돌 충격으로 밀리면서 180도 회전하고 연기가 치솟는다. 그의 차량 속도가 0.1초만 빨라서 50cm만 앞서 갔어도 그의 목숨은 그 시점에서 끝났을 것이다. 구급차로 병원에 도착해서 들것에 실려 응급실로 들어가니까, 입구에서 푸른색 가운을 입은 마르고 키 큰 케냐나 소말리아 출신으로 보이는 흑인 남자 간호사가

"걔도 죽은 거냐?"

하고 소리친다. 아마도 이전에 누군가 죽어서 들어왔던 모양이다. 민기태는 듣기만 하고 죽은 채 미동도 없이 그놈 가까이 갔을 때

"나 죽은 것 아냐, 인마!"

하고 그놈 옆구리를 잽싸게 찌르니까 귀신인 줄 알고 기겁을 한다.

"까 – 아악!"

"놀라기는. 자식이 주둥아리 함부로 놀리고 자빠졌네. 태어난 아들 아직 만나지도 못했는데, 죽기는 왜 죽어 이 새꺄!"

하며, 유창한 한국말로 투덜거리면서, 많이들 죽어서 실려 오니까 사람 목숨이 멸치 대가리쯤으로 아는, 이놈들 입에 발린 소리 같다고 생각한다. 어쨌든 어디서나 모두 멋도 부리고 화장도 하고, 활기찬 사람들만 바글바글하지만, 병원은 모두가 히죽끼리한 환자복에, 비실비실하거나, 죽거나 죽어가는 사람들만 모이는 곳이다. 차량의 심장이

있는 엔진 부위는 신문지처럼 찌그러지고, 한 달 전 출고한 새 차는 폐차 처리되어, 새 차로 보상 받았지만, 사고 당시 충격으로 왼쪽 이마가 찢어지고 출혈이 있어서, 파상풍 주사와 바늘로 꿰매는 외과 치료를 받고 돌아왔다.

충돌 순간, 이래서 사람들이 죽는 거구나 했고, 한국에서 귀국을 손꼽아 기다리고 있는 아내와 사진으로만 보았던 아들의 모습이 번개처럼 스쳐 지나갔다. 결혼 빚 2,000달러 때문에 중동까지 와서, 태어난 아들과 눈도 한번 마주치지 못하고 졸지에 객사해서 김포 공항으로 운구될 뻔했다. 그가 신설 지점 창설 요원으로 지명되어 온 것이 화근이다. 누가 보아도 황봉근 부장 등 유능한 중견 간부사원들이 즐비한데, 그가 지역 책임자로 온 것은 순서가 아닌 것이었다. 안써니 김 본부장의 유별난 선택이었다.

그날 사고 후, 운전석에 앉으면 공포감이 엄습해 오는 것이다. 운전하기가 싫고, 오고 가는 차량들을 운전하는 사람들이 로켓을 타고 우주로 향하는 용감한 우주인처럼 보이기까지 했다. 통증을 느낄 때에는, 차가 없어서 걸어 다니거나 시내버스를 타고 다니는 해외 이주 노동자들이 부럽기까지 했다. 평소에는 약간 낮추어 본 사람들이다.

그런데, 그는 할 일이 없다. 주말이면 두세 시간 거리에 있는 해변가로 나가서 수영하고, 낚시하고 고기 잡는 것이 유일한 즐거움이다. 당연히 운전은 임태호 주방장과 박순조 행정 요원이 번갈아 가면서 한다. 그래도 한동안 달리는 차 속에 앉아 있는 자체가 불안하고, 또 갑자기 다른 차가 옆으로 돌진해 와서 박치기를 하지 않나 하고는 뒷자리에 앉아서도 좌우로 두리번거리기를 한다. 모래사장 끝에서 걸어 들어가면 70미터까지는, 무릎까지만 바다물이다. 가마솥 뚜껑처럼 넓적하고 시꺼먼 가오리들이, 유리처럼 맑은 물속 여기저기서 낮잠을 자는지 모랫바닥에 엎드려 움직임이 없다. 스텔스 전투기 모습과 흡사하다. 한눈에 들어오는 마리 수만 해도 네다섯 마리이고, 고개를 돌려보면 20여 마리도 될 것 같다. 바닷물이 얕고 유리처럼 맑아서, 검고 넓적한 등판 떼기의 가오리들이 한 손에 잡힐 듯 보인다. 한 마리만 잡아도 풍년인데 두세 마리는 문제 없어 보인다. 창 끝에 칼을 꽂고 살금살금 다가가도 납작하게 엎드려 있다. 3미터쯤 근접해서 창을 들어 올려도 가만히 엎드려 있다.

"너는 오늘 저녁 식사 감이다." 회심의 미소를 머금고 올린 팔을 내려찍는 순간 물속 누런 모래바람을 연막탄처럼 일으키고, 커다란 새가 양 날개를 펄럭이면서 날아가듯 시야가 흐려진 물속에서 사라진다. 유리알처럼 맑은 물이 순식간에 온통 누런 흙탕물로 변해 그놈의 동선을 알 수 없다. 오륙 분 후 흙투성이 바닷물은 유리알처럼 맑아지고, 그놈은 10여 미터 앞쪽 모래바닥에, 하얀 배떼기를 깔고 엎드려 있다. "택도 없다." 잡힐 듯 잡힐 듯 꼭 잡을 것처럼 쉬워 보이는데, 그래서 쉬지 않고, 시도하고 또 해도 안 되는 일이다. 그냥 가오리도 물속에서 심심하니까 "오늘 잘 만났다." 하고는 장난하는 것처럼 보인다.

누구라도 잡았나 하고 돌아보니 멀리서 박순조와 주방장 임태호도 헛손질 하느라고 바쁘기만 하다. 시속 80마일(시속 130km)로 달리는, 고속도로 한가운데 앉아 노니는 까치들이, 차에 부딪치기 0.1초 전 잽싸게 점프해서 피하는 수준이다. 가마솥 뚜껑만 한 등판떼기 어딘가에 붙은 콩알 크기만 한 눈동자를 굴리면서 순간 동작 하나하나를 째려보고 있다는 뜻인데, 눈알이 어디에 붙었는지 보이지 않으니 불리하다. 멀리 도망가면 없었던 일로 할 텐데, 바로 가까이 날아가서 납작 엎드리고 "또 해 봐!" 하고 즐기는 고약한 가오리들이다. 박순조가 소리친다.

"안 되겠어요. 이 년놈들이 우리를 갖고 놀고 있어요. 말짱 헛일입니다."

"맞아요, 오늘은 저쪽으로 가서 해수욕이나 하다 가시죠."

임태호도 맞장구친다. 돌아가는 일행들의 뒷모습을 보고 가오리 떼의 함성이 동서남북에서 들리는 것 같다.

"오늘 잘 놀았다. 다음에 또 와!"

일주일 후, 또 다른 바다로 나간다. 뜨거운 사우디에는 바다가 천국이다. 먹지는 않지만 쉽게 잡아 올리는 재미로 끝내주는 쥐고기 잡으러 간다. 낚아 올릴 때, 팔과 어깨까지 부들부들 흔들리도록 요동치는, 묵직한 물고기 떼가 주는 쾌감은 야생동물 사냥하는 묘미와 같다. 무거운 추를 매단 낚싯줄 끝부분에 낚시 바늘을 30cm 간격으로 10개 정도 매달고 하얀 물오징어 미끼를 좀 크게 토막 내어서 끼어 매단다. 낚싯대 릴에 줄을 감아서, 발목밖에 안 오는 얕은 물속을 100미터까지 걸어 들어가면, 물속 낭떠러지가 시작된다. 유리알 같은 맑은 물색깔이 시꺼먼 숯색으로 변하는데, 그 깊이는 아마도 40-50미터는 될 것 같다. 아무것도 보이지 않는 검은 물속 절벽 앞까지는 가지 않는다. 어느 날, 바닷속 절벽 50미터 전방에서 수면 위로 떠오른 등 부분만으로 보았을 때, 황소만한 검은 물체가 수면 위아래로 들어갔다가 나왔다가 하며 천천히 이동하고 있었는데 동물인지 괴물인지 알 수 없었다. 추를 물속 절벽 아래로 던지면, 빠르게 물속 깊은 곳으로, 릴에서 풀리면서, 직선으로 내려가고 갑자기 낚싯줄이 무거워지면서 요동을 친다. 바늘 10개면 10마리가 걸리니까, 무조건 모래사장으로 첨벙첨벙 물을 튀기면서 달리면, 깊은 물속에서 딸려 올라온 물고기들이 얕은 물속에서 하얀 배때기를 드러내놓고 팔딱거리며 발광을 한다. A4 종이 사이즈 4분의 3만 한 놈들이 10마리가 달려서 따로따로 팔딱거리며 요동치니, 낚싯줄을 쥔 손끝과 팔이 흔들릴 때 느껴지는 묵직한 쾌감은 말할 수가 없다. 아마도, 큰 참치 한 마리를 끌어올리면 이럴 것이다. 예전에 극장 매표소 골목 가게에서 연탄불에 구어 영화관 들어갈 때 사고팔던 그 쥐포의 살아있는 생선이다. 쉽게 잡히고, 맛내기도 어려우니까 바로 방생한다. 연탄불에 구운 쥐포는 설탕, 조미료 섞어 비비고 삶은 후 말린 것으로 추정된다. 난류성 어종으로 삼천포 인근에서 포획되는 쥐고기를 낚아보고, 왜 쥐고기라고 하는 이유를 짐작하게 된다. 물속에서 나온 후부터 쉬지 않고 시끄럽게 "찌찌찌찌찌찌 찌찌"라고 소리치기 때문에 붙은 이름이 아닌가 해 본다. 이렇게 시끄럽게 소리지르는 고기는 없을 것이다. 민기태의 장황한 학설이 시작된다.

"억측이긴 하지만, 이 쥐고기의 태곳적 조상이 쥐일지도 몰라요. 원양어선 선원들이 귀항하면서 갖다 준 물개 고기를 먹어본 사람들이 보신탕 집에서 먹었던 육질과 비슷하다고 했어요. 이 말은 태곳적 개가 생선 잡아먹으려고 헤엄치기 유리한 배 젓는 노처럼 네 발의 모습이 물갈퀴처럼 바뀐 것이지요. 이것은 높은 나무 열매와 기린의 긴 목을 예를 들며, 용불용설을 주창했던 라마라크 이론과 상통하지 않을까요? 좀 지나친 억측이긴 해도, 태곳적 쥐들이 바닷속 생선 잡아먹으려고 물속 생활에 익숙해져서, 지금의 쥐고기가 된 것 아닐까요? 지금 보시다시피 주둥이는 꼭 쥐새끼처럼 쪼그마한 데다가, 쥐처럼 계속해서 쮜찌거리고 있지 않나요."

"찌찌찌 쮜찌 찌쮜"

"하하 하하! 물개 스토리는 이름도 개로 불리우고 야생 동물임에도 사람한테 친화적이니까 일리가 있지만, 아무렴 동물인 쥐가 어류가 된다는 말은 황당한 스토리입니다."

"박형 말에 동의합니다."

"첨부터 내가 좀 오버한다고 한 말이고, 내가 그쪽으로 아는 것도 없는데, 우리끼리만 하는 말로 이해들 해 주세요. 그래도 쥐고기 생긴 모습이 쥐를 닮았고, 찌찌찌 하고 소리 내는 물고기는 이 쥐고기밖에 없지 않습니까? 이름도 물하고 개해서 물개처럼, 쥐하고 고기 해서 쥐고기이고. 삶아 말려 포를 뜬 것도 쥐하고, 포 해서 쥐포이고."

이랬든 저랬든, 이 시끄러운 고기는 한 두세 시간만 잡아도 수백 마리는 족히 될 것이다. 다음에 와서 잡으면 같은 놈이 또 올라와서 구면이네, 할지도 모른다. 행정 요원 박순조가, 일식 사시미 요리사 10년 경력인 임태호 주방장한테 물어본다.

"물고기의 암수는 어떻게 구분해요? 이 년놈들은 아무리 자세히 보고 또 살펴보아도 놈인지 년인지 모르겠네요. 수컷이면 어딘가 달려 있어야 하는 데 없어요."

"생선도 동물처럼 수놈이 좀 더 크지만, 색깔은 더 화려해요. 암놈을 유혹하려는 의도 때문이라고 했어요."

"와! 참 그럴 듯하네요. 남자도 여자를 꼬시려면 애를 많이 쓰듯이, 애들도 그러니 웃기는 일이네요."

"수놈도 암놈을 잘 다루는 플레이보이가 있는 것 같아요. 색 쓰는 거지요."

"그런 플레이보이가 있으면 플레이걸도 있겠어요. 그런데 왜 계속해서 암놈이라고 하세요? 암년이라고 해야지요. 우리가 비속어로 흔히들 년놈이라고 할 때, 놈은 보이고 년은 걸 아닙니까?"

"또 이러시네. 별걸 가지고 다 따지시네. 여자 본 지가 오래되어서 자꾸 년, 년, 하는 것 같은데, 그런다고 여자가 어디서 나와요?"

"그게 아니라, 보이와 걸을 구분 안 하시니까 한 말씀 드린 거지요. 미국에서는 우리집 개는 'Girl'이라고 하지 암놈이라고 안 하잖아요."

"여기가 미국이야요?"

"그렇다 하고 넘어가시죠. 그런데, 수놈이 암놈을 유혹한다고 했는데, 유혹하면 애들은 어떻게 하나요?"

"또 이러시네. 별 걸 나한테 다 물어보네요."

"우리끼리, 여자 본 지도 오래된 사우디 왕국에서, 좀 야한 얘기도 하고 그래야지, 그렇게 고지식하게만 하고 그러세요. 말 나온 김에 내가 재미있는 얘기 하나 해 줄게요. 옛날에 국제 연날리기 대회를 중계하는데요, 이래요, 지금 막, 미국 연이 선두로 날아가던 일본 연을 치고 올라 갔습니다. 깜짝 놀란 일본 연이 다시 솟구치려고 할 때, 바로 옆에서 필리핀 연이 또 치고 올라갑니다. 바로 뒤따라서 소련 연, 중국 연, 프랑스 연, 월남 연이 쫓아 날아오르고 있습니다. 말씀드리는 순간, 반대편 구석에서 인도 연과 독일 연이 또 솟구쳐 오릅니다. 오늘 아무래도 일본 연 컨디션이 썩 좋지 않은 것 같습니다. 저 일본 연이 지난 대회에서 우승한 바로 그 연이지 않습니까? 지난 해 바로 저 연이 얼마나 끈질기고 대단한 연이었습니까? 그러나 아직 경기 끝나지 않았습니다. 저 일본 연이 저대로 쉽게 물러설 연이 아니지 않습니까? 저 년이 뒷심을 발휘해서 타이틀을 방어할지, 지켜 봐야 할 것 같습니다.”

“그게 뭐 그리 우습나요? 나는 하나도 안 우스운데.”

“죽겄네, 저 고집. 그럼 내 조카한테서 들었던, 이거는 진짜 우스운 얘기 하나 해 드릴게요. 어느 날 담임 선생님께서 학부모들 직업을 물었었는데, 수산업이라고 말한 학생한테, 아버지가 삼천포 앞바다에서 쥐고기 잡으시냐 하니까, 아니요 해서, 그럼 동해 바다에서 오징어 잡으시냐 하니까, 아니요, 해서, 그럼 무슨 고기 잡으시는 수산업하시냐 하고 하니까, 우리 아버지는 학교 앞에서 붕어빵 구워요, 라고 했대요.”

“그거는 그렇고, 한가지 재미있는 표현의 차이가 있네요. 우리나라에서 연설 시작할 때 남존여비 사상에 의해서 신사숙녀 여러분이라고 했지만, 미국에서는 레이디 퍼스트 문화로 인해서, 항상 레이디 앤 젠틀맨이라고 하지 않습니까? 이게 얼마나 그 양반들 철저한 문화냐 하면요, 아마 미국 대통령후보가 유세에서 한국처럼 젠틀맨 앤 레이디라고 하면, 미국 여자들 표 한 장도 못 받아서 폭싹 떨어질 겁니다. 그런데, 욕 할 때는 우리나라에서도 놈년이라고 하지 않고, 년놈이라고 하면서 여자를 앞세우는 것을 보면, 지독한 남존여비이지 않아요?”

민기태가 티격태격하는 두 사람 사이에서 좋은 분위기 만들어 보

려 중재하는 의미로 하는 말에 바로 이어서 박순조가,

"그러네요. 우리나라도 이제는 선진국이니까, 욕할 때 년놈이라
하지 말고 놈년이라 해야겠네요."

바위가 있는 수심이 낮은 곳이거나, 하얀 백사장 바로 앞 무릎 높
이 물속에서는 은빛으로 반짝이는 돔들이 놀고 있다. 바위 위에 걸터
앉아 잡거나, 모래사장 물가에 서서 1 대 1로 서로 보면서 게임하듯이
낚아 올린다. 낚싯바늘에 끼워 넣은 미끼를 절대로 한 번에 덥석 물
지 않고 가까이 접근해서 툭툭 주둥이로 쳐 보기만 하고, 어디론가 갔
다가 또 나타나서 그러기를 반복한다. 의심이 많은 어종이다. 그러다
가 한동안 생각에 잠긴 돔이, 비장한 결심을 한 듯이 벼락같이 물고
달아나려 하지만, 이미 그때는 게임오버이다. 특히 주방장 임태호는
생선 회 뜨는 데는 프로급이다.

매운탕 끓이듯이, 활어회를 아무나 함부로 뜰 수 있는 것이 아니
다. 돔은 육질이 질기고 자가소화도 늦어서 보관 기간도 오래가는 귀
족 생선이라, 난류가 흐르는 남해안 돔이나, 걸프만 돔이나 비슷하게
맛이 있고, 특히 '썩어도 돔'이란 말로 미화되는 생선이다. 한참 각자
따로따로 떨어져 앉아 한 마리 한 마리 낚아 올리면서 돔 낚시에 집중
하고 있는데, 8미터쯤 떨어진 곳에서 물과 물이 부딪치는 폭포수 소
리가 쏴-아아 하고 들려온다.

"박형, 그 지금 뭐 하는 짓이요?"

박순조가 낚시하면서 오줌을 싸는 소리이다.

"어허, 그 보면 몰라요? 이 넓은 걸프만 대양에 내 오줌 몇 방울 섞
인들 무슨 탈이라도 납니까?"

“지금 이 돔은, 산 채로 가져가서 조리도 하지 않고 바로 회 떠서 먹을 생선인데, 옆에서 오줌을 싸 대면 이걸 어떻게 먹어요?”

“남의 오줌도 아니고 우리 오줌인데, 그렇게까지 따지고 그리합니까?”

“지금까지 잡은 돔, 전부 박형이 가져가서 혼자 다 직접 회 떠서 드세요.”

하며 낚싯대를 걷어 올려서 투덜대며, 멀리 100미터 반대쪽으로 옮겨가니, 민기태가 중재에 나선다.

“몽골족이 원나라 세워서 100년간 중국을 휘적거렸어도 바뀐 것 하나 없다 했지요. 그래서 그들이 떼거리로 100년간 태평양에 오줌 싸거나 말거나라고 했지요. 그러니 박형 홀로 걸프만에 오줌 싸 봐야 별일 있겠습니까?”

‘새파란 수평선, 흰 구름 흐르면, 오늘도 즐거워라 조개 잡이 가는 우리들’ 이번 주말에는 카 스테레오에서 흘러나오는 흥겨운 진주조개 잡이 음악에 맞추어서, 다음 주 내내 조개구이와 조개탕 끓여 먹을 조개잡이 하는, 청정바다로 가는 날이다.

“다음에는 진짜 조개 좀, 잡으러 갔으면 좋겠어요.”
박순조가 또 시작한다.

“그러면 지난 번 여기 와서 왕창 잡아가서, 조개탕에 조개구이 해 먹은 거는 가짜 조개였어요?”

“우리끼리 ‘조개’라고 하면, 그런 줄 대충 알고 빈말이라도 그랬으면 좋겠다고 하면, 덧나기라도 하나요?”

“그냥 솔직히 여자 만나러 갈 수 있으면 좋겠다고 하지, 매번 무슨 말을 그렇게 빙빙 돌려서 말해요? 내가 해주는 조개탕 매번 한 그릇 먹고, 또 달라고 해서 잘 드시면서, 조개를 갖고 수시로 농담하니까 그러지요."

"알았어요. 다음에는 안 그럴게요. 한 번만 용서해 주세요."

"여자하고 잠잔 지가 오래 되었으니까, 어쩌겠어요. 이렇게 말이라도 하면서 스트레스 풀어야지, 주방장님 이해해 주십시다."

민기태가 분위기를 잡아 주려고 한마디한다.

"와아- 아직도 한국 돌아가려면 6개월이나 남았다. 빨리 가서 하고 싶어서 미치갔구나. 6개월만 참자. 6개월 지나고 들어가면 하루에 두 번씩 할 거야."

민기태가 부추겨 주니까, 신이 한층 더 난 박순조가 임태호를 똑바로 쳐다보고 약 올리듯이 하는 말이다. 곧 임태호가 질세라

"두 번씩은 무슨, 뭐, 하루 이틀 지나면 땡이지 뭘 그리 호들갑을 떠세요."

"방장님이나 땡이지, 내가 빵장님이랑 같나요?"

빵장은 은어인 감방장을 장난기로 박순조가 가끔 주방장 호칭으로 쓴다. 때로는 방짱이라고도 한다. 속 넓고 연장자인 임태호는 다 받아 준다.

"장가도 안 간 사람이 누구랑 그렇게 하고 싶은 대로 해요?"

"빵장님은 와이프 한 사람이지만, 나는 여기 나오는 날까지 진행형이 네 명 있었어요. 두 명은 처녀인데, 두 명은 유부녀였지요."

"세상에 유부녀가 하나도 아니고 둘이라고요? 벼락 맞을 짓을 그렇게 막 해요?"

“그 아줌마들이 하자고 하는데, 내 보고 어쩌라고요?”

“양심이 좀 있어요, 어떻게 남의 부인을 하나도 아니고 둘씩이나 그렇게 상대를 막 해요?”

“러브호텔이 얼마나 많아요? 유부녀들 많이 들락날락한다는 것 안 들어 봤어요? 모르니까 속고 속이는 것이지요. 내 잘못 아닙니다.”

“이제 보니까, 완전히 제비네, 제비!”

“제비들은 사모님, 싸모님하지만 나는 누님이라고 불러요. 그중 나이가 더 많은 누님은 용돈도 가끔씩 줘요. 남편이 돈을 잘 버나 봐요.”

“말세다 말세.”

“그런데요, 알고 보면 외도하는 아줌마들만 욕할 일이 아니더라고요. 작은 누님은 시어머니랑 함께 사는데, 매일 한 시도 안 빠지고 구박을 해대니, 이렇게라도 화풀이 안 하면 스트레스 때문에 도저히 견딜 수가 없대요. 그런 데다가 남편은 모른 체만 하고.”

“또 한 사람은 뭐라고 둘러대던가요?”

“큰 누님은요, 남편이 오래 전부터 바람을 피우는 것 안다고 했어요. 숨겨 둔 애인이 있는 것도 알고 있고, 애들 키워야 하니까 참고 살아왔지만, 다른 여자랑 하고 온 남편이 기력 없어, 집에 오자마자 ‘아! 피곤해’ 하고 자 버리고, 누님은 욕구가 있는데, 우리 누님 욕할 일 아니지 않아요?”

“돈 잘 버는 남자들, 그게 문제이지요. 식구들 먹여 살리느라고 열심히 달려오다가 돈을 좀 벌고 여유가 생기면 옆길로 새기도 하지요. 어떻게 보면 돈이 남자들을 그렇게 만드는 것 같아요. 그런데 그 짓도 한참 하고 더 큰 돈을 벌게 되면, 또 정치판 쪽으로 기웃기웃하게 되지요, 남자들은.”

민기태가 적당히 박순조를 두둔한다. 그러자 또 기다렸다는 듯이, 임태호가 박순조를 물고 늘어진다.

“처녀는 한 사람 끝나면 또 딴 여자 사귀어도 되지만, 어떻게 두 사람이나 함께 사귀나요?”

“그 처녀들도 나만 상대하는 것이 아니라고 솔직하게 말했어요. 나도 맘이 편해요. 오래 전에 좋아 하지도 않으면서, 그냥 하고 싶어서 좋아하는 척했던 여자들 생각하면, 죄 지은 느낌이었어요. 그 여자들이 알면 자신을 고깃덩어리로 취급한 것 아닙니까? 가끔 생각나면 미안하고, 양심에 가책을 느낍니다.”

“그럴 수도 있겠지요. 하지만 은근히 박형을 좋아한 여자도 왜 없었겠어요? 서로가 엔조이한 거지요.”

“한 가지 중요한 사실은, 아마도 그동안 상대한 처녀들이 열다섯 명쯤 되지만, 전부가 딴 놈들이 이미 스쳐 간 여자들이었어요. 놀랐어요. 뛰는 놈 위에 전부 날아다니는 놈들이었으니까요.”

그러자 바로 또 주방장이 못마땅해하면서,

“그러면 되었어요. 그런데 이 남자 저 남자 막 상대하는 그런 처녀들은 할 말이 없네요. 박형한테는 어쩌면, 그런 여자들만 걸리나요? 유유상종이네요. 플레이보이에 플레이걸.”

“남자들 성적 취향의 여자들도 있는 것 같아요. 남자들이 호기심으로 서로 다른 스타일의 여자들을 경험해 보고 싶은 욕구처럼요. 예를 들면, 한국 남자들, 속어로 백말 탄다, 뭐 이런 것도 하나의 유형이지요. 어떤 사람들 은어로 태극기 꽂았다고 하는데, 그렇다고 미국 여자랑 결혼한 한국 남자가 평생 한국 여자랑 한 번도 안 해보고 싶겠어요? 아마 미국남자와 결혼한 여자도, 그런 생각이야 있을 수도 있겠지요. 미국에서 무기명 설문조사한 결과에, 미혼, 기혼, 남자, 여자, 관계없이, 같은 직장이나 주변의 호감이 가는 다른 이성과, 섹스를 해 보았으면 하고 생각하는 사람들이 놀랄 만큼 많다고 했어요. 이거는 심리학적으로 풀이하면, 마음속으로 간음 간통들을 이미 하고 있다고 봐야지요. 그렇게 상상 속으로만 하던 남녀 간의 섹스가, 서로 어떤 계기가 되어 실제로 스토리가 만들어지는 일들이, 영화나 소설에서 많이들 나오지 않아요?"

민기태가 박순조 편에서 또 한 마디 거들어 주니까, 신이 난 박순조가 또 치고 나온다.

"그게 미국에서만 그러겠어요? 한국, 소련, 북한, 중국, 아프리카, 영국, 헝가리, 필리핀, 솔직히 저는 말할 것도 없고, 우리 방장님도 왜 그런 생각이야 없겠습니까?"

"사람이 동물과 다른 점이 뭡니까? 윤리가 있고 도리가 있지 않아요?"

"옳습니다. 어려운 문제입니다. 알면서도 컨트롤이 안되어 레드라인을 벗어나지요. 방금 유유상종이라고 하셨는데 이거는, 여자들끼리 유유상종인 경우입니다. 내가 상대한 한 아가씨는 결혼한 친구 집에 가서 놀다가, 늦어서 친구랑 한 방에서 그만 자게 되었대요. 한밤중에 한창 자고 있을 때 친구 남편이 들어와서, 그녀가 잠들어 있으니까 다른 방으로 가서 하지 않고, 그냥 개 옆에서 남편이랑 그 친구가 막 하더래요. 그래서 잠자는 척하고 있는데 친구가 눈치 차리고 자기 남편더러, 쟤도 안 한 지 오래되었으니까 한 번 해주라고 해서, 그냥 하게 되었대요.”

“세상에 그런 일이? 그럼 그 이후에 그 친구 남편이랑 또 했대요?”

“아니요, 그날 이후 서로 그렇게들 전에처럼 자주 왕래하고 했어도, 그런 일은 그때가 처음이고, 마지막이랬어요. 꽤 진보적이지 않습니까?”

“진보가 씨가 말랐나? 어데다가 진보를 막 갖다 붙이나요? 구역질 나오려고 해요.”

“한마디만 더 하고, 절대로 더 안 할게요.”

임태호도 말은 그렇게 하면서도 속으로는 재미가 있는지 적극적으로 거부 안 하고 모른 척하면서, 박순기의 다음 이야기에 귀를 쫑긋하고 기다리는 것 같다.

“웃기는 거는요, 그 여자애는 자기가 절정에 달할 때, 꼭 내가 동시에 사정을 하라고 해요. 왜냐고 물으면요, 내가 그렇게 하면, 자기 몸속에 들어온 내 몸의 일부가 스스로 자연스럽게 꿈틀꿈틀거리는데, 그 맛이 너무 좋아서 그렇대요. 그래서 내가 그 타이밍을 어떻게 정확하게 맞추어서, 내 그것이 너의 그것을 더 맛있게 해 줄 수가 있냐고 물으니까, 하다가 양 다리를 들어 올리면, 바로 그때라고 했어요. 그래서 당연히 소원대로 해 주고는 괜찮았냐고 물었더니 몸이 너무너무 개운하다고 했어요.”

“저러고도 시집가서 시치미 떼고 살 것 아닙니까?”

“그게 아니고요, 요즈음 세상에 처녀 총각 따지면 촌스럽지요. 거의 다 중고 아닙니까? 그러니까 갈고 닦은 실력이 나올 수도 있겠지요. 그래도 신혼 초니까 참아야지 하다가, 아이고 모르겠다 하고, 유도 뒤집기하듯 해서 기어올라가 이판사판이다 할 수도 있지요.”

“뭐 눈에는 뭐만 보인다드니, 박형은 어찌 그리 별난 것만 보이나 요? 대다수 일반 사람들은 그렇게 살지 않아요.”

“그럼 일반 사람 이야기 하나 해 드릴게요. 금실 좋은 젊은 부부가 어느 날 밤, 부부 관계를 하면서 엊그제 본 비디오에서 두 성인 배우 가 하던 대로 시도하다가, 자세가 불안정해 넘어지면서 옆에 자던 꼬 마 아들 머리를 쳤어요. 그 꼬마 아들이 한 말이 걸작입니다. 에이씨, 머리 아파! 그냥 하던 대로 해!”

“박형 업무가 공항 입출국 관리이니까, 귀국하는 사람들 보면 부 럽겠지요. 이해해 주십시다, 주방장님.”

“내가 항공사 직원들하고 유대관계가 좋으니까, 귀국하는 직원들 선별해서 비즈니스 클래스도 많이 태워서 보내요. 내가 이래도 공항 에서는 인맥이 있으니까, 방장님 귀국할 때는 비즈니스 클래스로 태 워서 보내 드릴게요.”

티켓 가격이 일반석의 세 배로 비싸고, 넓고 안락한 비즈니스 클래 스 좌석은 중견회사 고위직 임원들이나 이용하여 한정되어 있지만, 사전에 유료로 판매된 좌석은 많지 않으므로 대부분 빈 좌석에는 융 통성이 조금은 있기 때문이다.

이런저런 얘기 하면서 티격태격하는 사이 두 시간 운전해서 가야 하는 다운타운에서 멀리 떨어져 있는 푸른 바다가 점점 가까이 다가 오면서, 싫지 않은 염분기 있는 상큼한 바닷물 냄새가, 해풍에 날려서 물씬물씬 한 움큼씩 풍겨 오기 시작한다. 조개도 잡고 수영도 하기 좋은 무공해 바다로, 바닷속이 유리알처럼 훤히 들여다보이는, 태평양 한가운데 떠 있는 작은 섬의 맑고 푸른 무공해 바다, 바로 그것이다.

한 달 후, 또 한 무더기 주워가서 지지고, 볶고 해서 조개탕, 조개구이 해서 맛있게들 먹었던 조개잡이 하러 온 날이다. 이날은 민기태 홀로 운전해 가는 차와 박순조와 임태호가 동승한 두 대의 차량으로 왔다. 민기태가 홀로 먼저 공항 픽업하러 떠나야 하기 때문이다.

무릎까지만 바닷물인 모래 바닥에, 맨발로 트위스트 춤추듯이 발바닥을 두세 번 좌우로 비비적거려서 뭔가 까칠한 것이 발바닥에 걸릴 때 손으로 주워 올리면, 주먹보다 훨씬 더 큰 대합조개들이다. 자갈밭에서 몽돌 줍기이다. 30분만 비비면 한 양동이니까, 올 때마다 서너 양동이만 잡아가서 온종일 물속에 담가 두면 조개 스스로 몸속 모래를 뿜어낸다. 일주일 내내 조개구이와 조개탕이다. 본사에서 출장오는 사람들 모두 특미라고 잘 드신다.

그런데 오늘은 얕은 바닷물속 모래 바닥 위에서 트위스트 춤추듯하면서 한창 조개 잡이에 열중하고 있는데, 모래사장에서 놀고 있는 십여 명의, 중학생 또래의 사우디 원주민 소년들 속에 함께 있는 동양인 소년을 보고 깜짝 놀라 물속에서 뛰쳐나가서 어떻게 여기 사느냐고 물었다. 물론 이 아이도 사우디 전통 복장이다. 얼굴만 빼고는 전부 사우디 원주민이다. 몸에서도 사우디 사람 냄새가 난다. 흰 자루처럼 생긴 원통 두루마리 깐뚜라이다. 일행들이 신기해서 눈이 뚱그래져 가지고 물어보니, 사우디화 된 그 동양인 소년의 대답은 뜻밖이었다.

칠팔백 년 전 사우디아라비아 반도 북부, 지금의 시리아, 팔레스타인, 쿠웨이트, 이라크 지역을 칭기즈칸 몽골군이 말 타고 달려와서 정복하고 세웠던 몽골 제국시대에 이주해 와서 살다가, 절치부심 권토 중래한 이집트 이슬람 세력의 반격으로 패퇴한 후에도 귀향하지 못하고 현재까지 눌러앉아 사는 몽고족 후손인데, 반도 북부에는 그런 몽골인들이 정착해서 모여 살며 그들 동족끼리 결혼하고, 그들의 고유 전통생활 관습을 유지하면서 칠팔백 년 전부터 자손 대대로 살아가는 작은 부족사회가 여기저기 흩어져 있고, 일부는 현지화되어 타지역으로 이주하기도 했다고 한다. 이 소년의 가족들은 대대로 살던 북쪽에서 내려와도, 한참 남쪽으로 내려왔다. 한 번에 왔는지, 오다가 찔끔찔끔 백 년씩 살다가 내려왔는지, 누구도 거기까지는 묻지 않았다.

일행은 이 독특한 이야기를, 사우디 아라비아 반도에서 뜻밖에 만난, 칭기즈칸의 몽골제국 신민의 후예로부터 들으면서, 전쟁은 멀리 가서 하면 백전백패라고 했던 손자병법을 무색하게 한다고 생각한다. 하늘을 뚫고 시속 800km로 나르는 비행기를 타고도 11시간이 걸리는 이곳까지 말 타고 달려와서, 홈그라운드 전사들을 궤멸시키고 정복한 후 제국을 건설하고 경영까지 한, 칭기즈칸의 몽고군에 놀라워한다. 원정 싸움에서 이기기도 어렵고 힘든데 그보다 더 어려운 일은 동로마, 서로마처럼 다닥다닥 붙은 손바닥 만한 점령지가 아니라 본국에서 장장 일만 킬로나 멀리 떨어진 이곳 적진 속 점령지에 세운 제국의 지속적 관리와 지배이기 때문이다. MBA(경영대학원)의 Case Study 대상이다.

수나라 수양제는 수십만 대군을 동원해서, 엎어지면 코 닿는 고구려 원정에서도 수십 만 대군 대부분이 떼죽음당하고, 원정 갈 때마다 막대한 국고 낭비로 왕조까지 멸망한 원인이 손자병법을 거스르고,

멀리 고구려까지 가서 싸웠기 때문이라고 한다. 말 타고 창칼로 전쟁하던 수나라와 고구려 때뿐만 아니라, 폭격기 등 군사강국들의 초 현대식 첨단과학 병기가 동원된 소련의 아프가니스탄, 프랑스의 베트남 침공, 미국의 월남전, 등 현대전쟁에서도, 멀리 가서 싸우면 안 된다고 2,000년 전, 종이 출현 이전, 나뭇잎에 기록되어 내려와서 증명된 손자병법이다.

그러나 칭기즈칸의 몽골군에게는, 손자병법은 자다가 봉창 두드리는 소리였다. 칭기즈칸 군은 120마일의 강속구이거나, 휘어져 날아오는 슬라이드 볼이거나, 스트라이크 존을 벗어나는 고의사구 공까지도, 투수 손을 떠난 모든 공을 때려서 장외홈런을 만드는 슬라거 같다.

박순조가 한마디 한다.

"아시안들 와이셔츠 단추 구멍처럼 작고, 찢어진 눈과 외모를 비하하고, 자신들만이 우월한 인종이라고 우습게 보는 애들한테 칭기즈칸이 아시안들의 위상을 높인 것이 다행 아닙니까? 유라시아 대륙을 한숨에 정복하고 가장 큰 제국을 세우고 경영까지 했으니까요."

"맞아요, 우리 한국사람이랑 비슷하게 생긴 같은 아시안으로서 그들이 칭송하는 나플레옹이나 알렉산더 대왕보다 더 용감하고 더 큰 제국을 세운 것에 대리 만족 할 때가 많았어요."

민기태가 즉각 동의한다.

"그러면 천하의 최강국 미국을 공격해서 히로시마에 원자탄 맞기 전까지, 미국을 끈질기게 물고 늘어져서 진땀을 뻘뻘 흘리게 했던 일본도 마찬가지이지요. 그런 일본이라도 없었으면 똑같이 생긴 우리도 도매값으로, 동남아 국가 사람들과 함께 다 싸구려로 넘어가는 것 아니겠어요?”

임태호가 한술 더 뜨니까, 박순조의 반격이 바로 튀어나온다.

“아니지요. 일요일 새벽 느긋하게 잠자고 있는데 야비하게 선전포고도 없이 기습 폭격하고, 발악하다가 깨지면서 개망신당한 애들 아닌가요? 일본 애들이 재수 없이 우리랑 비슷하게 보이니 기분도 나쁘고, 이미지에 먹칠만 했으니, 손해가 이만저만이 아니지요.”

“그래도 그 왜소한 몰골로 인접 국가에서는 자전거나 만들까 말까 할 때에 항공모함, 잠수함, 폭격기까지 만들어 세계 최강인 미국한테 덤벼들어서 맞짱 뜬 것은 놀라운 일 아닌가요?”

임태호도 지지 않으려고 한다.

“그러지들 말고, 수영이나 재미있게 하고 천천히 오세요.”

“그럴게요. 우리끼리 더 놀다가 가겠습니다.”

“그 참, 새로 굴러 들어온 성이사인가 하는 그 양반은 기초가 틀렸어요. 왜 꼭 주말에 내려와요? 오면은 렌터카를 이용하면 서로 좋은 것 아닌가요?”

“그게 그런데요, 그 사람은 전혀 방장님이 지금 말한 것처럼 할 수 없는 사람입니다. 그런 사람은 지금까지 살아오면서 그런 식으로 성장해 왔기 때문에, 지금 자신이 하는 일과 방식이 100% 옳다는 확신을 갖고 있어요. 만약 누군가, 지금 우리가 이상하다는 뜻으로 말을 하면 그런 사람은 도저히 납득을 못하고, 오히려 우리를 더 이상한 사람이라고 생각할 겁니다. 그렇지만 그런 사람들도 다른 많은 장점들을 가지고 있어요. 우리보다 잘하고 좋은 점도 많습니다. 그러니까 차이를 인정해야 합니다. 이 땅에 평화와 저 하늘에 영광이 있기 위해서는 말씀입니다.”

“우와! 모처럼 우리 박형께서 공자님 말씀 한번 하시네, 옳소!”

임태호가 흐뭇해한다.

민기태는 두 사람의 불평에 가타부타 한마디 없이, 오후 3시 공항에 도착할 예정인 한국 본사에서 사우디 본부에 장기 출장 중인 성진건 영업이사를 픽업하기 위해, 일행을 뒤로한 채 주섬주섬 옷을 주워 입은 후 홀로 먼저 떠난다. 해는 아직도 중천인데, 그의 차는 에어포트로 향해 새로 말쑥하게 깔린 브랜뉴 새까만 아스팔트, 텅 빈 하이웨이 위를 미끄러지며 홀로 달려 나간다.

‘오늘은 참 뜻깊은 날이야! 일부러 그런 역사의 산 증인을 찾아 나선 것도 아니고, 칠팔백 년 전이면 이씨 조선을 세운 이성계뿐만 아니라 이성계 할아비도 태어나기 전인 고려 때가 아닌가?’

바로 그 칠팔백 년 동안 몽골족의 혈통을 그대로 유지하며 일만 킬로미터나 떨어진 이 중동 땅에 뿌리 내리고 삶을 이어 가는 몽골제국 신민의 후손, 어린 소년 한 명이 아라비아 반도 남쪽 바닷가에서 원주민 아이들과 같은 사우디 전통 의상을 입고 함께 어우러져서 놀고 있는 역사의 현장을 목격하고 다가가서 두 손을 맞잡고, 두 눈동자를 마주치며 포옹하고 소년의 체온을 느껴 보았으니 대자연 속에서 살아 숨 쉬고 있는 박물관을 들린 기분이다. 오늘 이 이벤트는 ‘릴리스’ 저, ‘그림 쏙 세계사’가 아니고 지나간 칠팔백 년 동안처럼, 앞으로도 1,000년, 10,000년, 영원히, 살아서 숨 쉬고 있을 세계사이다. 런던에 있는 대영박물관 가면 미이라가 있다.

성이사를 픽업하러 공항을 향해서 뜨거운 햇살이 내려 쪼이는 검은 아스팔트 위를 미끄러져 나가는 민기태의 귀 속에는 창과 칼로 무장한 몽골군 기마부대가 누런 황토먼지를 휘날리면서, 서쪽으로, 서쪽으로, 서쪽으로, 서쪽으로, 서쪽으로 - - - - - - 나침판도 없는데, 달과 별을 보고, 서쪽으로, 또 서쪽으로, 서쪽으로, 서쪽으로, 서쪽으로- - - - 끝없이, 서쪽으로, 어제도, 오늘도, 내일도, 서쪽으로 - - 진격하고 정복해 나가는, 우렁찬 말발굽들 소리가 환청이 되어서 들려온다.

뚜따따딱- 뚜따 따 딱따-

언젠가 적진을 탈출한 도망자가 한시바삐 국경을 넘어 잡혀 죽지 않으려고 밤이 새도록 지친 몸을 이끌고 산과 숲을 헤쳐서 걸음을 재촉했지만, 새벽이 되니까 어젯밤 출발했던 지점에 다시 와 있더라는 말이 여운을 남긴다.

11

오륙도

내일 오전 민기태가 외자를 수입해서 투입한 M 현장 공사가 성공리에 끝나고, 준공식이 있으니 젯다 본부로부터 참석하라는 통보를 받고, 오후 비행기로 올라가기로 한 날이다. 아침부터 일박이일 출장 준비를 하고 있는데, 정확히 9시에 통관 회사 매니저 무스타파로부터 전화가 왔다.

'찌~리링! 찌리링~찌리~링'

"마리콤 살라, 무스타파, 아침 일찍 웬일이냐?"

"일이 하나 생겼는데, 당신이 배가 입항하기 2주 전부터 급하다고 난리를 피운 암스테르담발 화물 선적 서류에, 7박스로 표기되어 있는데, 보세 창고에는 9박스가 있단다. 어제 오전 하역 후, 오후에 핫산이 화물 픽업 갔다가 빈손으로 돌아왔어. 화물인도지시서에는 7박스인데, 9박스를 다 픽업할 수 없었기 때문이야. 선적지의 수출업자에게 연락해서, 모든 선적서류, 선하증권(B/L), 상업송장(Invoice), 물품포장명세서(Packing List)를 수정해서 보내온 것을 우리한테 주어야겠다."

"?"

그는 듣기만 한다. 오후 비행기로 젯다에 가려고 하고 있는데, 아침부터 무슨 개뼉따귀 같은 소리하나, 하고 듣기만 한다. 선박 도착하기 전부터, 이 자재는 현장에서 급하므로 배가 도착하는 대로 빨리 뽑아서 현장으로 올려 달라는 요청을 받은, W현장 긴급 소요 자재이다. 따라서 사전에 특별히 통관사에 당부해서 선박 입항 전에 수입 면허까지 모두 받았고 하역이 완료되자마자 화물을 인수해서 젯다 현장으로 급송하려고 했던 현장 긴급 소요 자재이다.

그러나, 어제 화물 인수하러 간 통관사 직원이 세관 창고에 추가로 2박스가 더 있는 것을 확인하고는 깜짝 놀라 그냥 빈손으로 돌아왔다고 한다. 이날 오전에 운송 회사에 미리 요청한 젯다 수송 계획은 물 건너갔다. 오전에 화물을 젯다로 발송하고, 오후 비행기로 올라가려고 했던 것이다. 이 자재는 W 현장 긴급 소요 자재이다. 더군다나 그가 여러 번 들은 소문으로는, 악명 높은 W 현장 남상묵 소장은 성질이 불 같고 아무한테나 혼자 잘났다고 안하무인으로 설치는 양반이라고 들었다. 그럼에도 일은 철두철미하게 하는 완벽주의자이고 건설 현장 경험도 많아서, 상부로부터도 신임을 받고 실력도 있어서, 곧 이사 승진 0순위라고 들었다.

그가 추측키로는, 선적 항구에서 수출자가 선박회사에게 선적 요청서(S. R.)를 낼 때 오타가 생겨서 선박 회사가 발급하는 선하증권(B/L)까지 오기가 생겼거나 아니면 수출자 쪽 화물 포장 출고 작업과정에서 부피가 큰 자재를 파트별로 나누어서 추가 박스로 분리 포장했거나 해서 알 수 없는 무슨 오류가 생기지 않았나 추측만 할 뿐이다. 이러나저러나, 왈가왈부할 시간이 없다. 어느 세월에 정상적인 경로를 통해서 해결하려면 날 샌다 날 새. 만약, 원칙대로 모든 선적 서류 수정한 것을 다시 받아서 화물 인수하려면 이 긴급 소요 자재의 현장 반입 지연으로 공기 내 준공에 차질이 생기면 회사의 손실도 큰 문제이지만, 성질 더러운 남상묵 W 현장소장이 입에 거품을 물고 지랄발광하고 발악할 것은 명약관화이다.

전화를 끊고 잠시 생각에 잠겼던 그는, 다시 무스타파한테 전화를한다.

"하이, 무스타파. 나 민이야."

"선적지에 수정(Amend) 요청했냐?"

"지난 달 내가 배가 항만에 도착하기 2주 전에, 매우 긴급히 젯다로 보낼 화물의 신속한 통관을 당부했지 않았냐?"

"알지, 알고 말고. 그래서 우리도 신경 바짝 쓰고, 선박 도착 전에이미 선상 통관을 완료했지."

그는 9시 통화 후, 한동안 생각에 잠겼다가 무슨 수를 쓰더라도 그화물은 현장으로 오늘 급히 출발시켜야 한다는 것 외에 선택이 없다고 결론을 내렸었다.

"무스타파, 지금 이 긴급한 화물은 오늘 현장으로 급송 안 하면 큰일나니까, 지금 떨어진 화물인도지시서를 갖고 9박스를 다 뽑아내도록 하자.”

“잘 알지 않나? 그것은 불법이고, 걸리면 문제가 더 커지는 것, 그리고 여기는 편법이 안 통하는 사우디 아라비아 아니냐?”

지금 현장 사정이, 오늘 화물을 올려 보내야 하니까 정상 절차를 밟아서는 불가능하다. 그가 모든 책임을 질 테니까, 화물 인수 담당 핫산을 그와 함께 세관 창고로 가게 해 달라. 즉, 7박스가 기재된 수입 면허와 화물출고지시서를 갖고 9박스를 트럭에 싣고 세관 창고를 빠져나오자는 것이다.

세관 창고 건물을 나서면, 100m 전방 게이트 초소에는 서류와 출고화물을 대조하는 검수 공무원과 어깨에 총을 메고 서 있는 카키색 군복 입은 경비가 서 있다. 그는 코리언이고, 무스타파는 파키스탄 사람이다.

종교 율법이 헌법으로 우선하는 이슬람 종주국에서 문제 해결을 위해 한국이나 파키스탄처럼 까 놓고 금전으로 때우거나 더 큰 문제로 번졌을 때, 여기저기 쑤셔서 빠져 나갈 수 있는 융통성이란 쥐꼬리만큼도 없는 나라이다. 사우디 현지인도 아닌 두 사람은 이런 부분은 서로 말하지 않아도 잘 알고 있고, 다른 나라처럼 변호사와 로펌도 없다. 그렇다고 이것을 젯다에 있는 안써니 김 본부장한테 보고 한다고 하더라도, 미국에 살다가 온 현지 사정에 경험도 없는 설계기술자 출신 본부장이 지금 당장 필요한 일에 도움을 줄 만한 것을 기대할 수도 없고, W 현장 남상묵 소장하고 말해 보아야 그 더러운 성깔에 핏대만 내고 악이나 쓸 텐데, 귀중한 시간만 낭비할 뿐이다.

“무스타파, 내가 모든 책임을 지겠다. 핫산이 나하고 함께 세관 보세 창고로 가게 해 달라."

"안 돼! 우리 면허도 정지 될 수 있어!"

무스타파는 그 방법은 위험하니까 생각도 말라고 한다. 문제가 생기면 통관사에도 불똥이 튀긴다고 한다. 세관 블랙리스트에도 올라가게 되고, 통관 회사 면허까지 정지될 수 있다는 말이다. 뒤집어 말하면, 본인의 밥줄까지 끊어지고 파키스탄 고향으로 돌아갈 수도 있다는 말이다. 그는 이 친구하고 말해 보아야 똑같은 말만 하니까, 더 이상 말꼬리 잡고 늘어져 보아야 황금 같은 시간만 낭비한다고 생각한다. 무조건 오늘 중 젯다로 올려 보내야 한다. 그리곤 즉시 은행에 들렀다가, 통관 회사 주차장으로 가서 세관 화물 인수 담당 핫산을 찾는다. 외출 중이고 3시간 정도 눈이 빠지도록 기다리고 있으니까, 핫산의 전용, 크고 하얀 화물 트럭이 주차장으로 뒤뚱뒤뚱 기어들어 온다. 핫산은 요르단 사람이다. 보나 마나 최저임금 받고 남의 나라에 와서 막일하는 이방인이다. 그는 핫산의 커다란 흰색 화물 트럭이, 주차장으로 들어오자마자 달려가서 조수석에 올라탄 후,

"하이, 핫산, 별일 없지?"

"어! 미스터 민, 여기 웬일이냐?"

"사실은, 당신이 어제 우리 화물 픽업하러 갔던 세관에서 그냥 돌아온 것 내가 잘 알고 있어." 하고는 3시간 전에 미리 은행에서 찾아온 핫산의 한 달치 급여에 상당하는 현금 다발을 잽싸게 그의 무릎 위에 올려 놓는다.

핫산은 그의 무릎 위에 올려진 붉은색 뭉치 돈의 무게를 느끼며, 힐끔 한번 쳐다 보고는 놀라, 낙타 눈처럼 커다란 그의 두 눈이 더 크

게 흰 창이 보이도록 뚱그렇게 커지면서, 입을 쩍 벌린 채, 그를 쳐다본다. 이때, 그의 크게 한번 끔뻑하며 윙크하는 오른쪽 눈을 쳐다 보고서, 핫산은 그와 함께, 오가는 현금 속에서 돈독해지는 우리 사이 한 마음 한뜻의 동지가 된다. 두 사람이 동반자가 되는데 소요된 시간은 불과 2초밖에 걸리지 않는다. 지금부터 핫산은 그와 남남이 아니다. 그는 다시 한번 돈의 위력과 편리함에 놀란다. 이럴 때는 하나님보다 더 만사형통이다.하나님한테 지금 아무리

"도와주세요. Help me 하나님, please!"

하고 기도해 보아야 안 될 가능성이 99.99%이다. 그러나 이것은 첫 단추일 뿐, 만세 부르는 일은, 곧 불어 닥칠 위험한 관문을 통과하기 전에는 결과를 알 수 없다. 오늘 하루 능력 있는 남편이 된 핫산이 퇴근해서 집에 도착하자마자, 어깨에 힘이 들어간 채 내어 놓는 뜻밖에 굴러 들어온 큰 돈다발을 보고, 입꼬리가 귀밑까지 올라가면서 기뻐할 와이프를 상상하며, 흔쾌히 세관 창고로 운전해 가는 핫산한테, 그는 작전을 엄숙하게 지시한다.

"지금 바로 세관 창고에 들어서자마자 우리 화물이 배치된 장소에 도착하면 내가 무조건 9박스를 트럭 짐칸에 올려놓겠다. 당신은 운전석에 그대로 앉아 있어라."

말없이 듣기만 하는 핫산은 긴장한 채, 그의 입과 전방을 교대로 주시하느라고 그의 머리는 좌우로 바쁘게 움직인다.

"내가 하차하자마자 우리 화물 모두를 상차해서, 7박스인지 9박스인지 헷갈리도록 박스 모서리를 맞추어서 포개어 놓겠다."

부산 외항에 있는 섬이 오륙도인데, 섬이 5개인지 6개인지 헷갈리

게 보여서 불려진 이름이다. 그는 지금 추진하는 작업을 오륙도 작전이라고 부르고 싶다. 그리고,

"당신은 출구 게이트에 도착하면, 길다란 총을 메고 서 있는 군복 경비하고는 눈도 마주치지 마라. 오직 검수 담당자만 쳐다보고, 화물 출고증(D/O)을 보여주고 무조건 말을 많이 해라. 큰소리로 떠들고, 정신을 딴 데로 유도해서 집중력을 망가뜨려야 한다. 나도 옆에서 미친 척하고, 살라마리꿈, 싸딕 하며 바람잡겠다."라고 한다.

'살라마리꿈, 싸딕'은 아라빅으로 '안녕하세요, 친구'라는 뜻이다.

물론 남의 물건을 훔치면 안 된다. 사우디에서는 남의 물건을 훔치면 다른 나라처럼 감옥으로 보내는 대신에 이슬람 율법에 따라서, 훔친 손을 잘라버린다. 그래서 가끔 손이 없는 사람을 볼 수 있다. 그러나 지금 이 경우는 남의 물건을 훔치는 것이 아니다. 분명히 쉽핑 마크에 수취인, 즉 수화인의 상호 'DAEYEON'이 9박스 모든 포장 표면 다이아몬드 사각형 안에 표기되어 있다. 그렇다고 밀수도 아니다. 송장 금액에 수입관세요율이 적용된 수입 관세도 완납했다.

밀수품은 저녁 한때 사막 풍경에 모여서 민기태와 압달라 일행이 함께 마셨던 조니 워커처럼, 위스키가 아닌 위장된 물품으로 신고한 후 허위 수입 면허로 관세 장벽을 통과한 상품들이다. 아무나 못하는 일이고, 로열 패밀리의 8촌 9촌이나 사돈 같은, 특수 신분 사람들만 할 수 있는 짜고 치는 고스톱이다. 그럼 지금 어떻게 해야 하나? 누구도 정답을 낼 수 없고 말해 보아야, 잡담 수준의 말장난에 귀한 시간만 날아간다. 결과를 예단해서 Plan B 또는 Plan C를 미리 만들어 둘 수도 없는 긴박한 순간인데, 삼수갑산을 가더라도 지금은 찔러 놓고

‘Go!’ 하는 것밖에 없다.

　세관 화물창고에 도착한 그는, 화물 인수증에 표기된 지정 장소 5A-104에 도착하자마자 DAEYEON 쉽핑 마크가 표기된 박스들이 놓인 곳에 잽싸게 뛰어 내려서, 앞쪽에 있는 4박스를 트럭 짐칸에 올려놓았다. 박스 하나하나가 모두, 최소 40인치 TV 상자 크기로, 산술적으로는 들어 올릴 수 없는 무게였지만, 위기에서 순간적으로 발휘되는 정신력 효과였다. 나머지 5박스는 더 크고 무거워서, 혼자서 들어 올릴 수가 없다. 물론 부피가 크고 무거운 화물은 포크리프트를 부르면 오겠지만, 이 정도 크기와 무게의 박스들이면 핫산과 둘이서 악을 쓰면 들어 올릴 수 있고, 마음은 급한데 여기서 포크리프트 오기를 기다리며 지체하기 싫다. 절차대로 서류에 사인해서 신청하면, 소정의 서비스 비용을 지불하고 대기하면 오기는 오겠지만, 언제 올지 모르는데, 지금 그의 머리속은, 빨리 9박스를 후딱 싣고, 100미터 앞에서 총을 메고 서 있는 경비 초소를 벗어나서, 트럭 화물 터미널 클로즈 전에 젯다 공사 현장으로 발송하는 생각으로만 꽉 차 있다. 어차피 공범인데, 핫산도 재빨리 내려와서 둘이서 함께 가벼운 기합 소리와 함께 들어 올렸다. 그리고는 최대한 오륙도처럼 헷갈리게 배치했다. 크기가 비슷한 두 박스의 모서리가 겹쳐서 물리도록 하고 나머지 커다란 박스들로 가려서, 박스 하나하나를 손으로 세워 보지 않으면, 7박스인지 9박스인지 헷갈리도록 트럭 짐칸에 포개어 실었다.

　초소에 접근하니, 어깨에 총을 멘 녹색 군복의 경비가 멀리서 내려오는 하얀 화물 트럭을 미리 주시하며 어슬렁어슬렁 움직이기 시작한다. 이럴 때는 표정이 매우 중요하다. 표정을 보고 긴장해 있으면 정

밀 검사에 걸릴 수 있다. 완전히 무시하고, 둘이서 뭔가 이야기하면서 웃어야 한다. 핫산은, 웃으면서 재빨리 지시하는 말에 연신 알았다고 고개를 끄덕인다. 그러나 그의 웃음은 너무도 부자연스럽고 근심에 찌든 억지웃음으로 보인다. 관례처럼, 검수 공무원에게 핫산은 큰소리로 웃으면서,

"살라 마리콤."

하고 인사하면서 출고지시서를 내민다. 어깨에 장총을 맨 국방색 군복의 경비병이 트럭을 한바퀴 삥 돌아 본다. 민기태가 볼 때는, 이것은 습관적으로 하는 요식 행위이다. 출고지시서를 손에 쥔 검수 공무원은, 서류를 한번 훑어 보고는 민기태를 쳐다 본다. 통상, 통관사 인수직원 외에는 함께 픽업오는 화주가 없기 때문이다. 눈이 마주치자 민기태는 활짝 웃으면서,

"살라 마리콤, 싸딕."

하고 고개를 한번 숙이고는, 손까지 가볍게 들어서 인사한다. 수많은 승객들이 입국 심사 후 전광판 번호판의 수취대 번호 안내에 따라 에스컬레이터로 1층 입국장으로 내려가서, 지정된 수취대에서 회전하는 수많은 가방들 중에서 자신의 수하물을 픽업해서 나가지만, 출구에서 누구도 대조 확인하지 않는 것은 전 세계 어느 공항이나 똑같다. 마찬가지로, 어느 통관회사 인수담당 직원이라도 수많은 세관 하적장의 화물들을, 화물 출고지시서에 표기 안 된 남의 화물을 픽업해 가는 일은 없다. 그런데 이 친구가, 일종의 요식 행위이지만 통상하는 대로 패스 사인 후 스탬프를 찍고 나가라고 하지 않고, 서류를 들고 트럭 짐칸 쪽으로 가는 게 아닌가? 그는 핫산을 한번 힐끗 쳐다 보고,

“Don't worry!”

하고, 그의 무릎을 툭 친다. 핫산은 지금 얼어 있다. 이때, 얼굴이 얼어 있으면 날 잡아라하는 신호이다.

“핫산! 웃어라 웃어, 같이 웃어 보자.”

“오케이.”

민기태의 눈에는 완전히 엉터리이고 억지웃음이다. 그러나 그것은 오히려, 핫산보다 더 얼어 있는 자신에게 스스로 용기를 불어넣는 행위이고, 자신의 표정 관리를 독려하고 있는 것이라고 보는 것이 맞다.

민기태에게 보이는 핫산의 눈은 겁에 절어 있고, 입술 양쪽 볼 근육만 서로 반대쪽으로 당기고 있다. 그럴 수밖에 없는 것은, 문제가 되었을 때, 직장을 잃고 스폰서가 없어지니까, 요르단으로 쫓겨 나가야 하기 때문이다.

트럭짐 칸을 한 바퀴 돌아서 초소로 향하던 검수 공무원이 초소에 들어서는 것을 보고 있던 민기태와 핫산은, 안도의 한숨을 몰아쉬면서,

“별것 아니네. 우리 물건, 우리가 찾아가는데 뭐 어때? 그렇지만, 다행이야, 핫산!”

하고 있는데, 아니 이 친구가, 세상에, 고개를 한번 갸우뚱하고는, 다시 트럭으로 되돌아오면서, 핫산은 보는 둥 마는 둥 하고는, 민기태에게 눈길을 빠르게 한번 던지고 지나치더니, 트럭 뒤로 돌아가서 서류와 물품을 하나하나 대조하는 것이 아닌가? 그리고는 부산 외항 바닷가 안갯속에 오륙도처럼 애매하게 헷갈리도록 포개져 쌓여 있는 박스들을 손으로 밀치고는, 박스 수를 하나 둘 세는 것이 아닌가.

'이렇게 되면, 갈때까지 가면서 부딪쳐야 한다. 원래 세상 일이란 이런 거야, 오늘 해가 지면, 내일 또 동이 튼다. 까짓것 퀘 쎄라 쎄라, Whatever will be, will be이다.'

"왜 박스 수량이 서류에 표기된 것보다 2박스가 많으냐?"

순간적으로 떠오르는 생각은, 특수 신분인 사람들이 밀반입하는 위스키이다. 애들도 뭔가 썸씽이 통하니까 그런 일이 가능하지 않겠나? 특수 신분이지만, 혼자 다 먹지는 않고, 좀 나누어 먹어야 지속적인 사업이 되지 않겠나?

사우디에서 위스키를 밀반입 하는 것은, 다른 나라에서 마약을 밀반입하는 것과 같은 중죄이다. 중국이나 싱가폴 같은 나라에서 마약 사범으로 걸리면, 외국인도 사형이다. 술 마시다가 걸려도 감옥인데, 술을 위장 상품으로 밀반입하면, 목숨 걸고 하는 모험이다. 따라서, 밀반입한 위스키를 리스크 비용이 포함된 고가에, 폭리를 취하고 판매하는 조직적인 밀거래는 위험한 일이다. 그런데 지금 민기태가 시도하는 일은 공사 현장의 공기를 맞추기 위한 오직 시간을 벌기 위한 편법이지, 금지 상품을 위장 물품으로 숨겨 들어오는 것도 아니고, 남의 물건을 훔치는 것도 아니고, 수입 관세를 적게 내려고 송장 가격을 낮춘 것(Under Value)도 아니고, 관세를 떼먹으려고 하는 밀수도 아니고, 다른 곳에 판매하여 이득을 취하고자 하는 유통 상품도 아니다. 잡혀 봐야 물품 반출이 정지당하고, 일주일이 더 소요되더라도, 선적지로부터 수정된 선적서류를 다시 받아 재통관 절차를 거치는 것 밖에 더 있겠냐? 하루하루가 경비이고, 회사 수익과 직결되는 공사 현장의 공기를 맞추기 위해 시간 벌려는 죄밖에 안된다.

“씨팔, Go다!”

녹색 군복 경비병은 게이트로 돌아가 출입구에 서서, 새로 들어오는 차량을 검문하고 있다. 경비병은 폼만 잡고 위압감을 주기위해 움직이는 마네킹일 뿐이지 아무것도 아니다. 지금 검수원한테 쉽핑마크가 모두 우리 것이지 않느냐고, 이것저것 논리적으로 따지고 설명하는 것은, 머리로는 이해를 시킬 수도 있지만, 일을 망친다. 오늘 이 화물을 젯다 공사현장으로 출발시키는 것이, 지금 지상 최대의 과제이다. 민기태는 대답 대신 얼른 운전석으로 가서 핫산 발 밑에 있는 돈보따리를 들고 나와 검수원에게 윙크를 한다. 묵직한 붉은 색깔의 현금다발을 흘깃 쳐다본 검수원의 표정이 매우 요상해진다. 화낸 것도 아니고, 웃는 것도 아니고, 그렇다고 아무 표정이 없는 것도 아니다. 잠시 주춤하던 검수원은 아무 말없이 초소로 돌아가더니 트럭 짐칸에 우두커니 서 있는 민기태한테 되돌아와서 서류를 건네준다. 파란 스탬프가 서류 맨 아래에 찍혀 있는 것을 본 그는 “슈크란(고맙습니다)” 정중하게 인사하고는 얼른 조수석으로 달려가서 겁에 질려 앉아 있는 핫산한테,

“핫산, 수고했어. 고마워. 잘 되었어. 천천히 나가자.”

총을 메고 게이트에 서 있는 마네킹 군복한테 간단한 손 인사를 건네고 나오면서,

“내일 외출할 때, 우리 사무실에 잠깐 들러라.”

하면서, 핫산의 오른쪽 허벅지를 한번 가볍게 두드린다. 역시 진실은, 동서고금을 막론하고, 최영 장군 같은 인물을 제외하고 돈 앞에 나약해지고, 돈을 이기기는 힘든 것이다.

조금전 현장에서 검수 공무원이 초소로 돌아갔다가, 다시 고개를 갸우뚱하고 되돌아 나왔던 이유는, 그때는 민기태가 경황이 없어서 몰랐지만, 일이 끝나고 돌아가는 이제서 생각 나는 것은 하루 전 어제 오후 핫산이 화물 인수하러 혼자 들어왔다가, 빈 차로 나간 것을 기억한 검수 공무원이 다음날 오늘 화주인 코리안과 함께 다시 화물을 인수해서 나가려고 했기 때문이었을 것이라는 생각이 나지만, 기계처럼 일하는 핫산한테 말하지 않는다.

다행히, 무사히 9박스를 빼내어 와서 오후 늦게 젯다 W 현장으로 올려 보냈다. 사무실에 돌아오니 어두워졌다. 오후 3시 비행기로 젯다 M 현장 준공식에 가려고 한 그의 계획은 물 건너갔다. 그가 밤낮으로 텔렉스 기계를 재봉틀 돌리듯이 돌려서 200여 만 달러 원가 절약으로 발주하고 들여온 자재가 투입된 공사의 준공식이라 건물 속 구석구석에서 보이지는 않지만, 그 자재 하나하나가 당당히 제 몫을 하고 있을 조감도에서만 보아온 신축된 건축물의 실제 모습을 그의 애정 어린 눈으로 보고 싶었다. 어쨌든, 갑자기 튀어나온 공사 현장의 공기 지연으로 회사 수익에 문제가 될 수 있는 문제가 해결되어서 다행이다. 운이 좋아 만난 공무원 덕분이라 그의 앞길에 알라의 가호와 축복을 기원했다.

인샤알라!!!(신의 가호를!!!)

12

기념식

다음 날 정오 때, 젯다 M 현장의 서강보 자재과장의 전화가 왔다. 그는 공사 현장 자재담당 서강보 과장과는 1년 이상 함께 공동 목표를 위해 일하면서 유대감이 많이 형성된 사이였다.

"지금 막 준공식이 끝났어요. 민형이 오시는 줄 알고 있었는데 사정이 있어서 못 오셨더군요. 일주일 후 주말에 열리는 준공 기념 축제 때는 꼭 와서 만납시다."

"네, 어제 오후에 올라가려고 준비하고 있었는데, 갑자기 W 현장 소요 자재 통관 문제가 생겨서 못 갔습니다. 축제 때 꼭 가서 뵙겠습니다."

"오늘 오전, 준공식 본부장 연설에서 민.기.태.이름을 여러 번 언급

했어요. 성공적인 M 공사 준공에 혁혁한 공을 세운 사람이라고 치하했어요.”

이날 오전 10시, 사우디 서부 최대 상업 도시 젯다의 M 공사 현장에서는, 주 사우디 한국 대사, 사우디 정부 고위 관료, 및 발주처 관계자와 300여 명의 직원과 기능 인력 대표가 모인 가운데, M 공사 준공식을 성대히 진행하고 있다. 또한 지역을 대표할 하나의 랜드마크 탄생을 보도하기 위해서 로컬 방송 TV와 신문사 사진 기자들의 카메라 취재도 바쁘게 움직이고 있다.

“지금, 사우디 사업 본부장, 말씀이 있겠습니다.”

“여러분, 이역만리 먼 곳, 뜨거운 열사의 나라에 와서, 사랑하는 가족들과 떨어져서, 밤낮으로 수고하신 여러분의 노고에 깊은 감사의 말씀을 드립니다.

———— 중략 ————

여러분들의 헌신적인 노력으로, 본공사의 공기를 3개월이나 단축하고, 아무것도 없던 허허벌판에, 앞으로 이 지역을 상징할 하나의 랜드마크로서 이렇게 아름답고, 완벽한 건축물들을 완공하게 된 것을 대단히 기쁘게 생각합니다. 아울러, 목표 이상의 성과를 달성한 데 대하여 본사에서도 축하 전문을 보내왔습니다.

그 보답으로, 여러분 모두에게 본사로부터 승인받은 금일봉을 특별 보너스로 드리기로 하였습니다. 이제 곧 여러분들의 사랑하는 가족 품으로 돌아가게 되겠습니다. 가시는 날까지 건강에 유의하시고, 다음 주 M 공사의 성공적인 완공 기념 축제에서, 지금 이 자리에 참석하지 못한 모든 분들도 다 함께 다시 만나서 즐거운 저녁 시간을 함께 갖기를 기대합니다.

———— 중략 ————

끝으로, 오늘 이 M 공사 준공식에 함께 자리하기로 한 알코바 A.K. 지점 민기태가 현지 사정으로 올라오지 못했습니다.

M 공사의 성공적인 완공에 일익을 담당하며, 소요 외자의 원활한 투입에 의한 공기단축과 원가절감에 혁혁한 공을 세운 민기태의 노고를 이 자리를 빌어서 특별히 치하하는 바입니다.

그러면, 다시 한번 여러분들의 투철한 사명감과 장인 정신, 그리고 성실한 노력으로 만들어낸 이 성과를 커다란 기쁨으로 여기고 오래오래 간직하겠습니다."

13

미사의 종

일주일 후, 젯다의 M 공사 캠프에서 축제가 열렸다. 축제를 준비한 홍언병 총무과장에 의하면, 수많은 기능 인력들 중에서 밴드 하나 구성하는 건 식은 죽 먹기였다고 한다. 지금은 비록 개개인의 여러 가지 사정으로 여기까지 와서 고생들 하고 있지만, 지난 시절 한가지 정도의 악기를 수준급으로 연주할 수 있는 기량을 연마한 사람들이 많다는 뜻이다. 기타, 베이스, 드럼, 키보드, 색소폰을 연주할 수 있는 사람들을 금세 확보할 수 있었고, 일주일 내내 매일 오후에 별도 시간을 내어서 함께 연주 연습을 했다고 한다. 한창 축제 열기가 무르익어갈 즈음, 사회자 홍언병 총무과장으로부터 본부장을 무대로 모시겠다는 방송이 있었다.

“여러분, 본부장께서 나오셨습니다. 많은 박수로 맞이해 주시면 감사하겠습니다.”

커다란 박수 소리가 축제장을 가득 메운다.

“본부장입니다. 오늘 여러분들을 다시 이 축제에서 만나니 더욱 반갑습니다. 우리 모두, 오늘 저녁 많이 드시고, 흥겨운 자리를 다 함께 즐기시기를 바랍니다.”

“네, 그럼 본부장님 노래를 우선 한 곡 청해 듣겠습니다. 무슨 노래를 해 주시겠습니까?”

“네, 좀 오래된 노래입니다. ‘미사의 종’입니다.”

“여러분, 많은 박수를 부탁드립니다.”

박수가 쏟아지고, 반주가 시작된다. 조명은 본부장에게로 집중하는 스포트라이트이다.

민기태는 깜짝 놀란다. 그는 이 오래된 노래를, 어릴 때부터 라디오에서도 듣고 익혀 알고 있었다가 나이가 들고 철이 들면서 가사의 내용을 점점 더 깊이 이해하게 되고, 이 노래를 부르는 여성 가수의 애절한 음색이 가슴 깊이 와닿고 또한 요즈음 나오는 곡들에 비유해도, 세련되어서 그의 넘버원 십팔번 애창곡이다. 회식 모임이나, 학교 축제 때에서나, 무슨 잔치에서나, 차례가 오면 꼭 이 노래를 부르곤 했다. 그는 노래를 잘하는 편은 아니지만, 자주 부르는 노래는 박자와 음정을 정확히 맞추어 부를 수 있고, 또한 이 노래에서 그가 특별히 마음에 들어 하는 가사와 음절에서는 원곡보다 더 감정을 강하게 넣어서, 마치 이 노래가 자기 자신의 노래인 것처럼 부르는 여유를 부리기도 한다. 문제는, 과거에 여러 다른 사람들과 함께하던 그 많은 여러 모임에서도, 누구도 이 노래를 선곡해서 부르는 사람이 없었다는 데 있다. 바로 그 노래를 미국에서 30년이나 살다가 온 안써니 김 본부장이 선곡해서 오늘 바로 M 공사 준공 기념 축제에서 부른다?

M 공사의 외자재는 전부 그의 손에 의하여 구매되고 조달되어서 투입되었다. 그 M 공사 준공 기념축제에서 안써니 김 본부장이 그의 넘버원 애창곡, ‘미사의 종’을 선곡해서 부르다니! 이럴 수가 있을까? 본부장 연령의 사람들이라면, ‘하숙생’이나 ‘외나무다리’ 등 주옥같은 노래들이 넘치고 많다.

> 빌딩의 그림자, 황혼이 짙어 갈 적에,
>
> 성스럽게 들려오는, 성당의 종소리.
>
> 걸어 오는 발자욱마다, 눈물 고인 내 청춘,
>
> 죄 많은 과거사를, 뉘우쳐 울적에,
>
> 오 산타 마리아의 종이 울린다.

1958년도, 35세의 기타리스트 전봉수 선생이 직접 가사를 쓰고 곡까지 만든 노래를 28세 그의 여동생 전봉선이 불렀다. 그녀의 예명은 나애심이다. 이 곡을 만든 나애심의 오빠는 탁월한 음악가일 뿐 아니라, 우리의 내면을 스스로 성찰해 보게 하는 심오한 철학과 사상으로 이 아름다운 노랫말을 직접 썼다.

본부장이 열창하는 ‘미사의 종’을 들으면서 민기태는 한 폭의 수채화를 떠올리고, 그 수채화 속 아름다운 성당에서 은은한 종소리가 울려 나와, 그의 귓가에 머무는 환상에 사로 잡힌다. 그리고, 그는 본부장과 운명적인 교감을 갖는다. 그 수많은 노래 중에서, 그가 가장 좋아하는 애창곡을 그가 외자를 담당한 젯다의 M 공사 준공 기념 축제에서 본부장이 선곡해서 부르면, 그와 그의 애창곡이 같다는 것 아닌가? 더군다나 본부장과 그 사이에는 강산이 두 번씩이나 바뀌는 연령의 차이가 있는데, 그 많은 사람들의 그 많은 애창곡들 중에서, 서로의 애창곡이 똑같다니? 이럴 수가 있을까?

그렇다면, 그와 본부장은 아득히 먼 옛날부터 무슨 연이라도 닿은 것이 아닌가? 아니면, 그 연이 어떤 형태로라도, 미래에까지에도, 뜻 깊고 아름다운 관계로 이어지는 것은 아닌가?

그는 미사가 뭔지 모르고 과거사가 무엇인지도 이해하기 전부터, 왠지 애잔하게 흐르는 멜로디가 마음에 들어서 그저 그렇게 그 노래를 좋아하기 시작했었다. 그러나, 저 어르신께서는, 저 노래가 발표되었을 때 이 곡을 작곡 작사 하신 분과 동년배로, 이미 30대 중반 고개를 넘어서고 있었을 것이므로, 필경 세상의 쓰고 단맛을 겪어보고, 언제 어디에선가 자기와 연관된 지나온 과거 일부가 저 노래와 함께 가슴 깊이 어우러지고, 스스로 성찰하며 살아오지 않았을까? 그렇다면, 저런 아름다운 뜻을 가진 노래를 마음 속 깊이 간직하고 애창곡 으로 한다면, 필경 아름다운 마음의 소유자 일 것이다.

무엇보다도, 많은 사람들과 만나고 헤어지며 함께 어우러져 살아가는, 인생의 굽이굽이 길목에서 인간이기 때문에, 다른 사람에게 저지른 작은 과오 하나둘이, 마음 한 구석에 남아 스스로를 질책할 때마다, 성모 마리아 아래 엎드려 용서를 빌고, 자비를 기원하는 착하고 여린 마음의 소유자일 것이다. 본부장의 노래는 이미 끝났는데도 믿기태는 그 충격 속에서 헤어나오지 못한 채, 너무나 애잔하게 가슴을 파고드는 노래를 마치 본부장이 직접 곡을 만들고 가사도 쓴 자신만의 노래인 것처럼 음표 하나하나마다 그의 감정이 흠뻑 묻어 있어서, 듣는 사람의 가슴을 울리도록 부를 수 있을까 하고, 깊은 생각에 잠겨 있는데, 갑자기 사회자가 민기태를 호명한다. 정신이 번쩍 든다.

"여러분, A.K. 지점장이 오늘 이 자리를 함께하기 위하여 올라오셨습니다. 일주일 전 M 공사 준공식에서, 지금 막 '미사의 종'을 열창하신 본부장께서, 성공적인 공사 완공에 혁혁한 공을 세웠다고 치하하신 단 한 사람, 바로 그 A.K. 지점장을 무대로 모시겠습니다."

우레와 같은 박수를 받으며 무대로 올라가는 민기태에게 모든 사람들의 시선이 집중한다.

"어서 오세요. 성공적인 M 공사 외자를 담당해오셨고, 지난주 준공식에는 못 오셨지만, 오늘 이 축제를 빛내기 위하여 A.K.에서 올라오셨습니다. 무슨 노래를 한 곡해 주시겠습니까?"

"네, 여러분 반갑습니다. 우리 모두 다 함께 합심하고 노력하여, 목표 이상의 좋은 성과를 내어서 뿌듯한 보람을 느낍니다. 이제 M 공사를 마무리하고 계약 기간이 만료되신 분들은, 그리운 가족 품으로 돌아가시고, 아직 계약 기간이 남으신 분들은 또 다른 현장에서 수고를 해 주시겠습니다만, 가정으로 돌아가시는 여러분들이 오랫동안 헤어진 가족들과 뜨겁게 재회하는 모습을 그려보니, 저 자신의 마음도 벌써부터 훈훈해집니다. 모두 행복하시고 건강하시기 바랍니다. '명동 나그네'를 부르겠습니다."

영화 「명동 나그네」의 주제곡으로, 그의 제2의 애창곡이다.

"비가 오면 차 한잔에 쉬었다 가지

눈이 오면 술 한잔에 취해서 돌아가지."

만약에 본부장이 '미사의 종'을 선곡해서 부르지 않았다면, 당연히 그는 '미사의 종'을 불렀을 것이다.

많은 사람들 중에서 각기 다양한 장기를 가진 사람들이 모처럼 끼를 발산하며 함께 즐기는 밤은, 여기저기서 부드럽고 달콤한 엄청난 양의 양고기 타는 바베큐 푸르스름한 연기가 젯다 밤하늘을 수놓으며, 깊어 간다.

14

군계일학(群鷄一鶴)

두 달 후, 본사에서 열린 각 지역 본부장 회의에 참석하고 젯다 본부로 돌아가는 본부장은 민기태와 다란 국제공항에서 만난다.

"이번 출장길에 관리본부장, 최종하 전무와 이창호 인사 담당이사를 만나서, 지금 바로 자네 특진을 요청했네. 회사 분위기를 보아서 처리한다고는 하는데, 아마 서너 달 후에 있을 정기인사 때문인 것 같아."

"…?"

"본부장 입장으로, 출장 가서 만났던 차에 요청했지만, 이제 몇 개월 있으면 곧 정기 인사가 있으니 그때까지 기다리면 어떻겠냐는 눈치였어."

"…?"

"한 사람만 곧 있을 정기인사 전에 별도로 품의하자면, 그 양반들도 좀 번거롭긴 하겠지."

"…?"

"그리고 자네는 2개월 후면 2년 만기 귀국 대상이지만, 나하고 계속해서 연장 근무하는 것으로 해."

그는 이 양반이 무슨 자다가 봉창 두드리는 소리를 하나 하고, 갑자기 머리가 땡! 해진다. 그는 하루라도 빨리 집으로 돌아갈 날을, 하얀 도화지에 요일과 날짜를 크게 쓴 달력에, 하루가 지나면 빨강색 마크로 X표를 칠하고 손꼽아 기다리며, 집에서는 그냥 날짜 꽉 안 차도 하루라도 빨리 올 수 없냐고 안달인데, 이 양반이 생사람 잡을 소리 하고 있다고 생각한다.

그는 조금 전 본부장이 한마디 던진, 정기인사 전 특진을 요청했다는 말도 변칙적인 연장근무 요구하려고 간을 친 말이 아닌가, 하는 생각까지 든다. 그리고 사람은 바빠야 한다. 안 바쁘면, 미친다. 지금 그는 특별히 할 일이 없다. 동부 걸프만 해안 지대 신규 공사 수주 대비해서 개설한 지점인데, 지금부터 본사 수주팀들이 들락날락 하지만 1억 달러, 2억 달러 공사 수주란 것이, 냉장고 한두 개 판매하듯 할 수 없다. 지금 당장 수주한다고 해도, 몇 달 이내에 신규 공사를 착공할 수 없다. 이런들 저런들, 이왕 개설한 지점이니까 젯다본부에 있는 아무라도 오면 된다.

무료한 주말은 무조건 바다로 나가 하루 종일 수영하면서 물속에서 산다. 바닷가에서 성장한 그는 바다가 고향이다. 그래서 어릴 때부터 귓병치레를 많이 했다. 5년 전 악성 중이염으로 수술도 몇 번 했다. 그 귓병이 지금 재발했다. 빨리 귀국해서 치료도 받아야 한다. 귓병 한번 걸리면 하루 이틀 통원 치료는 택도 없다. 귓속 어두운 깊고 좁은 터널 속 피부 깊숙이 침투한 바이러스의 공격 때문에, 일반 피부염 치료보다 고도의 의료 기술이 요구되는 질환이다. 미세한 통증을 동반한 소량의 고름이 면봉에 묻어 나온다. 약국에서 구입한 소독 살균제만 매일 귓속으로 바르는 것이 전부이다. 거기에다가 면봉에 묻어나오는 고름과 액체는 점점 심한 악취를 동반한다. 이미 바이러스는 귓속 피부 표면에서 더 깊숙이 파고 들어가서 세포조직을 파괴하고, 그들만의 보금자리를 건설한후, 풍부한 영양을 섭취하며, 풍악을 울리고 태평성세를 누리고 있기 때문이다. 그래도 뭐니뭐니 해도, 새로 태어난 아들의 갓난아기 시기를 함께하고 싶다. 더 크게 자라기 전에 빨리 가서 보고 싶다. 알에서 갓 깨어난 병아리도, 삐악 삐악 뒤뚱 뒤뚱 얼마나 예쁘던가.

"본부장이 연장 근무하라고 해."

"돌았냐? 빨리 와! 무슨 말 같은 소릴 해야지!"

그는 하루하루 달력에 날짜를 지우면서, 그의 귀국을 애타게 기다리고 있는 아내한테, 걱정스러운 마음으로 전화했더니, 한숨 섞인 소리로 기가 막힌다고 하면서 하는 말이다. 어쩌다가 저 본부장이 그를 물귀신처럼 물고 늘어지는지, 고민과 스트레스의 연속이다. 그보다 석 달, 넉 달 먼저 나왔던 사람들은, 매일매일 순풍에 돛 단 듯이 잘도 떠나가고, 또 하나 둘 새로운 사람들이 구름같이 밀려서 들어온다. 이번 정기인사 진급 범위에 진입하는 경리과 배형석과 자재과 신기석도, 하나같이 속속 제 날짜에 잘도 귀국해 들어간다. 어제 떠나간 사람들은, 지금쯤 2년 만에 만난 그리운 가족들, 와이프, 아들, 딸들, 부모님들 상봉하고, 웃음꽃을 피우면서, 얼마나 행복해하고 있을까? 향토예비군 개구리 무늬 옷 입고, 하루도 오차 없이 귀향하는 만기 제대 군인들처럼 만면에 웃음을 띠고, 귀국선물 보따리를 들고, 설레는 마음으로 돌아들 가고, 또 잘도 간다. 그리고 두 달 후, 젯다 근무시절 함께 지낸 절친, 총무과 홍언병 과장이 귀국하는 길에 인사차 다란 국제공항에 나가서 만났다. 그보다 한 달 먼저 젯다 본부로 나왔었다.

"민형, 민형이 사우디 사업부 정기인사 진급 1호로 올라갔어요. 축하해요."

"네, 먼저 잘 들어 가세요. 나도 한 달 후에 따라서 들어가겠습니다."

"또 이렇게 비즈니스 클래스 좌석까지도 마련해 주시니, 편안히 돌아갈 수 있어서 고맙습니다."

"퍼스트 클래스로 모셔야 하는데 부담스러워하셔서 비즈니스로 했습니다."

일주일 후, 본부 업무 협의 차 젯다에 가서 본부장을 만났다. 5층 본부장 방에 올라가니, 악명 높던 W 현장의 남상묵 소장이 있었다. 민기태가 들어서니, W 현장의 소장은 어색한 웃음을 띠고 그를 바라본다. 그는 W 현장소장이 시선을 다른 곳으로 먼저 돌릴 때까지 W 현장소장을 쳐다본다. W 현장소장과는 2개월 전 불쾌한 일이 있었다. 그 후 처음 마주치는 두 사람의 관계는 본부장을 사이에 두고 매우 어색하다. 안하무인으로 사우디에서 자기가 제일 잘 났다고 설쳐 데는 말로만 듣고 처음 만난 악명 높은 W 현장소장의 눈빛에서, 엉뚱한 곳에 갑자기 나타난 강적을 조우하고는 전의를 상실한 것을, 그는 한눈에

직감한다. 더욱이 이 방에는 그를 애지중지 하는 본부장이 함께 있다. 그는 오늘,

"당신 잘 만났다."

하는 마음으로 악명 높은 W 현장소장을

"원수는 외나무다리에서 만난다."는 기분으로 쳐다본다.

2개월 전, W 현장 자재 담당 양세부가 A.K. 지점으로 전화했다.

"지금 현장에서 긴급 소요 자재가 안 올라와서, 공사 진행에 지장이 많습니다. 배가 입항한 지 2주나 되었는데, 왜 안 올라오느냐고 매일 나를 달달 볶아대니 미치겠어요."

"네, 잘 알고 있어요. 그런데 배가 입항해도, 먼저 도착한 배들이 순서대로 내항에 들어가야 부두 접안이 됩니다. 부두 접안이 되어야 하역작업이 시작됩니다. 이게 바로 항만 적체 현상(Congestion)에 걸린 겁니다. 아직 산업 기반 시설(INFRA)이 제대로 되어있지 않은 것이 문제 이지요. 몇개 안되는 기존 컨테이너 하역 터미널로, 늘어나는 신규 건설 소요 자재를 선적한 선박들이 한꺼번에 몰려들 때 생기는 문제입니다."

"네, 그렇게 보고하겠습니다."

다음 날 현장 자재담당 양세부가 또 민기태에게 전화 한다.

"그렇게 설명을 해도 막무가내입니다. 민기태가 일을 적당히 해서 그런다고 신경질을 부리는데, 내가 못 견디겠어요."

"그럼 내가 어떻게 해야 하나요? 얼마 전에, 혜성처럼 등장한 신생 대기업 집단 B.K 실업 사주는, 지금처럼 컨져셔천에 걸려 오도가도 못할 때, 배 갑판 위에 불을 질렀답니다. 안전한 공간에 방화로 쇼를

한 거지요. 항만 당국에서 솟아오르는 불길과 연기를 보고 혼비백산해서, 외항 대기선박들 사이에 있는 그 배를 불러들여서, 소방 트럭이 진화하고 하역을 빨리 끝냈다고 합니다. 우리는 남의 배에 불을 지를 수가 없어요. 그 배는 B.K. 실업의 용선 'Charter'였어요. 즉, 기간이나 항해 조건부로 화주가 선박을 통째로 임대(대절)하는 경우이지요. 화물 인도 약속기일 위약금과 신생 사업체 평판 문제, 또 수만 불씩 쌓이는 체선료 때문에 환장할 지경이었겠지요. 그러니까 갑판에 적당하게 불을 질렀던 것입니다."

"알겠습니다. 또 그렇게 전하겠습니다."

다음 날 아침 업무 시작 하자마자, 또 시작이다.

"소장이 입에 거품을 물고 악을 씁니다. 민기태가 제대로 일을 안 하니까 이런 일이 생기는 것 아니냐고."

"그럼 지금 당장 나한테 직접 전화하라고 전해주세요."

5분 후,

"여보세요, 나 소장이요."

"네, 수고가 많으십니다. 민기태입니다."

"지금 여기 현장이 어떤 상태인지 알아요? 배가 도착한 지 보름이 넘었어요. 이게 말이나 되는 일이요? 내가 사우디 공사 15년이요. 난생 이런 일 들어본 일 없소. 계속해서 앵무새처럼 같은 말만 늘어놓지 말고, 당장 내일까지 올려 주시오."

"네, 이해가 갑니다. 얼마나 어려우시겠습니까? 그러나, 내가 할 수 있는 일은 선박이 접안해서 하역이 끝나면 통관 회사 사장과 함께 세관 책임자를 만나서 무슨 수를 쓰더라도 우리 화물을 제일 먼저 뽑

116

아내서 올려 보내겠습니다.”

“아하, 이 양반 계속해서 같은 말만 하고 있네, 현장이 숨 넘어간다
는데, 언제 보내겠다는 날짜가 없잖아!”

“참으로 죄송합니다. 최선을 다하겠습니다.”

“아하! 이 친구, 허구헌 날 미안하다고 될 일이 아냐! 일을 똑바로 해!”

대연그룹은 새로운 건설업계에 뒤늦게 진출하면서, 기존 중견 건
설업체 인수 후, 관계 계열 회사들로부터 그룹 출신들을 투입함과 동
시, 20여 년 먼저 건설업에 뛰어든 선발 업체들로부터도, 현장 경험으
로 무장된 인력들을 스카웃했다. 각 공사 현장의 운영 관리 책임은 당
연히 현장소장의 몫이다. 원만하게 공기 내에 완공을 해야 하고, 중요
자재 반입 지연 등으로 인한 공기 지연이 발생하면, 해당 공사의 결산
수익에 문제가 생기게 되고, 현장소장의 인사고과에도 영향을 미치
고, 이는 감사의 표적이 된다. W현장 남상묵 소장 역시 풍부한 현장경
험으로 기존 선발업체에서 합류한 핵심 요원이다. 민기태도 답답해
서 매일 통관회사와 상의를 한다. 상의해 보아야 묘책은 없다. 매일 아
침 통관사가 항만 관리사무소에 전화해서 “우리 화물을 선적한 배 앞
에 몇 대나 대기하고 있느냐? 언제쯤 접안해서 하역이 가능할까?” 이
런 수준의 대화 이상도 아니고 이하도 아니다.

통관 자체는 외항에 선박이 입항하기 전에 대부분 미리 완료한다.
즉, 선상통관이다. 통상 하역 후, 무작위 선별 검사에만 걸리지 않으
면, 이틀 이내로 출고할 수가 있다. 이 랜덤 검사는 전 세계 모든 항만
세관당국에서 실시하며, 수많은 물동량을 전부 전수검사 할 수 없기
때문이다. 따라서 문제가 있는 화물이 단속을 피하는 행운도 있지만,

무작위 샘플 검사에 걸리면, 그 대가는 무겁다.

어쨌든, 지금 W 현장 자재의 통관 문제는 상대적으로 부족한 컨테이너 화물 터미널 때문이다. 그렇다고 컨제셔천(항만 적체현상)이 자주 일어나는 것도 아니다. 어쩌다가 한번 일어나고, 클리어되고 나면 잘도 돌아들 간다.

W 현장소장은 오늘 작심하고 민기태를 까기를 계속한다.

"어디서 일을 그 따위로 배웠어? 그런 정신 상태로 어떻게 해외에서 건설업을 하겠어?"

이 정도 되면, 갈 데까지 다 갔다. 이럴 때, 도요토미 히데요시 경우,

"하이! 뜻을 알게스무니이다."

끝없는 인내심과 충정이고, 일본 최고 통치자로 가는 전인미답의 실오라기보다 좁은 길이다.

"네! 뜻을 알겠습니다."

이것은 조만수 부장의 쇼로서, 본인의 귀책 사유가 아닌 상대방의 불편과 역정까지 모두 다 뒤집어쓰는 것이다. '참자! 참아야 이긴다! 이보다 더 모욕을 당해도, 내가 참아야, 저 인간을 이긴다!' 도요토미 히데요시와 조 부장은 비가 많이 와서 홍수가 나거나, 비가 안 와서 땅이 갈라져 원성을 사도, '뜻을 알겠스무니이다'이고, '죄송합니다'이다. 천부적 재능과 인내심이고 영리한 계산이다.

그러나 민기태는 아니다.

"우와! 속이 확! 뒤집어지네. 입만 빵긋하면, 사우디 경력 15년 떠들지 말고, 그렇게 중요한 자재는 미리 대비해서 한 달이라도 먼저 발주를 하지 않고 뭐하고 있다가, 이제와서 생사람 잡고 난리를 치는 거

요? 씨팔! 당신이 와서 한번 해 봐.”

W 현장소장은 그의 역습 한 방에 더 이상 말이 없다. 권투경기에서 상대 선수를 얕잡아보고 천방지축 공격해 들어오다가, 카운터 어퍼커트 한 방 맞고, 큰대자로 나자빠진 것과 같다. 열이 꼭지까지 오른 W 현장소장은 밤새도록 숙면도 취하지 못하고 머리 뚜껑이 열린 채 김이 모락모락 나면서, 다음 날 아침 일찍 만사 제쳐 두고 이를 빠득빠득 갈면서 본부장을 만난다.

“A.K. 지점 민기태, 아주 위아래도 없는 나쁜 놈입니다. 현장 긴급 소요 자재를 빨리 올려 달라고 했더니 ‘당신이 와서 해!’ 하고 입에 담지도 못할 욕을 해댑니다. 제가 사우디 현장 15년 근무하는 동안 수많은 공사를 여러 사람들과 함께해보았지만, 저렇게 막 나가는 친구는 본 적이 없습니다. 도저히 저런 친구랑 일을 같이 할 수가 없습니다. 본부장님께서 무슨 인사 조치를 꼭 해 주시라고 아침 일찍 이렇게 찾아뵈었습니다.”

“알았어요, 내가 한번 주의를 주겠어요. 너무 신경 쓰지 말아요. 그런데 우리 사업부에 그만한 친구도 없어요.”

민기태는 그런 일이 있은 후, W 현장소장을 본부장 방에서 처음 만나고 있다. 어색한 기류가 감도는 세 사람 사이에 한동안 무거운 침묵이 흐르고, 본부장은 그간의 자초지종을 아는 터라 묘한 웃음을 머금은 채, 두 사람을 번갈아 보고만 있다. 곧이어서, W 현장소장이 어색한 표정으로 현장으로 돌아가니, 본부장과 두 사람만 남았다.

“그동안 안녕하셨습니까?”

“그래, 자네도 별 일 없지?”

여기까지는, 당연히 좋다. 본부장이 보석처럼 여기는 그가 찾아 왔으니, 그냥 기분이 좋다. 본부장은 민기태를 보기만 해도 기분이 좋아진다. 군계일학이니까.

"그런데 본부장님 말씀대로 가족들에게, 여기 사정을 설명하고, 일이 년 더 있어야 할 것 같다고 말했습니다."

"..."

눈치챈 것 같다. 말이 없다.

"그랬더니 난리가 났습니다. 결혼하고 3개월 만에 나갔으면서, 2년만 있다 돌아온다 해놓고, 또 2년이냐고 하면서, 그러려면 당장 와서 이혼하고 나가라고 울면서 팔팔 뜁니다."

"..."

아무 말이 없다. 표정이 좀 일그러지고 있다.

"그리고, 지금 A.K. 지점에서는 할 일이 없어, 너무 무료합니다. 언제 신규 공사가 확정되고, 일거리가 많아지면 좋겠지만, 어차피 개설한 지점이니, 이런 상황에서는 본부 직원 한 사람이 와서 관리하면 전혀 문제가 없겠습니다."

"안 돼! 아무나 맡길 수 없어! 지금 계속해서 신규 공사 입찰에 참가하고 있는 것 잘 알잖아? 그리고 별도로 독립된 지점 관리를, 아무에게나 맡길 수 없어."

"그렇지만 신규공사 수주를 해도, 준비하고 착공하려면 아무리 빨라도 칠팔개월은 있어야 하는데, 저의 만기 귀국 일자는 한 달 남았습니다."

"..."

표정이 더 일그러지면서 혈압이 오르는지, 얼굴 색깔이 불그스름해진다.

"그리고, 5년 전 수술한 중이염이 재발해서 빨리 가서 치료도 받아야 합니다. 나날이 통증이 심해지고 매일 귓속에서 염증으로 인해 고름이 흘러 나오고 있습니다."

그의 중이염 재발은 알코바(A.K.)에 근무하면서, 주말이면 바닷가에서 해수욕하고 고기 잡으며 놀다가 생긴 것이다. 그래서 왜 재발한지는 굳이 말하지 않는다. 상대방이 왜 귓병이 생겼는지 알지도 못하고, 묻지도 않고, 설혹 알아도 아픈 것에는 걱정은 커녕 관심도 없고, 오직 이 순간, 그를 붙잡아 눌러 앉히려는 것에만 혈안이 되어있기 때문이다. 그렇다고 주말에 바다에 가서 수영한 것이 회사의 규정을 위반한 것은 아니다. 본사 직원들이 일요일에 등산하는 것이 회사 규정을 위반하거나, 상관이 없는 것하고 같다.

"귀에 문제가 있으면, 거기 병원에 가면 될 것 아냐?"

"귀 때문에 오랫동안 반복해서 고생해 보았는데, 사우디보다 의료 기술이 많이 발전한 한국에서도, 이비인후과 전문의 따라 치료나 수술 결과가 많이 달랐 습니다. 경험으로는 한국에서도 제가 가장 신뢰하는 세브란스 병원 현종수 박사한테 가 보고 싶습니다".

"거기 A.K. 병원에 일단 가 봐! 그리고 자네를 떠나 보낼 수 없어. 아무 소리 하지 말고, 나하고 함께 계속해서 일하는 걸로 해!"

본부장하고 더이상 말해 보아야 소용없겠다고 생각하고 일어난다. 그의 경험으로는, 중이염은 동굴처럼 깊숙한 고막 가까이에서, 귓속 피부를 통해서 침투한 바이러스가 일으키는 염증으로 치료가 매우 난이하다.

A.K.로 돌아온 민기태는 와이프한테 전화한다.

"어제 젯다로 가서 본부장을 만나고, 한 달 후 만기일에 꼭 들어가겠다고 말했지만, 말이 통하지를 않아."

"그럼 못 온다는 거야?"

"나는 태어난 아들도 보고 싶고, 회사 규정대로 가야겠다고 말하지만, 내가 일을 너무 잘 하니까 계속해서 본부장이 함께 일을 해야 된다고 우기기만 하지, 도무지 막무가내야."

"그런 게 어디 있어? 일 잘 한다고 남의 가정은 무시하고, 혼자 욕심만 채우겠다는 것 아냐? 그럼 누가 일 잘하려고 하겠어? 말도 안돼."

"다음 주에 젯다 갈 일이 있으니, 그때 가서 최종 담판을 짓고 오겠어."

"어제, 자기랑 함께 일한 홍언병 과장이 들어 왔다고 전화 왔어. 아빠도 한 달 후에 온다고 했는데, 왜 못 온다는 거야?"

그는 진퇴양난의 기로에 처했다. 본부장과 와이프 사이에서, 샌드위치 되어 성가시는 일이 하루이틀도 아니고, 매일 스트레스 때문에 돌아버릴 지경이다. 한편으로는 귓속에서 감지되는 재발된 중이염도 나날이 심해지는 것 같아서도 걱정이 된다. 귀를 손으로 한번씩 조금만 움직이거나 당기면, 귓속에서,

'찌익 – 찌익' 하는 이상한 소리를, 귓속 깊은 고막이 들어서 뇌로 알려 보낸다. 바로 고막 가까이, 몇 밀리미터 바싹 근처에서, 바이러스가 세포 조직을 갉아먹어 생기는 진물이 움직이는 소리이다. 그 이상한 소리는 고막 가까이에서 보청기의 마이크로폰으로 확대한 소리처

럼, 깊숙한 동굴 속에서 크게 울리면서 들린다. 그러나 이런 판에 와이프한테 그의 의료 문제까지 말하고 싶지 않다. 만약 중이염으로 통증을 느끼고 고름이 흘러나온다고 말했다가는, 모조리 때려치우고 당장 들어 오라고 할 뿐만 아니라, 직접 본부장한테 달려들지도 모르기 때문이다.

아무리 생각해도 빨리 좀 순리적으로 마무리가 되어야겠지만, 묘안이 떠오르지 않는다. 분명한 것은 와이프 잘못이 아니다. 또한 그가 틀린 것도 아니다. 결혼한 지 3개월 만에 떠나서 2년이 되었는데, 우선 이것부터 엉망이다. 거기에다가 또 연장이라고 하면, 어느 여자라도, 가만히 있지 않을 것이다. 더군다나, 혼자서 배를 열고 애를 끄집어내는 외과 수술까지 힘들게 하고, 혼자서 애 보고 있으면 야속한 마음이 이루 말할 수가 없을 텐데, 해도 너무한 것이 맞다. 그가 더더욱 와이프한테 미안한 것은, 그녀를 속이고, 이곳으로 빠져나온 것이다. 가만히 있으면 좋을 회사를 퇴직금을 받기 위해서, 자원해서 회사를 옮기고, 인사 명령에 의해서 나온 것이라고 사기를 쳤다.

물론, 절친인 경리과 이상오가 먼저 인사발령을 받고 민기태한테 알려주지 않았으면, 빚이야 어떻게 되든지 해서 다른 방법으로 접근해 보았겠지만, 지금 이런 사태는 일어나지 않았을 것이다. 이상오가 야속해지기까지 한다. 그런데 이상오는 잘못한 것 하나도 없다. 이럴 때는 그냥 부산에서 참한 여성이랑 결혼해서, 서울 변두리 전세집에서 형편대로 시작했으면, 회사를 억지로 옮기면서까지 나오지도 않고도 좋았을 텐데, 왜 그 어느 토요일 오후, 종로 낙원 볼링장에 가서, 그녀를 만난 일이 부담으로 느껴지기도 한다.

거기뿐만 아니라, 생각은 꼬리에 꼬리를 물고 옛날 기억으로 되돌아가기도 한다. 그날, 토요일은, 부산에서 어머니가 올라오시기로 했던 날이라서 이상오가 미리 물어온 볼링 모임에 못 간다고 대답을 했었지만, 어머니가 다른 일이 생겨서 다음 주말에 오시겠다는 전화를 받고 합류했던 모임이었다. 그뿐만이 아니다. 수백만 가지 각각의 일상의 조각들이, 0.00000000000000000000000000000000000000001초 단위로, 직물의 천 조각 위에 촘촘히 물고 물려 짜진, 한 올 한 올의 실오라기처럼, 비켜 나갈 수도 없고, 다시 바꾸어 짤 수도 없는 각본인 것이다. 민기태 쪽뿐만 아니라, 저쪽에서도 마찬가지 이다. 하나의 현상 뒤에는 수십억, 수백억, 수천억, 수조, 수십조, 수백조, 수천조, 수억조 가지의 변수가 순간순간 작용한다. 운전해가다가 수없이 통과하는 신호등 앞에서 무심코, 빨강불이면 정지하다가 출발하지만, 이 신호등 불의 색깔 하나가 사람을 죽이기도 하고 살리기도 한다. 쉬지 않고 똑딱똑딱 지나가는, 1초 혹은 2초는 한순간도 멈추지 않고, 다음에 오는 1시간, 다음 날 일어나는 작고 큰 모든 일에 영향을 미치거나 결정적인 요인으로 작용한다. 그래서, 볼링장에 간 것은, 그가 컨트롤할 수 없는 운명이다.

그런 판에, 그냥 회사 규정대로 다른 동료들처럼 2년 만기 채우는 날 돌아가면 될 일이, 변태적인 저 요상한 한국계 미국인 본부장(안써니 김)한테 물려서 헤어 나오지를 못하고 있으니, 와이프한테 끝없이 더 미안하고 또 미안하다. 또한, 백 배 양보를 해서, 지금 그가 근무하는 신설 알코바 A.K. 지점의 업무가 바쁘고, 그가 할 일이 많고, 그가 다른 사람보다 특별히 잘할 수 있는 일이 있다면, 본부장 주장에 일말의 이유가 될 수 있다. 그러나 전혀, 전체적인 그림으로는 본부장의 아집이고 반칙이며 이기적인 사욕으로 얼룩진 잘못된 그림이다. 만약 본부장이 목수라고 가정하면, 그가 성능 좋은 다용도 연장이다. 그 연장이 지금 필요하지도 않는데 남한테 빌려주기도 싫다. 그저 목수 일을 하는 한, 언제까지나, 몸속에 지니고 싶다. 언제, 어디서 무슨 일이 갑자기 생겨도, 비장의 무기로 항상 몸에 지니면서, 유용하게 다용도로 사용할 수 있을지도 모른다는, 막연한 기대감에서, 마음의 위안으로 삼고 있는 것이다. 한 주가 지나고, 사업부 소요 자재 수입 통관 및 운송 관련 업무 협의차 젯다 본부로 간 그는 또다시 본부장을 만난다.

"지난 주, 매일 와이프를 설득해서라도 본부장님 말씀대로 연장을 하려고 애를 많이 썼습니다."

"…"

"혼자 사는 세상이라면 아무래도 좋고, 마음대로 해도 거칠 것이 없겠지만, 와이프 말에도 일리가 있고 저가 이길 수가 없습니다."

"여기 있는 사람들 모두 다 그런 정도의 가정 문제가 없는 사람이 어디 있어? 모두 다 마찬가지야!"

"그러니까, 회사에서 이런저런 사정들을 감안해서, 가장 적당하다고 만든 규정이 2년 현장 근무 후 들어가고, 새 사람이 나오는 로테이션 아니겠습니까?"

"여기 있는 사람들 2년 만기 지나도 연장하고 있는 것 몰라?"

"공사 현장 기사들이야 준공 예정일이 많이 남지 않으면, 당연히 하던 일을 끝까지 해야 하지만 저는 현장 기사도 아니고 관리 요원이므로 언제라도 다른 사람이 대신 할 수도 있고, 그래서 석 달 전, 경리과 배형석, 두 달 전 자재과 신기석, 한 달 전 홍언병 총무과장, 모두 다 하나 같이 2년 만기되는 날, 군대에서 만기 제대 하듯이, 하루도 늦지 않고, 모두 다 들어갔지 않습니까?"

"배형석이나 신기석이는 있어도 그만이고 없어도 그만인 사람들이야. 그리고 자네는 지금 알코바(A.K.) 지점이 얼마나 중요한지를 알아야 해!"

"물론 계획대로 걸프만 해안 지역에 신규 공사들을 수주하게 되면 할 일이 많고 바빠지겠지만, 현재로서는 할 일이 없어서 하루 하루가 너무 무료합니다."

"자네는 모든 일을 근시적으로만 보고 있어! 크고 멀리 보아야지, 어떻게 지금 눈에 보이는 것만 생각하는 거야?"

"옳으신 말씀인데, 현재 입찰에 참여하는 신규 공사가 수주를 하더라도, 준비하고 착공하기까지는 칠팔개월이고 기다려야 하는데, 저의 만기 귀국일은 한 달 남았습니다. 차라리, 여기 본부 영업 부서 직원이 알코바 지점에 내려와서, 신규 수주 작업에 관여하면 저보다 효율적이고, 회사에 더 유익할 것 같습니다."

본부장의 얼굴 색깔이 좀 더 불그스름해지고, 미간은 막걸리집 찌그러진 양철 주전자 모습으로 변해간다. 두 안경 렌즈 속에 코팅 된 연한 주황색이 상승하는 혈압으로 인한 체온에 반응해서, 얼굴 전면이 더 붉게 물들고 있다. 그리고, 더 이상 이렇다 저렇다 대꾸를 하지 않는다. 두 사람 사이에 흐르는 이 무거운 침묵의 시간이, 너무 힘들고 길어 보인다. 1분이 한 시간처럼 느껴진다. 그는 아무리 찾아보고 뒤져 보아도, 더 이상 할 말이 떠오르지 않는다. 할 말은 이미 다 했고,

126

새로운 말을 할 것이 없다.

"자네에 대해서 말하는 사람들이 있어!"

그리고는 외나무다리에서 갑자기 만난 원수처럼 노기 띤 얼굴로, 빨라지는 맥박과 혈압 상승에 의해, 가쁜 숨을 거칠게 몰아쉬면서 그를 노려본다. 그는 본부장의 이런 얼굴을 본적이 없다. 전혀 처음 보는 다른 사람의 얼굴이다. 본부장의 입에서 이 말 한마디 튀어나오기 위해, 그는, 그렇게 오랫동안 침묵했다. 그 침묵 속에서, 수많은 감정의 부스러기들이 본부장의 머리와 가슴 사이에 연결된 수많은 신경조직 케이블을 타고, 빛의 속도로 수없이 오가고, 또 가고 오고 한 것이다. 아무리 찾아보고 뒤지어 보아도, 더 이상 할 말이 없어진, 더 이상 침묵으로 지체할 수 없는 구석에 내몰린 끝에, 내뱉은 주제에서 벗어난 궤변이다. 이것은, 사리 분별 능력이 정지된 상태이다. 꼬마 애들이 마음대로 안될 때, 엉덩이 깔고 주저앉아 엉엉 울면서, 양 다리를 차대면서 생떼를 쓰는 현상이다. 지금 본부장은 늙은 애새끼로 돌아갔다.

"누구가 무슨 일로 무슨 말을 한지는 다 알고 있습니다. 저한테 누가 왜 무슨 말을 했는지 말씀드리겠습니다."

"듣기 싫어!"

그가 마주 앉은 사람으로부터 들어본 말소리 중에서, 가장 큰 소리였다. 아마도 젯다 본부 건물 옆 사무실은 말할 것도 없고, 아래위층 사무실까지도 들릴 만큼 천장이 무너지는 굉음이다. 그 말 마디 마디에는, 살상용 청산 가루가 묻어 있다. 이 정도되면 갈 데까지 다 간 것이다. 이성을 잃어버린 사람하고, 더 이상 대화는 불가능이다. 그를 저 한국계 미국인한테 가서 비난했다고 하면, 2개월 전에 있었던, 항만 적체 현상인 컨져스션으로, 자재 현장 반입이 늦어진 W 현장소장이다. 그리고, 본부장이 내뱉은 화난 목소리에 '사람들'이라고 해서, 그는 혹시 또 본부장한테까지 가서 주접스럽게 등 뒤에서 비난할 만한 사람이 또 있을까 해서 빠르게 머리를 쥐어 짜본다. 없다. 그는 놀라운 집중력으로, 주변 인물들을 샅샅이 뒤지어 보고 짜보아도, 안테나에 잡히는 인물이 없고, 그런 욕을 들을 일을 한 일이 없다. 왜냐하면, 입 한 번 잘못 뻥긋해서 사화의 희생자가 되는 경우를 역사 소설에서 많이 보았기 때문이다. 어쨌든, 만약 민기태를 욕하는 인물이 또 있는지 억지로 쥐어짜 본다면, 석 달 전부터 주말이면 알코바(A.K.)로 내려와서, 그의 주말을 송두리체 말아먹어 버린 성진건 영업 이사이다. 만약 또 한사람 더 억지로 집어넣어서, 싸잡아 끼어 맞추면,

"뜻을 알겠습니다."의 조만수 부장이 아슬아슬하게 용의선상에 나타나다가 금세 사라진다. 그러나 만약에, 그가 민기태를 블레임 한다면 고작,

"민기태가 저를 은밀하게, 좀 우습게 보는 것 같기도 하고, 아닌 것 같기도 하고, 그렇습니다."

아닐 것이다. 왜냐하면, 본부장도 조만수 부장을 우습게 보고 있는 사람 중 한 사람이기 때문이다. 멕시코 국경 아리조나 인근 첵크포인터 탐지견의 초인적인 능력을 지닌 조 부장 또한, 본부장의 자신에 대한 칼 같은 평가를 탐지하지 못할 리가 만무하기도 하기 때문이다.

성진건 영업담당 이사는 6개월 전, 외부 대형 건설 업체에서 새로 스카웃 되어 합류된 케이스이다. 부장으로 오래 근무한 선발 건설 회

사에서 한 계단 올려서 옮겨 왔다. 사우디 현지 사정에 정통하고 이전 회사의 걸프만 지역 대형 공사 수주에도 깊이 관여한 경력이 파격적으로 이사 직함을 부여하고 스카웃한 배경이다. 사우디 현지 영업 경험이 전혀 없는 미국 건설 회사 기술 분야 출신인 본부장을 보좌하고 현지 영업부의 활동을 독려하기 위해서 3개월 전부터 본사에서 장기 출장 중에 있다. 문제는, 주말이면 알코바로 내려와서 공항 픽업부터, 이곳저곳으로 라이드해서 가자고 한다. 주중이라도 이래서는 안 된다. 알코바로 내려올 때는, 본인의 업무가 있고, 본인이 해야 할 일을 본인의 스케줄대로 하면 된다. 걸프만 해안 지역은 본인이 길에 늘린 돌멩이도 헤아릴 만큼 구석구석 잘 알고 있으니까, 공항 렌트카를 타면 얼마나 좋을까? 이렇게 한 단계 올려서 오면, 대부분 일정 시간이 지나고 나면 나가게 된다. 낙동강 오리알이 될 가능성이 크기 때문이다. 어느 주말에는 오후 3시, 공항 픽업을 요청하면, 그는 지점 근무 일행들과 걸프만 바다에서 수영하며, 일주일에 단 하루 즐기는 공휴일에도 홀로 옷을 부리나케 주워 입고, 해는 이제 막 중천인데 공항으로 달려 나가서, 밤 늦게 숙소로 돌아갈 때까지 그의 발이 된다. 다음 주말, 현지의 다른 한국 업체와 다국적 외국 회사에 근무하는 학교 동문들 친목 모임이 예정되어 있었는데, 하루 전날 업무 종료 직전에 성 이사로부터 전화가 왔다.

"내일 오전 10시 도착하는 비행기 시간에 맞추어 공항에 좀 나와 줘요."

"안녕하십니까, 말씀드리기 대단히 죄송합니다만, 이번 주말만 렌트카를 좀 이용해 주시면 고맙겠습니다. 내일 이곳에서 근무하는 학교 동문 모임이 있어서 제가 꼭 참석해야 하는 입장입니다. 제가 총무를 맡고 있어서 더 그러합니다."

"…"

"다음 주말에 또 오시면, 꼭 잘 모시겠습니다."

그때부터, 그 이후로는 오는지 가는지 연락이 없다. "뜻을 알겠습니다."의 조만수 부장이라면 동문회이고 아니고 세상이 잠든 새벽 3시에 갑자기 온다 해도, 24/7/365 "뜻을 알겠습니다."일 것이다.

짧은 침묵의 순간, 미확인 추측들만 난무하고 있을 때,

"알았어! 들어가!"

15

음모

그날 저녁, 잠자리에 든 본부장은 잠을 이룰 수 없다. 온통 괘씸한 민기태 생각뿐이다.

"저 놈을 그냥 보낼 수가 없어! 내가 그토록 함께 일을 하자고 했는데도, 끝까지 가겠다고 우기는 나쁜 놈이야!"

벌떡 일어난 본부장은 책상에 앉아서 본사 관리본부장 앞으로 편지를 쓰기 시작 한다.

'최종하 전무 귀하.

지난 달 올려 보낸 본 사업부 정기 진급자 명단에서, 민기태를 삭제해 주시기를 긴급 요청합니다.'

까지 써 내려가다가, 찢어 버리고 잠시 생각에 잠긴다.

‘내가 이렇게 까지 할 필요는 없지 않느냐?’

‘이왕 보내는 것, 그냥 보내자.’

‘민기태가 섭섭하고, 괘씸하긴 해도, 민기태가 잘못한 것이 없지 않나?’

그리고, 남보다 가장 열심히 일했고 괄목할 만큼 많은 업적을 남긴 사업부 내 1등 공신이며 스스로도 민기태 자랑을 하고 또 하고, 많이 해놓고, 이러면 내 얼굴에 침 뱉는 꼴이니 하고는 다시 잠자리에 누워서 잠을 청한다. 그러나 잠이 오지 않는다. 이리저리 뒤척이다가 시간을 보니 새벽 2시이다. 평상시대로 취침에 들어간 저녁 10시가 어느새 4시간이 흘렀다. 민기태 때문에 잠을 자지 못하고 혼란스러우니까 또 다시 괘씸한 생각이 들기 시작한다.

"안 돼, 이놈은 그대로 그냥 보낼 수 없어!"

그러고는 다시 일어나서, 찢었던 편지를 다시 쓰기 시작한다. 비록, 해외 건설 사업에 뒤늦게 뛰어든, 후발 건설 회사이긴 하지만, 국내 굴지의 대형 재벌인 대연그룹의 탄탄한 지원과 배경을 갖춘, 그룹 관계사인 대연건설의 본부장으로, 막중한 직책을 부여받은 지 1년 남짓밖에 되지 않는 자신이, 회사와 함께 웅비할 수 있는 파격적 발전에 큰 획을 그을 대형 공사 수주들이 예상되는 기회의 땅, 사우디아라비아 반도, 동해안의 광활한 걸프만 해안 지역 대단위 프로젝트들을 자신이 사우디 사업부를 총괄하는 동안 성공적으로 수행하여, 개인적으로 일취월장할 절호의 기회로 꿈꾸면서, 신설한 A.K. 지점 업무에 지대한 관심과 애착으로, 본인의 과거 30여 년간 근무했던 대형 미국 건설회사와 짧은 1년 정도의 한국 건설 회사에서, 단 한 번도 볼 수 없었던 가장 탁월하고, 가장 든든한 민기태가 터를 잡고 있는 것에 무한한 위안을 받고 있었는데, 믿었던 도끼에 발등이 찍히고, 입 속의 아래 위 이가 전부 빠져 나가버리는 느낌을 지을 수 없기 때문이다. 아래 위 의 이틀이 다 없어졌으니 잇몸과 입술로 음식을 먹어야 할 지경이다. 이렇게 가슴이 뻥 뚫리고, 허전할 수가 있을까? 미치고 환장하고, 울 고 싶기까지 한다. 편지를 쓰지 않고서는 잠을 이룰 수가 없다.

'최종하 전무 귀하.

지난달 올려 보내 드린 사우디 사업부 금년 정기인사 진급자 명단 에서 민기태를 삭제해 주시기를 요청합니다. 두 달 후 본사 본부장 회 의 참석 때, 자초지종을 직접 말씀드리겠습니다만, 최근 보고받은 현 장소장 회의에서 제기된 민기태의 문제점은 심히 유감스러울 뿐만 아 니라, 상하 위계질서를 무너뜨리는 무모한 항명행위로, 조직내 인화 를 파괴하는 과격한 언행은, 팀워크로 이루어야 할 당 사업부 목표 달 성에도 많은 지장을 초래하였습니다.

반복해서 보고 받은 그의 독선과 아집은, 본부장으로서 도저히 묵 과할 수 없는 지경에 이르렀습니다. 조만간 종결 처리될지도 모르는 사안으로 사료되어서, 우선 긴급히 조치해 주시기를 요청드리는 바입 니다.

사우디 사업 본부장 배상.'

이 편지 한 장 쓰고 찢기를 반복하고 또 반복한다. 2분이면 쓸 수 있는 짧은 편지 한 장을 밤을 세우며 쓰다가 찢었다가 누우면 잠을 이

룰 수 없고, 또 일어나서 쓰고, 찢고 해서, 아침해가 뜰 무렵, 봉투에 넣고 봉인하고,

'관리본부장

최종하 전무이사 친전(親展)'

이라고 겉봉에 썼다.

'친전(親展)'을 두꺼운 매직 펜으로 크게 썼다. 회사 조직원 간 오피셜한 공문이 아니고, 개인간의 희귀한 사신이다. 민기태 문제로 잠을 설친 본부장은 무거운 머리로 식당에 내려갔지만, 식욕도 없다. 오렌지 주스에 달걀프라이로 아침 식사를 끝내고, 평소와 달리 블랙커피 한 잔을 들고 집무실에 앉았으나, 오늘 새벽에 밤을 새워 쓴 편지를 본사 관리본부장 앞으로 보내려고 했던 생각이 또 다시 뒤죽박죽이 되어온다. 안써니 김 본부장은 이 편지를 보내지 말고 그냥 잊어버리고 싶은 생각이 또 살아나는 이유는,

첫째, 민기태가 잘못한 것이 없는데도 자신의 과욕이 민기태에 의해서 거부되는 데 대한, 앙심이란 것을 스스로 부인할 수 없는, 이 부분이 일말의 양심의 부담으로 작용해오기 때문이고,

두 번째, 자신이 지난 해 연말 본사 출장시, 최종하 관리본부장과 이창호 인사담당 이사에게 민기태의 탁월한 업무 추진력과 수행 능력을, 단일 공사 외자 구매 예산에서 200여 만 달러에 이르는 원가 절감과, 차질 없는 원자재 현장 투입에 의한 공기 단축을 포함한, 그가 이루어 낸 성과 하나하나 열거하면서, 침이 마르도록 칭찬하고, 정기인사 전 특진을 간곡히 요청했고, 불과 한 달 전 본부장 자신이 최종 결재해서 본사로 올린 사우디 본부 정기인사 진급자 리스트의 맨 위쪽

에, 'No. 1'으로 올린 민기태를, 자신이 사인한 잉크도 마르기 전에 빼내어 달라고 하면 자신의 경솔한 처신을 상대방에서 유치하다고 생각할 수도 있다는 점이 신경이 쓰이기 때문이고,

세 번째, 사우디 본부에서 가장 두각을 나타내고, 회사를 위해서 가장 많은 성과를 낸 최우수 젊은 인재의 장래를 파괴하는 비인간적 행위에 대한 고뇌가 순간순간 쉬지 않고 이어져 되살아나기 때문이고,

네 번째, 젯다 지역 로칼 TV와 신문사 취재로 달아오른 열기 속에서 거행된 지난 M 공사 준공식, 사우디 사업본부장 연설에서, 시정부기관과 발주처, 주 사우디 아라비아 한국대사 등 수백명이 자리한 가운데, 오직 단 한사람 민기태 이름만 거명하면서, 이 공사의 성공적인 완공에 혁혁한 공을 세운 사람이라고 스스로 칭찬했고, 또한 이미 많은 사람들이 그의 존재감을 피부로 느끼고 있는 뜨거운 여론 때문이고,

다섯 번째, 길어야 몇 년 후면 미국 회사에서 30년, 한국 회사에서 얼마만큼 더 해서, 마감하게 될 자신의 사회적 조직 생활을 통해서 보고 느낀, 구성원들 사이의 다양한 인간 관계에서, 갑의 부당한 횡포로 을의 미래에 영향을 미쳤던, 기억나는 몇 가지 불미스러웠던 사례들을 되새겨 볼 때, 지금 자신의 사사로운 감정에 치우쳐 유능한 한 젊은이의 장래에 문제를 일으킬 수도 있는, 자신의 비열하고 비양심적 행위에 대한 확신의 부재 때문이고,

그 결과가 어떤 과정을 통해서 일어날 수도 있는, 여러 가지 예측할 수 없는 파장에 대한, 형체 없는 안개처럼, 허공에 떠다니다가 사라지곤 하는, 야릇하고 꺼림칙한 기분(Feeling) 때문이다.

'내가 이래서는 안되는데.'

'내가 이렇게 할 것까지는 없지?'

'안 돼, 내가 그만큼 부탁했는데도 돌아가겠다고? 괘씸한 놈이야! 도저히 참을 수 없어.'

본부장은 이른 아침부터 집무실에 앉아서, 허대준 경리부장이 들고 들어 온 결재 서류를 받아만 놓고, 두고 나가라고 한다. 일이 손에 잡히지 않는다. 만약 새벽에 힘들게 쓴 편지를 본사로 보내려고 하면, 하루라도 빨리 보내야 한다. 본사 관리본부 공문에 의한 마감 일자에 맞추어서, 한 달 전 올라간 정기인사 진급자 서류가 오늘 내일 처리될 수도 있기 때문에, 버스 지나가고 난 뒤에 손들면 자신의 꼴만 우습게 되고, 저 괘씸한 민기태 놈은 미꾸라지처럼 빠져나간다. 여기까지 생각이 미친 본부장은 즉시, 한종인 총무부장을 불러서 금일 본사로 출발하는 파우치(행낭)에, 오늘 새벽 최종하 관리본부장 앞으로, 특별히 친전(親展)이라고 눈에 띄게, 크고 두꺼운 글자의 자필로, 봉인된 봉투 겉면에, 별도 명기한 편지 발송을 엄숙히 명령한다. 이날 오후, 이미 행낭은 떠났는데도 안써니 김 본부장의 마음속 갈등은 끝나지 않는다. 온 종일 민기태의 얼굴이 떠오르고, 그가 엄청난 정력으로 일하던 모습도 떠오르고, 그의 남다른 자질과 능력이 생각난다. 또한 수많은 관계자들이 참석해서 성대히 거행된 젯다 M 공사 준공식 때, 함께 노력하고 최선을 다 했던 여러 사람들은 모두 뭉뚱그려서 여러분이란 단어 한 마디로 묶어서 공적을 치하하고, 단 한 사람, 스스로 민기태의 이름 석 자를 거명하면서까지, 그의 공적을 칭찬한 자신의 모습과, 자신의 말을 진지하게 듣고 있던, 식장 내 참석자들 한사람 한사람의 표정과, 그날의 식장 내의 기류가, 계속해서, 쉬지 않고, 크로스오

버된다. 하루 종일 우울하다. 잘했는지, 잘못했는지 모르겠다. 정말 알 수 없다. 하루라도 더 생각 해보고 보냈어야 했는데, 시간에 쫓겨서 보내 버린 측면도 없지 않다는 것을 알지만, 이미 떠났다. 그러나, 이미 루비콘 강을 건넜다. 깨어진 도자기이다. 일개 직원 한 명의 문제가 어젯밤부터 새벽잠을 설치게 하고, 온종일 이렇게 혼란스러운 것은, 분명히 언제일지는 알 수 없는, 오직 전지전능하신 신만이 알 수 있는 운명의 씨앗을 잉태한다.

그의 몸속 구석 구석에는, 이 순간, 성모 마리아의 따스한 미소와 자비는 어디에도 존재하지 않는다. 오직, 한 인간의 사악한 저주의 포로가 된 채, 그의 마음속 성당에서는 한사코 만류하는 성모님의 사랑을 거역하는 저항만 있을 뿐이다.

3일 후, 본사 관리본부장, 최종하 전무가 구내전화로 인사 담당 이창호 이사를 찾는다.

"이 이사, 나 좀 봅시다."

"네, 곧 가서 뵙겠습니다."

관리본부장은 이창호 이사를 보자마자,

"사우디 본부장이 보내온 편지요. 한번 읽어 보세요."

A4 편지지에 메모에 가까운 문장 서너 줄을 이창호 이사가 읽기도 전에,

"이 양반 도대체 뭐 하는 짓인지 모르겠어요. 애들 장난 하는 것도 아니고, 엊그제 자신이 최종 결재해서 본사로 보내온 진급자 명단에서, 누구를 삭제해라 말라고 하면, 내가 30여 년 관리부 근무하면서, 이런 희한한 일은 처음이요."

이창호 이사는 말이 없다. 그냥 이 돌발적 사우디 본부장의 처신을 의아스럽게 생각할 뿐이다. 최종하 관리본부장은 혼자 계속해서 투덜댄다.

"그리고, 그 민기태라고 하면, 작년 연말 본부장 회의 때 와서, 나하고 이 이사 앞에서, 입에 침이 마르도록 칭찬하면서, 이번 정기인사 전에 꼭 특진을 시켜야 한다고 본인 스스로 당부한, 2년 전 대연전자에서 전입해 온 그 친구 아니요?"

"네, 맞습니다."

"이 이사는 대연전자에서 일할 때 민기태를 알았습니까?"

"모릅니다. 저는 울산공장 관리부에 있었고, 민기태는 작년에 사우디 본부장이 특진 요청을 해서 인사 카드를 살펴 보았을 때 본사 수출부서에서 근무하였더군요. 업무 연관도 없고, 근무 지역도 달라서 자세히 알 수 있는 기회가 없었습니다."

"이 서류는 내가 어제인가 결재한 서류인데, 아직 사장 결재 안 올라갔어요?"

"네, 오늘 오후에 관리부 다른 결재서류들과 함께 취합해서 올리려고 하고 있습니다."

"차라리 어제 올려 보냈으면 모두 결재 종결 처리되어서 번복할 수 없다고 하면 되니 마음 편한데. 이것 참, 이러지도 저러지도 못하고, 휴…."

하고, 최종하 전무는 한숨을 쉰다. 이창호 이사도 난감하기는 마찬가지다. 더군다나 사우디뿐만 아니라, 여러 해외사업부 현지로부터 직간접으로 들려오는 민기태의 활약상을 인사 담당 이사로서 당연히 잘 알고 있을 뿐만 아니라, 현업부서에서 정기인사 관계 서류가 올라오기도 전에 본사 인사부에서 별도로 관리하는 정기인사 진급자 명단에도, 민기태는 0순위로 올라가 있었기 때문이다.

"이 이사는 이 일을 어떻게 했으면 좋겠어요?"

"저도 난감하기는 전무님이나 마찬가지입니다."

"무슨 이유가 있다고는 하는데 다음 본부장 회의 때 와서 알려주겠다 하고, 급히 보내왔는데, 내 참, 글쎄."

"어쩌겠습니까? 현지 본부장의 공식 입장이니, 원칙대로 처리해야 하지 않을까 하는 생각입니다."

"그럼 민기태를 진급자 명단에서 빼는 것입니까?"

"본사로서는 왜 그쪽 본부장이 갑자기 그러는지를 알 길이 없습니다. 그렇다고 이 건으로 인해서 다른 결재서류들을 계속해서 미루고 있을 시간도 없습니다. 사장 결재 후 그룹 기획실 일정에 맞추어서 올려야 합니다."

"그래서, 결론부터 말해보세요."

"현지 본부장 요청에 따르면 문제가 없을 것 같습니다."

일주일 후, 민기태에 대한 혼란스러운 생각을 정리한 안써니 김 본부장은, 다시 본사 최종하 관리본부장 앞으로 편지를 쓴다.

'최종하 관리본부장 귀하,

일전 말씀드린 민기태 건은 원만하게 처리되었을 것으로 사료됩니다. 대수롭지 않은 일로 업무에 혼선을 초래하게 하여서 송구스럽습니다. 현재, 알코바(A.K.) 지점의 민기태는 곧 귀국하게 됩니다. 한

동안 지켜보기로는 장점이 많은 직원으로 생각했고, 업무 처리 능력은, 타의추종을 불허할 만큼 탁월한 것은 부인할 수 없는 사실 입니다. 그러나, 조직 구성원 간에 화합을 해치는 독선적인 성격 때문에, 본 사업부 공사현장 간에 충돌이 심하고, 상급자에 대한 기본적인 자세가 불량하여 여러 부서 책임자들로부터 원성이 끊이지 않고 이어지는 관계로, 이는 본부장으로서 도저히 묵과할 수 없는 지경에 이르렀습니다. 본 사업부 본부장 입장에서 종합적으로 판단할 때, 민기태는 구성원 간 인화와 조직의 팀워크를 해치는 행위로, 조직 생활에 부적합하므로, 귀국 시 보직에서 제외시켜서 '대기발령'을 내려 주실 것을 당부드립니다. 아울러, 본 사업부 핵심 지역 알코바 지점 책임자로서, 민기태의 후임으로 해외 사업부 근무 경력이 많고 원만한 성품에 직무 수행 능력이 탁월한 부장이나 최소한 선임 과장 한 사람을, 긴급히 선발해서 보내 주실 것을 당부드립니다. 그럼 다음 달 예정되어 있는 본부장 회의에서 만나 뵙기로 하겠습니다.

사우디 사업 본부장

배상.'

예의, 봉투의 겉면에는 수신인 최종하 전무이사 '친전'이라고 쓴다.

3주 후, 본사에서 알코바(A.K.) 지점장으로, 부장 진급을 앞둔 5년 차 과장 조병극이 다란 국제공항에 도착했다. 알코바(A.K.) 지점 행정 요원 박순조 대신에, 민기태가 직접 공항에 나가서 반갑게 맞이한다. 민기태는 알고 있다. 지금 알코바(A.K.) 지점장 후임으로 새로운 사람이 본사에서 파송되는 것은, 사우디 본부장의 민기태를 죽이기 위한 일종의 쇼이다. 지금 본부에는 특별한 보직 없이 대기 상태나 다름 없이, 높은 급여를 축내면서 잡일에 소일하는 고급 간부 사원들이 즐비하다. 대부분, 여러 중동 국가 현장 경험으로 무장된 우수한 사람들이다. 언젠가 다란 공항에서 본부장을 만나, 황봉근 부장에 대해 얘기할 기회가 있었다. 민기태보다 1년 후 사우디 본부로 발령받아 나왔는데, 사우디 동부 해안 접경 지역, 걸프만 산유국, 카타르와 쿠웨이트 등 현지 경험도 많고, 영어도 미국에서 공부한 본부장보다 더 유창하게 할 뿐만 아니라, 성품도 온화한 훌륭한 분이었다. 민기태가 만나본 미국 수학 경험이 없는 한국인 중에서 가장 영어를 특별하게 잘 하는 분이었다. 그런데, 본부장은 뜻밖에도,

"황봉근 부장은 아는 체하는 것은 많은데, 제대로 아는 것이 없어."

하고 깎아내린다. 본부장의 편견과 오해로밖에 생각할 수 없었다. 설혹 황봉근 부장이 어느 한 가지 문제에 대해서 본부장과 생각을 달리할 수도 있고, 본부장이 잘 알고 있는 부분을 모를 수도 있는데, 옹졸한 사람들의 종합적 판단 능력 부재와 실종이다. 그가 A.K. 지점으로 근무지 변경할 때, 젯다 본부 직원들은 당연히 황봉근 부장이 가장 적합한 신설 A.K. 지점장으로 예상했지만, 엉뚱하게 본부장은 민기태를 선택했다.

$$16$$

오는 사람, 떠나는 사람

민기태는, 후임이 도착했으니 A.K. 지점 업무를 소개하고, 통관 회사와 운송 회사 등 관련 업체를 방문해서 직원들과 인사를 시키고 신규 수주 예정 현장들을 함께 둘러보고 귀국 준비를 한다.

사장과 부사장이 임원이 아닌 일반 직원들과 함께하는 시간은 없다. 그러나 A.K. 지점 책임자로 상주하면 3개월에 한 번 정도 사장과 부사장을 따로 만나서, 길게 뻗은 걸프만 해안지대에 추진하는 신규 공사 현장들을 둘러보는 하루 일정을 함께한다.

17

사직

　새로운 A.K. 지점장이 조병극 과장으로 교체되어 입국하기 전 추대선 차장의 대학 동문이자 입사 동기인 본사 영업부 유승조 부장이, 리비아 출장 후 귀국길에, 걸프만 신규 공사 입찰 관련 업무차 알코바를 들렀다. 조만수 부장과도 입사 동기인 추대선 차장을, 리비아에서 만나고 온 것이다. 알코바에 가면 민기태한테 안부 전하라고 했다고 한다.

　"승조야, 나 도저히 못해 먹겠다. 더 이상 보고만 있을 수 없어. 가족들과 생이별하고 모두들 힘든 이곳까지 와서 함께 일하면서, 뒷돈까지 뭉치로 챙기는 것 보고 일하고 싶겠냐?"

　"세상만사, 군데군데, 그렇고 그런 것 아니냐? 그래도 오래 있었는데 좀 참지 그러냐?"

"너무 심해. 거기다가, 부서장인 내를 제치고, 과장 놈한테 눈치를 주어서 해 먹는데, 내가 견디겠냐? 2년 전, K 건설에서 경력 사원으로 들어와서, 올해 새로 부임한 본부장 밑에서 진급한 과장 놈은 힘 있는 쪽에 붙어서 한통속이 되고, 원칙대로 처리하려고 하는 나를 위에서는 견제하고, 완전히 샌드위치인 거야. 그리고 아무도 몰라. 뛰는 놈 위에 나는 놈 있잖아. 어쩌다 보니, 우연히 내가 나는 놈이 되었어."

"무슨 말이냐?"

"경쟁업체 관계자가 자료를 건네 주었어. 설마 하고는 있었지만, 내가 보고는 가만히 앉아 있을 수가 없었지."

"신고한 거냐?"

"아니야, 아직은. 그냥 몰랐으면 마음이 편안했을 거야."

"그래서?"

"그런 처지에, 내가 그 자리를 지키고 일을 계속하고 싶지 않아."

"그럼, 귀국하면 어떻게 하려고 하나?"

"한동안 쉬면서 생각해 보려고 해."

철근과 콘크리트 기초자재 A 공급사의 현지 세일즈 매니저 게리와 서로 가깝게 소통하고 지내던 추대선 차장은, 신임 본부장 부임 후 번번히 들러리만 서고, 단 한 건도 공급하지 못한 자사 제품 시장 점유율과 경쟁력 있는 가격표를 게리로부터 받고, 게리가 전해 주는 B 경쟁업체의 충격적인 리베이트 내용을 알게 된다. B 업체 영업사원이 자사 G.M과의 불협화음으로 A 회사로 옮겨 온 후 알게 된 정보이다. 그리고는 게리한테 절차와 방법을 알려주고, 본인도 스스로 사직

을 결심한다. 여기까지 추대선차장의 근황을 알려주고,

"그 친구 말로는 B사의 리베이트는 빙산의 일각이랬어요. 그리고 원래 불의를 보고 못 참는 성격이지. 학교 다닐 때도 데모를 제일 많이 하고 앞장섰었고, 지명수배되어 잡혀 가서 고초도 많이 겪었어요."

"네, 지난 해 런던 출장길에 서로 만나서, 그런 상황을 대충 얘기 들었습니다. 본인의 스타일이 불이익을 받아도, 경우가 아니면 야합 못 하는 성격 이었습니다."

"신입 때, 수출품 품질 인정서 발급 기관에서 관행대로 웃돈을 요 구하면서, 선적기일을 맞추는 데 차질이 생기게 하니까, 달라가 들어 와야 먹고 사는 우리나라에서 이게 무슨 짓이냐고 소란을 피우고 난 리가 난적이 있었어요."

"네, 그 얘기도 들었습니다. 본부장이 들어가서 싹싹 빌고 왔다고 했어요."

"우리 동기들 모두 부장 다 되었어도, 아직 차장 꼬리 달고 있는 배 경인데, 아무래도 추 차장은 개인 비지니스 타입인 것 같아요."

18

가족

　새로 온 조병극 지점장에게 A.K. 지점 관련 업무를 인계한 후, 민기태는 2년 만에 그리운 가족 품으로 돌아왔다. 가족은 나의 분신이고, 가족을 위해서 희생하고 살아간다. 가족은 내가 잘못한 것도 궤변을 늘어놓으면서 변호하고 범죄를 저질러도 나의 편이 된다. 민기태 귀국 한 달 전부터, 음식을 먹일 때나 기저귀를 갈거나 목욕시킬 때마다,

　"일곱 밤만 지나면 아빠가 온단다. 우리 아기가 한 번도 못 본 아빠가 훨훨 날아서 우리 아기 보러 온단다."

　매일 같은 말을 하면 엄마의 표정으로 조금이나마 알아듣는지 몰라도 배시시 웃는다. 도착 전날부터, 마음은 콩밭(공항)에 가 있던 엄마는 당일 날, 아기 치장하기 바쁘다.

"우아! 이제 우리 아빠 만나러 공항에 간다. 기쁘지?"

아기도 배시시 엄마 따라 웃는다. 공항에는 그의 장모님과, 와이프, 그리고 그의 아들이 엄마 품에서 민기태를 보고는 방긋방긋 웃는다. 그는 조그만 아기 손을 만져보고, 눈을 맞추고, 아기도 아빠를 아는지 눈웃음친다. 그는 사람 사는 맛을 느낀다. 이제부터는 차분히 안정적인 가정 생활을 설계하려고 한다. 그동안 엮어진 인맥을 통해, 그룹 내 다른 계열사로 옮기는 것도 알아보려고 한다. 다음 날, 귀국 신고를 하고 세브란스 병원 현종수 박사를 찾았다. 5년 전 다른 병원에서 치료하지 못한 귓병을 완치시켜 주신 분이다.

"왜 이렇게 방치했어요? 조금만 늦어도 큰일 날 뻔했어. 귀 뼛속 바이러스가 뇌로 침투해서, 뇌막염이 될 뻔했는데. 하마터면 뇌 수술을 받아야 했어."

그는 화난 본부장의 얼굴이 떠오른다. 고름이 나온다고 해도 연장 근무를 강요했었다. 이 난치병을 치료할 만한 전문의가 없는 현지 병원으로 가라고 하면서, 그의 탁월한 능력을 탐하였다. 조기 귀국도 아니고, 기한은 채운다 해도 못 가게 했다. 현 박사는 수술 날짜를 다음 주 월요일로 정했다.

그는 어디를 가던, 아기 얼굴이 아른거린다. 빨리 가서 보고 싶다. 주먹 크기만 했던 모습을 볼 수 없어서 안타깝다. 이제는 헤어지지 말자. 그래도 더 자라고 크기 전에 돌아와서 함께 있게 된 것이 축복이다. 그는 귀 수술을 받고 부산 어머니와 형제들을 만나고 왔다. 어머니는 처음 태어난 손자이고, 형님으로부터 자식이 없으니까 대를 이을 소중한 손자라서 더 깊은 애정으로 매달 손자 보러 올라오셨다. 휴가

기간 내내 그는 아기가 울음을 터뜨리면서,

"세상에 내가 드디어 나타났소! 으아앙!"

공포하고 태어난 후, 처음 만난 날부터는, 아기 옆에서 보고 또 보고, 신기해하고 행복해한다. 기어가다가 스스로 흔들흔들 일어서서, 두세 걸음 뒤뚱뒤뚱 걸어가다가, 엉덩방아 찧고 주저앉으면, 아기도 좀 계면쩍은지 그를 보고 씨이익 웃는다. 베이비 휠체어를 태워주면 스스로 발바닥 앞부분에 힘주는 것은 어디서 배웠는지 바닥을 힘차게 밀어 제치고는 달려 나가면서 그와 눈을 마주치고는 고개까지 뒤로 제쳤다가 눈웃음친다.

저 눈웃음은 어디서 배웠을까? 엄마 뱃속에서 배웠을까? 아빠인지, 아저씨인지 알 리가 없다. 얼마 전 갑자기 나타나서 늘 자기 옆에서 놀아주니까 새로 생긴 친구로 아는 것 같다. 기저귀도 갈아 주고, 부드러운 죽도 먹여 준다. 아기도 정이 생기고 안 보이면 찾기도 한다. 주먹을 꼭 쥔 고사리 같은 손을 만지고 체온을 느끼며, 사람 사는 맛을 느낀다. 때로는 꼭 쥔 조그만 주먹 속에 뭐가 있나 궁금해서 가느다란 손가락들을 살며시 펴 보이니 무슨 비밀이 감춰진 양 이내 다시 힘을 주어서 주먹을 꼭 쥔다.

"아기가 보고 싶습니다."

"들어가려면 들어가! 자네에 대해서 말하는 사람들이 있어!"

본부장의 화낸 목소리와 일그러진 표정이 지금 왜 갑자기 떠오르는 것일까? 하나는 그의 비인간적인 요구에 저항하고 찾은 원초적 기쁨을 만끽하고 있기 때문이고, 또, 하나는, 자신의 아이들이 태어났을 때, 이런 행복한 순간들을 만끽했을 그의 이율배반적 언행 때문이었을 것이다. 억압적 군주제, 진시황 때 만리장성 쌓으러 천리만리 산속으로 끌려간 것도 아닌데. 3개월 공기 단축과 원가 절감으로 예상 수익을 초과한 준공식에서 유독, 민기태의 이름만 호명하며 그의 공적을 치하하고, 일주일 후 기념 축제의 밤에 본부장이 불렀던 '미사의 종'

"지나온 과거사를 흐느껴 울 적에, 오 산타 마리아의 종이 울린다."

19

주홍 글씨

2주간 휴가를 끝내고 출근한 지 3일째 되는 날, 6층 관리본부가 있는 엘리베이터에서 내리자마자, 3년 전 대연자동차에서 건설로 전보되어 와서 젯다 K 현장에서 자재 업무를 담당하다가, 민기태보다 1년 먼저 귀국해서 정기인사 때 진급한 윤병천을 마주친다. 그를 보자마자,

"아니, 이게 어찌 된 일이요? 민형 이름이 없잖아!"

오늘이 정기진급 인사발표날인 모양이다. 6층 엘리베이터 앞이 북적거리고 웅성거린다. 모두들 관리본부 앞 게시판에 붙은 진급자 명단을 보러 오고, 내려가고 하는 것이다. 모든 부서에서는 자체 부서의 정기진급 인사에 많은 관심과 약 한두 달 전부터 하마평들이 떠돈다. 민기태는 자타가 공인하는 승진 1순위로 매김되어 있었다. 그래서 자

재과장 윤병천이 엘리베이터에서 내리는 그를 보고는 깜짝 놀라는 것이다. 그는 망치로 뒷머리를 얻어맞는 것 같다. 한동안 엘리베이터 앞에서 움직임을 멈추고 있는데, 2년 전 전자 기획조사실에서 건설로 이동해 온 김상택 차장이 역시 민기태를 보자마자,

"아니, 민형! 이거 완전히 개판이오! 애들 장난하는 것도 아니고, 이럴 수가 있소?"

하고는 그를 위로하면서 분개한다. 그리고 하는 말이 그의 입사 동기로 전자에서 함께 건설로 넘어온 경리과 이상오도 명단에 없다고 하면서, 고개를 살래살래 좌우로 흔든다. 김상택 차장이 근무했던 전자의 기획조사실하고 민기태가 일한 전자의 수출부서는 직접 업무 연관도 없고 사무실 층수도 달라서 서로 만날 기회가 한 달에 한 번도 안되지만, 함께 같은 전자에서 넘어온 사람들끼리 정기진급 인사에 대한 관심은 자체부서 못지않다. 또한 건설로 옮겨온 이후에도 서로 각별한 관심을 가지며 여러 경로를 통해서 소통한다. 다른 도시로 이사해 온 같은 고향 사람들이란 뜻이다. 윤병천 과장이 6층 관리본부에서 내려오자 과원들 모두 신경을 곤두세우며 윤 과장을 주시한다.

"전부 예상했던 대로이지요? 과장님."

그러나, 윤 과장은 비상계단 복도로 나와 담배 한 개비를 빼물고, 라이터에 불을 부친 후 후-우하고 허공 중으로, 담배 연기를 불어 올린다.

윤 과장과 김 차장을 잠깐 조우했던 그는 더 이상 그곳에 머무르기 싫었다. 오가는 사람 중에서 또 다른 아는 사람들을 더 이상 만나고 싶지 않았다. 6층에서 엘리베이터를 타고 내려오기 싫었다. 아는

사람들을 엘리베이터에서 또 만날 수도 있기 때문이다. 6층 관리본부, 복도 저 멀리 한쪽 끝에서 초록색 작은 직사각형 네온 불 속에, 계단 그림이 그려진 싸인 판 쪽으로 빠르게 걸어가서, 비상 출구 계단으로 5층, 4층, 3층, 2층, 그리고 1층 현관까지, 터벅터벅 걸어 내려왔다. 그리고는 현관에서 또 누구를 만날까 해서 1층 현관 대신에 지하 2층 주차장까지 더 걸어 내려가서 건물 현관 반대쪽 출구 계단으로 다시 지상으로 걸어 올라와서 밖으로 나왔다. 어두운 지하에서 걸어 올라 나오니 강렬한 햇볕이 눈이 부신다. 그리고는, 한강 공원으로 나갔다.

"불에 구운 게 다리도 떼어 놓고 먹어라."

물론 과장된 속담이다. 더욱이 그가 일하는 곳이 도떼기시장도 아니고 동물의 왕국도 아니다. 그렇다면, 야비한 음모와 협잡이 있었다는 것이다. 우선 앞으로 어떻게 할 것인가? 당장 문제는 가족한테 뭐라고 말할 것인가? 그는 한 번도 자기 인사문제를 와이프나 가족한테 말한 적이 없다. 단지, 먼저 귀국한 홍언병 과장이 집으로 전화해서, 한 달 후면 돌아올 것이고 이번 정기인사 때 진급자 명단 1순위라는 말을 했다는 것은 들었다. 그리고, 그와 가깝게 지내던 동료들이 귀국하면 와이프와 부산 친가에 안부 전화를 하면서 사우디에서 건강하게 잘 지내고 날고 긴다는 말을 했다는 말도 수시로 듣고 또 들었다. 어머니와 장모님은 그의 근황과 회사에서 인정받고 있다는 소식에 흡족해하시면서 이야기꽃을 피웠다고 하셨다. 장모님은 만나는 사람마다 사위가 회사에서 인정받고 있다고 자랑했다고도 수시로 듣고, 귀가 따갑도록 듣고 또 들었다.

이 시간 이후, 누구에게도 진실을 말할 수 없다. 홀로 벙어리 냉가슴 않는 모습이다. 와이프도 일체 묻지도 않는다. 그는 알고 있다. 와이프가 궁금해하고 기다리고 있다는 것을 안다. 날이 갈수록 하루하루 더 분노가 쌓이고 괴롭다. 그토록 한 순간도 안 보면 보고 싶던 아기한테도 잘 가지 않는다. 아니 못 간다. 다가갈 수가 없다. 아기를 마주 볼 체면이 서지 않기 때문이다. 말 못 하는 아기도 의아하게 생각할 것이다. 갑자기 나타나서 매일 함께 놀아주고 좋아해 주던 아저씨가 잘 보이지도 않고, 멀리서 보이는 데도 다가와 주질 않고, 어쩌다 한번 와 주어도 전처럼 자기가 전부인 양 좋아하던 표정도 아니고, 무엇인가 슬픈 모습에 말 못하는 아기도 가슴 아프다. 사람이니까. 그래서, 더 괴롭다. 식욕도 없다. 잠도 제대로 잘 수가 없다. 새벽까지 잠을 자려고 애쓰다가 뜬눈으로 새운다. 때로는 억지로 잠든 새벽에는 가슴이 쓰려서 잠이 깨기도 한다. 드물긴 해도 소변이 마려워서 잠을 깬 적은 있지만 가슴이 따갑고 쓰려서 잠이 깬 적은 없었다. 그렇게 잠이 깨고 난 뒤에도 한동안 가슴이 찢어질 것 같은 통증을 느낀다. 심지어는 가슴속 깊은 곳에서 날카로운 발톱을 가진 벌레들이 기어다니는 것 같은 통증에 손으로 가슴을 쥐어뜯기도 한다. 당연히, 장모님도 와이프처럼 그의 모습에서 변화를 감지하신다. 그는 전혀 표정에 변화를 주지 않고 태연한 체하려고 해도, 미세한 변화에 민감하기는 여자들이 빠르기 때문일 것이다.

만약, 그가 아내한테 본부장과 실제로 있었던, 밀고 당기고 하던 근무 연장 문제를 말하면, 아마 기억하고, 지금 그가 처한 상황을 앞뒤로 연상할 수도 있을 것이다. 아니면 스스로 이런 사태에 대한 일말의 책임을 느끼고 있을지도 모른다. 그러나, 단연코 아내의 잘못은 티

끝만큼도 없다. 지극히 예민하고 미묘한 감정들이 그와 와이프사이에 흐르고 있을 뿐이다.

"2년만 있다 온다 해놓고 가서 또 연장한다는 게 어디 있어?"

"본부장이 놓아주지를 않아!"

"딴 사람들은 2년 되면 다 들어 오는데 왜 자기만 못 온다는 거야?"

"일 잘한다고, 본부장이 함께 있어야 된다고 해!"

"미쳤어? 그러면 누가 일 잘하려고 하겠어?"

"…!"

"빨리 와!"

그는 혼자서 이 고통을 감내하고 이 치욕을 이겨 나가야 한다.

다음날, 우연히 전자에서 일할 때 업무 관계가 있었던 정부 투자기관의 고위 공직자인 박성구 국장을, 전국 경총회관 건물 입구 먼 발치에서 마주쳤다. 2년 반 정도의 시간이 흘렀지만, 동행하는 서너 명과 담소하며 걸어 나오던 그분을 먼발치에서 알아보고는 순간 멈칫했다. 그분도 그랬다. 그러나 그는 애써 못 본 척하고 싶었다. 본부장의 노략질로 그의 입지가 이렇게 망가지지 않았었다면, 그분이 설혹 못 보았다고 해도 뛰어가서,

"아이구, 박 국장님, 안녕하십니까, 이게 도대체 얼마만입니까?"

하고 반갑게 인사하면,

"와! 이게 얼마만이요? 내일 내 사무실에 한번 들리세요."

하고도 남았을 것이다. 그러나, 지금 그는 어디로 가나 아는 사람 만나기가 무섭고 싫다. 옛날에 온몸에 넘치던 자신감은 온데간데 없어지고, 마주치는 사람이 모두 빚쟁이로 보인다. 그와 마찬가지로 그

를 보고 움찔하며 웃으면서 다가오려고 하던 박 국장은 그의 어쭙잖은 반응을 눈치 차리고는 순식간에

"어! 저 친구 뭔가 틀어져서 별 볼 일 없게 되었나 보구나."

하고 시선을 돌려 버린다. 거미줄처럼 설키고 사람 사람과의 관계로 엉키어 굴러가는 사회는 한 톨의 효용 가치가 있어야 관계가 이어지고 확대되지만, 어느 한쪽에서 그런 기대감이 없어 보이면 외면하는 것이 속세의 원리이다. 속세의 원리뿐만 아니라 조직 생활로 연결되어가는 세월 속에, 이런저런 사연으로 쓰러지고, 뛰어오르는 변화무쌍한 일들에 익숙한 사람들의 눈치는 한순간도 이런 변화를 놓치지 않고 번개 같은 속도로 반응하는데 익숙해 있고, 그렇지 못한 사람들은 뒤쳐지는 경우가 많다.

본부장의 '미사의 종'은, 오늘도 이렇게 민기태를 사지에 몰아넣고, 입에는 재갈을 물린다. 온 세상의 따가운 시선들은 그의 가슴에 낙오자라고 낙인한다. 날이 갈수록 그의 가슴은 견딜 수 없는 고통으로 신음한다. 밤이나 낮이나 가슴이 쓰라린다. 누구를 만나도 당당하고 자신만만 했던 기개는 온데간데없고, 그저 물에 빠져 허우적거리는 패잔병이다. 이전에 한 번도 경험해 보지도 상상해 보지도 못한 자신의 모습에, 어찌할 줄을 모른다. 준비 없는 참사이다. 머리 위에 솟아오른 두 개의 더듬이를 상실한 곤충처럼, 옆으로 가야 할지 뒤로 가야 할지조차도 모른다. 더 괴로운 일은, 가장 가까운 가족과 어머니와 형제들과의 관계이다. 그리고 친구들, 함께 소통하며 가까이 지내던 모든 사람들, 학교 동창들, 그룹 관계사 입사 동기들, 먼저 일하던 전자의 동료들, 무슨 말을 할 수가 없다. 모두들 서로가 궁금해 오던 사람

들에게 가까이 다가갈 수가 없다. 그는 알고 있다. 그들이 모두 다 궁금해하고 있다는 것을. 그리고, 곤란에 처해 있다는 것을 눈치 차리고 있다는 것을. 그들에게 먼저 가까이 가기 전에, 그들이 먼저 그에게 가까이 오지 않는 것을. 만약에 그가 그래도 아내이니까 가장 가까운 사람이니까 아내한테,

본부장이 그를 군계일학처럼, 누구도 감히 견줄 데 없이 두각을 나타내고 일을 특별히 잘하니까 회사 규정을 무시한 채, 무기한 본인과 함께 일하기를 요구했지만 그가 가족 문제와 질병 문제를 이유로 거부하고 귀국을 원하므로, 이에 분개한 본부장이 그와 특수 관계로 엮어져 있고, 그를 미국 건설회사의 경력을 부풀려서 파격적으로 전무이사 자리까지 마련해주는 데 핵심적인 역할을 했던 본사 관리본부장한테 사악한 거짓말을 지어내고 누명을 씌워서 성격이 포악하여 조직 구성원 간 인화에 치유할 수 없는 중차대한 결점이 확인되었기 때문에 본인 스스로 강력하게 신청한 그의 진급을 취소시켜 달라고 하면서 대기발령을 내리라고 해서 지금 그가 곤경에 빠져 있다고 말하면, 그의 아내가 지금 한집에 살고 있는 그의 장모님에게 똑같이 그렇게 말할 것이다. 아마도 아내는 그랬을 것이라고 믿을 수도 있지만, 그의 장모님은 믿을 수도 있고 안 믿을 수도 있을 것이다. 그러나, 또 그의 아내와 장모님이 예를 들면, 미국에 거주하는 장모님의 언니가 평소에 그에 대해서 많이 물어 온다고 했는데 그의 아내가 가장 가까운 친구 혹은 장모님이 미국 언니에게 한 다리 건너뛰면서 이렇게 이유를 대면, 오히려 민기태만 더 이상한 꼴이 될 것이다. 민기태만 홀로 이상한 꼴로 끝나지 않고, 그렇게 말하는 장모님과 아내까지도, 몽땅

이상한 꼴로 비추어 질 것이다. 아무리 가까운 오랜 아내의 초등학교 친구이거나 혹은 서로가 애지중지하면서 멀리 태평양을 건너서 하루 걸러 소통하는 장모님의 바로 위 2살 터울 친자매 사이인데도 그럴 것이다. 만약 거기서 한 다리를 더 건너뛰어, 장모님의 친언니의 아들, 딸들, 즉 아내의 외사촌 형제들, 아내의 죽마고우 친구의 형제들이거나, 죽마고우 친구의 죽마고우 친구들한테 이런 말이 전해지면, 소설 쓴다고 하면서, 이렇게들 말할 것이다.

"웃기는 소리다. 그가 상대적으로 모자라고 무능하니까 낙오되고 인정을 못 받는 것을 가지고, 이상하게 말한다."

라고 반응하며, 겉으로는 동정을 하는 척 하지만 속으로는 비웃을 것이다. 어떤 사람들은 '웃으면 복이 와요' 같다고 조롱할 것이다. 만약에 거기서 한 다리 더 건너 뛰거나 더 멀리서 듣게 되는 사람들은 이주일 선생이 예전에 TV 나와서 "수지Q" 하면서 오리 엉덩이 춤추는 것보다 더 재미있다고 하면서 박장대소할 것이다. 더 멀리, 그리고 더 멀리서 몇 다리 더, 걸쳐서 듣는 사람들은 배꼽을 잡고, 하도 많이 웃어서, 눈물까지 찔끔찔끔 흘리면서, 포복절도 할 것이다. 너무 웃으니까, 엔도르핀이, 한여름 대낮에 조깅할 때, 얼굴과 가슴과 등에 비 오듯이 흐르는 땀이 흐르듯이 펑펑 쏟아 질 것이다. 가까운 사람들 중에는 그의 불행을 즐기기도 할 것이다. 사람들은 주변에 자신이나 자기 쪽 사람들보다 우위에 있거나, 앞서 나가거나 선망의 대상인 사람을 부러워하기도 하고 시기하기도 한다. 그러면서, 때로는 자신의 주변에 타인들의 선망의 대상이 있음을 뿌듯해하기도 한다. 그러나 어느 순간, 그 선망의 대상이 넘어지면 겉으로는 아쉬워 하지만, 속으로는 쾌재를 부르기도 하고, 비웃기도 하고 심지어는 면전에서 빈정거리는 언행도 서슴지 않는다. 그래도 반응할 수 없는 것을 빌미로 빈정거리는 강도를 높이며 스스로 즐기고 행복해하기도 한다. 특히 그 선망의 대상 이었던 사람이 과거에 자신이나 자기 쪽 사람을 추월했을 경우에 느꼈던 상실감은 기쁨으로 돌아오고 사람 사는 맛을 더 느끼기도 한다.

그래서, 그는 누구에게도 말 한마디 할 수 없다. 이것이 너무 고통스럽고 억울하다. 살인을 하지 않았는데, 살인죄를 뒤집어쓰고, 오랏줄에 목이 감기어, 검은 보자기를 뒤덮여 씌운 채, 발바닥 아래서 받쳐주고 있는 널빤지가 순식간에 빠져나가면서 검은 구덩이 속으로 몸통이 떨어지고, 대롱대롱 매달려 죽어가는 억울한 죄수같다. 온 세상 사람들의 야유와 손가락질을 받으면서 억울하게 죽어가는 흉악한 범죄자가 되는 것이다. 그래도 민기태는 혼자만 아파하고 고통에 몸부림치고 침묵할 뿐이다. 그럴 수밖에는 할 수 있는 일이 아무것도 없다. 아마도, 가까이 있는 많은 사람들은 그가 부족해서 그러리라고 보고, 안쓰럽게 생각하고 동정하기도 할 것이다. 결혼하기 전부터 똑똑하고 활기 넘치는 그를 보고, 쭉쭉 뻗어 나갈 전도유망하고, 촉망받는 젊은이라고 생각하신 장모님도 그가 상대적으로 힘이 딸리니까, 그럴지도 모른다고 안스럽게 생각하고 마음 아파하시는 사람들 중 한 분일 것이다. 그의 어머니도 마찬가지이실 것이다. 거기서, 한 다리까지는 아니고, 한 다리의 반만 지나 그의 형수나, 매형이나, 매제쯤 되면, 온도 차가 생긴다. 역부족이니까 그러겠지라고. 심지어 친형제 사이인데도, 사실대로 말을 할수가 없다. 친형제니까 말을 안 하려고 하다가

도 이런저런 말을 하다가, 물러설 수가 없을 때 그는,

"나보다, 많이 높은 본부장 모가지를 비틀어 벽에다가 쳐 박고 대판 싸웠다."

라는 거짓말로 둘러대기도 했다. 그는 차라리 이렇게밖에 할 수가 없었다. 그래야 모든 것이 형제 사이까지는 적당한 변명이 되고 안전해진다. 그러나, 그것도, 한 다리, 아니, 반 다리만 건너뛰어서 들으면 위험해진다.

'핑계'라고,

"안개꽃 한 다발 속에 숨겨진 편지에,

안녕이란 두 글자만 깊이 새겨 있어.

슬픈 사랑을 가르쳐 준다는, 넌, 지금, 핑계를 대고 있어."

(김건모 노래, '핑계')

그의 아내는 그에게 물어보지 않는다. 그는 술을 마시고 싶다. 매일 술을 마시고 취하고 싶다. 그러나 술을 먹을 수가 없다. 중증 중이염 수술을 집도했던 현종수 박사의 경고를 무시하면 안 된다. 수술 후 3달간 절대 금주를 명령했기 때문이다. 만약 그 기간 수술 후 관리를 못하면 재수술뿐만 아니라, 심각한 위험에 빠질 수도 있다고 했다. 지금이 고통과 절망의 시간이 언젠가는 끝날지 아니면 평생 한으로 남아 살아 있는 동안 지속적으로 그를 괴롭힐지는 모른다. 그러나 분명한 것은 건강만은 잃지 말아야 한다. 그래서 지금 이 고통의 시간들이 무서워진다. 의학적으로 원인을 알 수 없는 불치의 병은 스트레스

또는 깊은 마음의 상처 때문일 수도 있다고들 하는 말을 많이 들었기 때문이다. 잊어야 한다. 그러나 그것이 안 된다. 그는 잊을 수가 없다. 그의 장모님도 마찬가지로, 절대로 먼저 한 마디라도 물어 오지 않으신다. 단지 말 못 할 사연이 있는 거는 감지하시지만 그저 안쓰러워만 하실 뿐이다. 그렇다고, 설혹 물어와도 그는 할 말이 없다. 거짓말 티끌만치도 안 보태고, 실제 있었던 그대로를 진실인데도 입 밖에 내어 놓을 수조차 없기 때문이다. 억울하다. 그는 혼자 억울해하는 것 말고 할 수 있는 일이 없다. 어머니와 형제들, 그리고, 친구들, 학교 동창들, 그리고, 입사동기들 150여 명과, 전에 함께 일하던 대연전자 동료들… 민기태한테 특별히 관심을 갖고, 뉴욕과 L.A.에 사시는 외삼촌 두 분, 돌아가신 아버지의 동생, 삼촌과 그리고 숙모님, 사촌 형제들, 모두들 궁금해하고 있는 줄도 알고 한 번씩 들려오는 이야기도 있지만, 그는 아무 말도 아무것도 할 수 없다. 그저 홀로 억울해할 뿐이다.

20

이상한 재회

그런 나날 속에서도 그는 정시에 본사로 가서 이창호 인사 담당 이사가 있는 6층 관리본부 입구 높은 탁자 위에 놓인 출근부에 사인을 하고, 대기실에서 정오 시간 까지는 머물러야 한다. 그런 고통스러운 한 달이 지나갈 무렵, 민기태는 아침 출근길에 현관 부근에서 본부장 회의에 참석하러 온 사우디 본부장과 마주친다.

"안녕하십니까?"

"…!"

민기태를 마주친 본부장은 그를 보는 순간, 한번 몸이 움찔하며 멈춰 선다. 그러나 그의 인사에는 아무런 대답이 없다.

본부장의 입술은 한번 가볍게 삐쭉거리자마자 즉시 비시시 비웃는 웃음으로 돌변한다. 그와 마주치자마자 한번 삐죽거린 입술의 모양은, 이내 그의 얼굴 전면으로 번진 환한 웃음과 함께, 그의 안경 렌즈 뒤의 두 눈동자가 한 세트로 환희에 넘쳐 두둥실, 두둥실 춤을 추고 있었다. 마치 신명 나는 장구 소리 장단에 맞추어, 기쁨에 넘쳐 너울너울 춤추는, 한 쌍의 눈동자였다. 뜻밖에 느닷없이 한눈에 통째로 들어오는, 그의 고통에 젖어 초라하게 축 처져 허우적거리는 모습을 목격하는 순간, 본부장의 두 안경알 렌즈 뒤에서 두 개의 눈동자는 주체할 수 없이, 한없는 기쁨에 젖어 춤추고 있었다. 만화 속 그림에서 사람들의 주체할 수 없는 기쁨을 표현할 때, 만화가들이 그리는 눈동자의 춤추는 움직임을 어떻게, 그렇게도 똑같은 실제 사람의 기쁨이 넘쳐흐르는 눈동자를 이렇게 마주 하고 실제로 볼 수 있을까? 만화가들의 신기에 가까운 재능이 아닐 수 없다. 본부장의 안경 렌즈 뒤쪽 두 개의 눈동자는 만화가들이 만화 속 인물이 환희에 넘칠 때 그리는, 바로 그 두 개의 눈동자, 둥실둥실 두 둥실 춤추는 두 눈동자의 동영상이었다.

1년 반 전, 사우디 사업부 본부장으로 부임해 오던 날, 점심식사 후 본부 건물 휴게실 소파에서 낮잠을 즐기던 민기태가 총무부장 안내로 휴게실 문을 열고 들어왔을 때, 잠이 지금 막 들어선 짧은 잠에서 깨어나 처음 본 본부장이 바닥만 내려다 보고 있던 그의 안경 렌즈 뒤에 있던 아무 표정이 없었던 바로 그 두 개의 눈동자가, 지금이 순간 기쁨에 젖어서, 장구 소리에 맞추어서 신명 나게 춤을 추고 있는 것이다. 아마도 민기태 가 만화가라고 가정을 하면, 휴게실에서 처음 본 본부장의 두 눈동자는 (–) (–) 이렇게 그리고, 지금 본사 현관 앞에서 만난 본부장 의 두눈동자는 (^) (^) 비슷한 형태의, 자판에 더욱 더 유사한 모양의 부호체가 없지만 더 유사한 눈동자의 모양은 (ㅇ) (ㅇ)에서 ㅇ 을 지구 위의 적도선처럼 상하 딱 반으로 잘라서, 아랫부분 반원을 떼어내고 남은 위쪽 반원 두 개의 모습으로 그렸을 것이다. 그 두 개의 눈동자는, 1년 반이 지난 지금 아프리카 초원에서 표범의 공격으로 날카로운 송곳니에 목을 물린 채, 고통에 온몸을 파르르 경련하는 임팔라를 보고 희열을 느끼는 두 개의 눈동자로 바뀌어 있다. 본부장 회의에 참석하는 이틀 간, 짧은 본사 출장 차 김포국제공항에 착륙하기 전, 기내 환풍기 돌아가는 소리 속에서, 더 넓고 안락한 비지니스 클래스 좌석에 앉아, 아침 햇살에 반짝이는 서해 바다를 내려다보면서, 한 달 전 먼저 이 길로 날아와 도착한 후, 자신의 음모로 피투성이가 된 민기태의 근황을 상상하며,

"흥, 녀석! 내가 그렇게 함께 더 일하자고 부탁했었는데 나를 뿌리치고 들어간 놈 지금쯤 완전히 쪼그라져서 허우적거리며, 쪽박차고 비틀거리고 있을 거야."

라고 독백하면서, 11시간 지루한 비행에서 굳어진 양어깨를 들어올려, 앞으로 한 바퀴 뒤로 한 바퀴 돌리고, 고개를 좌우로 까딱까딱, 뚜욱 뚝 소리나게 서너 번 움직인 후, 양다리까지 앞으로 쭈욱 내뻗으면서, 기지개를 켜고, 좀 길어 보이는 얼굴 아래에서, 태생적으로 입술과 턱 부분이 약간 앞으로 돌출해 있는, 자신의 입을 악어가 먹잇감을 사냥할 때처럼 크게 벌리면서 긴 하품을 하고는, 기지개를 켜면서 쾌재를 불러 일으켰었다.

귀국 후 다음 날, 오전 8시 12분, 본사 건물 빌딩 현관 앞에서 도저

히 일어날 수 없는 일이 거짓말처럼 본부장의 눈앞에서 펼쳐지고야 말았다.

민기태한테는, 젯다 M 공사의 성공적인 완공 기념 축제에서 사회자 요청으로 먼저 무대에 등장한 본부장이 사회자의 진행에 따라서 '미사의 종'을 선곡하던 장면 이상의 쇼킹한 현상 바로 그것이었다.

만약에, 어떤 영화 속에서 이런 장면을 연출하면, 관객들은 떨어지는 현실성 앞에서, 끼워 맞추기식 억지이고, 허구가 너무 심해서 영화 스토리의 질을 떨어뜨리고, 흥미를 잃을 정도의 수준이다.

몰려서 출근하는 수많은 직원들의 무더기 속에서 마치 철로 건너편에서 걸어가는 사람들이 움직이는 수많은 기차 바퀴들 사이사이로 보이다 안 보이다 하는 것처럼, 바쁘게 걸어가는 사람들과 사람들 사이사이 간간이 보이다 말다 하는 좁은 간격 사이로, 민기태와 안써니 김 본부장의 두 눈이 일순간 짱! 하고, 부딪치게 된 것이다.

수많은 직원들 중에서 다른 층 다른 부서의 직원을, 출근길에 우연히 만나는 일이 1년에 서너 번도 없는 경우가 대부분이기 때문이다.

바로 전 날, 착륙 전 비행기에서 상상했던, 바로 그 쪼그라던 민기태의 모습을, 이번 출장길에서 오늘 아침, 그리고 내일 아침, 단 두 번 본부장회의 참석차 출근 하고는, 젯다 사업본부로 귀임할 짧은 일정에서, 전혀 자신의 눈으로는 직접 보고 확인할 수는 없을 것이라는, 절대적으로 불가능한 일이 뜻밖에 지금 자신의 눈앞에서 펼쳐진 자신의 장엄한 작품을 자신의 예의 그 두 개의 눈동자로 직접 확인하면서

춘삼월에 만개하는 섬진강변 하동 화개 10리길 양변의 화사한 붉은 벚꽃이 그의 얼굴 전면에 번개처럼 화-아-알짝! 짜-아-악! 하고

번지는 것이었다. 뜻밖에 희열을 느끼는 순간 급상승하는 체온이 온 얼굴에 퍼지면서 그의 두 개의 안경 렌즈 뒤에 코팅된 연한 붉은빛 색상이, 체열에 의해 반사되어 주체할 수 없이 솟아오르는 환희와 함께, 그의 온 얼굴 위에서 만개하는 벚꽃의 붉은 물빛이 번지면서, 파노라마처럼 펼쳐지는 것이다.

이것은 마치 자신이 이역만리 젯다에서 일만 킬로미터 이상 멀리 떨어진 한국에 있는 타깃을 향해 쏜 화살에 맞아서 쓰러졌을 것이라고 추측하고 있던 사냥감이 지금 막 피를 흘리고, 목숨이 끊어지기 직전, 숨을 가쁘게 몰아쉬면서, 고통에 신음하며 헐떡거리고 있는 모습을, 하루 전 한국으로 날아 온 다음 날 아침에, 전혀 뜻밖에 자신의 눈으로 목격하자마자 희열을 느끼며, 치솟아 오르는 커다란 기쁨의 분출이었다. 본부장은 일반 사람들이 가끔 예상치 못한 일이 일어날 때 수식어로 사용하는 '뜻밖에'라는 단어가 지금 이 순간에서처럼 더 기가 막히게 딱 들어맞는 경우가 없었고, 아예 처음부터 이 수식어는 지금 이 순간을 위해서 만들어진 것이고, 그래서 여태까지 사람들이 사용한 '뜻밖에'라는 수식어는 과장되어 거품이 섞인, 순도가 떨어진 것이라고까지 생각하는 과대망상에 빠져들어서 한없이 기뻐한다. 미치도록 좋아서 둥실 두둥실 실제로 춤까지 추고 싶은 마음이다. 아무도 보는 사람이 없다면. 그리고 이 기쁨을 평생 가슴 깊이 간직해서 때때로 되새기며 두고두고 만끽할 것이다.

21

연민의 정

한 달 먼저 귀국했던 홍언병 과장이 그가 있는 대기실로 또 찾아왔다. 저녁에 술 한잔하자고 한다. 술이 먹고 싶다. 내일도 병원에 가서 수술 부위를 체크하고, 진료를 받아야 한다. 민기태가 마셔야 할 술을 홍 과장이 대신 혼자서 다 마셨다. 홍 과장은 그의 사우디 생활을 처음부터 끝까지 안다. 한 달 먼저 가서, 한 달 먼저 돌아왔다. 또한, 사우디 본부 총무, 인사 업무를 보았기 때문에, 그와의 개인적이고 사적인 친밀감을 떠나서, 오피셜한 공적인 업무 전반을 꿰뚫고 있다.

"본부장 말씀이 있으시겠습니다."

M 현장 준공식에서 본부장이 그의 공적을 치하하더라고 서강보 자재과장이 A.K. 지점으로 준공식이 끝나자 마자 그에게 전화로 전언

한 것이다. 소주 2병을 혼자서 다 마시고 있던 홍언병 과장은, 담배에 불을 붙이고 길게 내쉬면서 하는 말이다.

"강호용 사장을 한번 찾아가서, 이 억울함을 한번 토로해보세요."

홍 과장은 그가 A.K. 지점에서 근무하는 동안 최소한 서너 번 이상은 사장이나 부사장을 각각 따로 만나 하루 이틀 일정을 함께하던 그의 동선을 소상히 알고 있기 때문에 하는 말이다. 그가 느낀 강호용 사장의 그에 대한 생각은 우선 덤으로, 한 가지 중요한 어드밴티지를 누리고 있다는 것이다. 이것은 사장이나 부사장을 만날 때마다 그가 피부에 와닿도록 느끼는 점이다.

회사의 최고위직에 있는 사장과 부사장으로서의 권위와 위엄은 일거수일투족에 스며 있긴 하지만, 도착 후 공항 영접에서부터 이동과 숙식을 떠날 때까지, 하나부터 끝까지 보살펴 주는 지역 책임자로서의 그의 존재에, 별도의 의미를 부여하고 고마워하는 것이다. 아무리 최고위직에서 조직 내 권세를 누린다고 해도 먼 이국땅 외지에 홀로 서게 되면, 국내에서는 하찮은 마부에 지나지 않아도 사소한 보살핌도 고맙게 생각되고 의지하고 싶어지는 것은 인지상정이다. 외지인데다가 조그만 일이 생겨도 바로 곁에서 가장 가까이 있고 가장 믿을 수 있는 유일한 식구이기 때문이다.

반드시 사장이나 부사장뿐만 아니라 본사에서 수시로 수주 예정 현장조사 차 A.K. 지점으로 들렸던 본사 임원이나 간부에게서도 마찬가지였다. 수많은 직원들이 함께 일하는 사우디 사업부의 2개 지역 중 한 지역을 책임지고 맡고 있는 점 때문이다. 많은 중견 기업들도 어느 한 국가에 1인 주재 지점을 운영하는 경우도 많이 있고 나홀로 지점장이 된다. 심지어, 프랑스처럼 큰 나라에 파리 지점 하나에 1인 주재원뿐인 큰 회사도 많다. 그러나 3,000명 이상의 인력들이 200명 이상의 관리직원들과 함께 한 국가에 상주하면서 한 지역을 책임지고 있으면 사람들의 생각은 좀 달라진다.

좀 의외이다

이상하다

저 친구가 뭐가 좀 특이한가?

병장이 영관급 위치에서 버티고 있는 것을 대할 때, 함부로 대할 수 없는 숨어 있는 미세한 위압감이 묻어 움직인다. 차라리 대위나 소령 같으면 그러려니 하고 지나갈 일도 계급장 없는 깡통 계급이 떡 버티고 있으면 카리스마가 있어 보이면서 이상한 눈초리로 멈칫하고는 약간 조심도 하게 되는 것도 인지상정이다. 왜 하필이면 저 친구 이냐? 사우디 사업부에는 부장, 차장급 중견 간부들이 여기저기 즐비하기 때문이기도 하다.

리비아에서 오래 근무 했던 본사 수주팀 유승조 부장은 신규공사 입찰을 위한 현장 조사를 위해 A.K. 지점으로 출장 와서 그와 일정을 소화하는 동안 내내 그를 계속해서 '아미르'라고 불렀다. 처음 들어보는 단어라서

"그것이 무슨 말입니까?"

라고 물었더니 대장이라고 하는 뜻의 아라빅이라고 했다. 그의 분에 넘치는 호칭을 알아듣고,

"아닙니다. 모기 눈알 만한 지역에 특별히 하는 일도 없는 저에게는 절대로 안 맞는 호칭입니다."

"작던 크던, 그것이 문제가 아니지요. 아미르가 맞습니다. 아미르는 아미르입니다."

그는 아무 하는 일 없이, 사우디 사업부의 한 지역을 맡고 있다는 사실 하나만으로 커다란 어드밴티지를 누리는 것이었다. 수십 명이 함께 일하는 젯다 본부에 있는 중견 간부들도 눈에 띄지 않지만, 그는 멀리서도 한눈에 툭! 뜨이기 때문이다. 어떤 의미로는 아무 하는 일도 없이 덤으로 얻는 존재감, 독보적이라는 이득, 즉 일종의 불로소득을 올리고 있다고 할 수도 있었을 것이다.

"내가 지금 이런 상황에서 강 사장을 찾아가서 무슨 말을 하겠습니까?"

당연히, 강 사장은 그가 진급 대상인지 아닌지도 모른다. 그것은 각 관련 사업부에서 관리하는 실무이지 사장이 알거나 관여하는 일이 아니기 때문이다.

"나이 먹을 만큼 먹고, 세상 살 만큼 산 사람들이 하는 짓 치고는 너무 유치하고 졸렬하니까, 가장 큰 어른을 한번 찾아가서 있는 그대로 솔직하게 사정을 한번 토로해 보는 것이 좋겠어요."

"네, 무슨 말인지는 알겠습니다만, 사장님 입장에서도 미리 내가 귀국 인사하러 가서 정기인사 발표 전에 대비를 했으면 모르지만 지금 만나서는 글쎄요. 버스 지나가고 손 드는 것 아니겠습니까?"

"그거는 맞아요. 민형 경우 버스가 서지 않고 지나가버릴지는 누구도 상상을 못 했겠지요. 이런 낌새를 사전에 눈치라도 차렸으면 귀국하자마자 귀국 인사차 사장님을 만나서 반칙을 막아달라고는 하고도 남을 수 있었고 사장님은 민형과의 관계가 이미 많이 만들어진 상

태였으니까, 안써니 김 본부장과 최종하 관리본부장 사이의 노략질로
부터 충분히 방어해 주셨을 겁니다. 그렇다고, 지금 이 문제를 풀기는
풀어야 하는데 저 양반들이 하는 양아치 수준의 짓거리들을 보고 마
냥 기다리면 아무 대책이 없을 것 같아요.”

이틀 후, 그는 젯다 본부에서 함께 일하던 배형석을 복도에서 만난
다. 그보다 세 달 먼저 가서 세 달 먼저 돌아와 이번 정기인사 때 진급
해서 본사 관리과장 보직을 받았다. 본부, 자재부에서 일하던 신기석
이와 비슷한 시기에 돌아와서 둘이 함께 이번 정기인사 때 진급했다.

“경리과 배형석하고 자재부 신기석이 모두다 2년 만기 근무 끝내
고 하루도 틀림없이 정해진 날짜에 귀국했지 않습니까?”

“그 사람들은 있어도 그만, 없어도 그만인 사람들이야!”

본부장에게 회사의 규정내로 그도 다른 사람들처럼 2년 만기일
에 귀국하게 해 달라고 집요하게 요구할 때, 본부장이 계속해서 그는
가면 안 된다고 억지를 부릴 때, 두 사람 사이에 있었던 대화 내용이
다. 그를 우연히 마주친 배형석이, 오늘 저녁을 함께하자고 한다. 그러
나, 그는 저녁까지 하면서 길게 마주하고 싶지 않았다. 저녁에 만나면
마실 수도 없는 소주도 불편하다. 오늘은 경리과에 있는 절친 이상오
하고 점심 약속을 해놓은 터라, 내일 같이 점심이나 함께하자 하고 헤
어졌다. 다음 날 배형석 관리과장과 그는 점심을 함께한다.

“엊그제, 젯다에서 몇 주일 사이로 함께 들어온 자재과 신기석 과
장과 함께 소주를 한잔 했어요. 신 과장도 걱정을 많이 하고 있었어
요. 우리는 될 수도 있고, 안될 수도 있다고 마음 먹고 있었지만, 세상
에 민형 경우 모두들 따 놓은 당상이라고들 했지 않았습니까?”

"걱정해 주어서 고마워요. 이왕 이렇게 된 거, 원인은 모르겠지만,
어디로든 굴러가겠지요."

"참 마음 고생이 심하겠어요. 그리고 우리끼리만 올라가고, 같이
되어야 하는데, 참 미안하고 그렇습니다."

"..."

"신 과장도 어디서 뭔가 꼬인 것 같다고 했는데, 그 내막을 도저히
이해할 수 없다고 했어요."

그는 배형석의 표정, 그의 눈빛 그리고 그의 입가에 애써 숨기려
는 묘한 미소와 함께 말 한마디 한 마디 구석구석에서 그의 불행을 염
려하고 위로 하면서도 그것을 즐기는 아주 미세한 현미경으로 보지
않으면 절대로 보이지 않는 값싼 연민의 정을 발견한다. 아마도 사우
디 사업본부에서 함께 일하는 동안 그의 존재감에 훨씬 미치지 못하
던 자신의 처지가 마라톤 경기에서 훨씬 앞서가던 선수가 다른 선수
와 부딪쳐서 넘어지는 사이에 추월한 강적을 이긴 도전자의 역전승
같은 쾌감이거나, 아니면 그에 대해서 열등감에 사로 잡혀 있던, 그에
대한 콤플렉스가, 지금 초라하게 마주 앉은 그를 바라보며, 한줌에 사
라지면서 좁은 감정의 틈을 비집고 새어 나오는, 카타르시스를 억제
하고자 하는 복잡한 감정의 배설물이 아닌가? 그는 얼른 일어나서, 점
심 값을 계산 한다. 배형석이 재빨리 따라나오며 자기가 함께 식사하
자고 했는데 왜 그가 계산하느냐고 못마땅해한다.

통상 해외 사업부에서 귀국하면 2주간 공식 휴가 후 2주 이내에
새로운 부서가 통보된다. 그는 그 2주가 지나고 또 2주째 접어들어도
부서 배치가 안 되고 있다. 그의 심정도 지금 이런 상황에서는 어떤

부서도 마음에 내키지 않는다. 갈 곳이 없다. 손발을 모두 다 잘라 놓았으니, 스스로 힘으로 움직일 수 있는 곳마저도 찾아서 갈 수도 없다. 이럴 때, 대연전자에서 대연건설로 스스로 노력해서 옮겨 왔듯이 그동안 엮어진 여기저기 계열사의 인맥을 활용해서 아예 다른 계열사로 떠나갈 수도 있고 그러고도 싶지만 이 상태로는 옮겨 가기가 싫다. 신입 때, 오육 년 먼저 입사 후, 사오 년 전 진급한 상급자들 및 중간 간부들 하고도 부서는 다르지만 정기적인 축구나 야구 모임에도 함께 하면서 기회가 있을 때마다 돈독한 관계를 맺어온 그는 관계사로 수시로 이동하여 여기저기 퍼져 나가 있는 나름대로의 비공식 인포말한 조직을 형성하고 있다. 이렇게 손과 발이 잘려 나가지 않았으면 얼마든지 스스로 구축해놓은 인맥을 통해 관계사로 움직여 볼 수도 있다. 대연전자 수출 부서에 근무할 때 그에게 야근을 부탁해오는 선배들이 서너 사람 있었다. 특별한 일로 미국이나 호주에 있는 가족들과 국제전화를 해야 하기 때문이다. 그러나 국제전화비가 무시무시하게 비싸기 때문에 빠듯한 월급으로 한 달 견디기가 어려운데, 감히 집에 가서 장시간 통화하기가 부담스럽다. 그럴 때 수출부서 다른 직원들도 많지만, 융통성 있는 민기태한테 야근을 부탁해 올 때가 있다. 모두 퇴근하고 텅 빈 커다란 사무실에 혼자 남아 할 일도 없는데도, 서류를 만지작거리고 있으면 다가와서 다이얼을 돌린다. 수출부서의 국제전화는 업무용이기 때문에, 전화비가 아무리 많이 나와도 이상할 일도 없고 따지고들 사람도 없었다. 김진오 부장과 장재창 과장, 그리고 과원들은 정시에 퇴근을 하면서 책상에 앉아서 빈둥빈둥 머물고 있는 민기태한테 사연도 모르고 함께 나가자고 한다. 심지어는 그가 가야 할 약속이 있어도, 선배 동료들이 급한 일 때문에 해외의 가족들에게 국제전화를 해야 할 경우 그의 약속을 연기하기도 하였다.

어제 그와 점심을 함께한 인사과에 있는 그의 고교 후배, 김명복이 그에게 알려 주기로 형님이 블랙리스트에 올라가 있는 것 같다는 말을 듣기도 했다. 김명복은 사우디 본부장이 본사 관리본부장 최종하 전무이사에게 그를 사우디 사업부에서 올린 진급자 명단에서 제외하고, 새로운 보직도 주어서는 안 된다고 요청한 것으로, 알고 있다는 말도 했다.

김명복은 "~있는 것 같습니다."

혹은, "~한 것으로 알고 있습니다."

라고, 추측성 서술형으로만 말한다. 단연코, 김명복은 사우디 본부장이 최종하 본사 관리본부장 친전으로 보내온 편지들을 자신이 직접 보았다는 말은 하지 않는다. 어떤 경로였든 간에 같은 장소에서 오가며 부딪치며 일과를 함께 하다 보면, 뜻밖에 개인적인 사신도 순간적으로 한눈에 뜨일 수도 있다. 특별한 일은 민기태가 귀국하기 한 달쯤 전 무렵에 사우디 사업본부장의 사신이 최종하 관리본부장 친전으로 해서 십여 개의 다른 관리본부 앞, 우편물에 함께 포함되어서 관리본부 김명복 책상 위에 배달된 것을 최종하 관리본부장 책상 위에 올려놓은 일이 있다. 통상 보기 드문 '친전'이라고

봉투에 쓰인 사신이 궁금했었는데 잠시 자리를 비웠다가 돌아온 최종하 전무가, 그 서신을 개봉하자마자 인사담당 이창호 이사를 불러서 언짢아하며 투덜거리는 소리로 민기태에 대해서 두 사람이 난감해하는 대화를 들었다. 이창호 이사가 돌아가고 10분 후 이동운 부사

장이 보자고 해서 부사장 방으로 가서, 두 사람이 커피를 함께하며 담소하는 사이, 김명복이 다른 결재서류를 최전무 책상에 올려놓으면서, 궁금증을 불러일으켰던 '친전'으로 쓰인 봉투 속에서 개봉되어 펼쳐져 있던 사우디 사업 본부장의 서너 줄에 가까운 짧은 메시지를 한눈에 보게 된 것이다. 민기태를 대기발령 해달라는 서신이었다. 관리본부 잡일을 4년간 주무로 도맡아 하다 보면, 온종일 같은 공간에서 일어나는 크고 작은 일들을 눈치로 두드려 잡기도 하고, 숨겨진 비밀도 실제로 접하기도 하기 때문이다.

인사부에서는 각 사업부에서 올라오는 정기인사 진급자 명단 리스트와는 별도로, 본사 인사부 차원에서 정기인사 진급 대상자를 분류해 놓고 있다고 했다. 김명복은 민기태가 본사 인사부 차원의 정기인사 진급자 명단에도, 사우디 사업부에서 올라오기 전에 이미 올라가 있었다고도 했다. 그것은 정기인사 실무작업 훨씬 전부터, 본사 본부장회의 참석할 때마다, 사우디 본부장의 집요한 민기태의 특진 요청이 누적되어 온 점도 작용했을 것이다.

블랙리스트에 올라가 있는 그는, 진로를 고민할 때이다. 이러지도 저러지도 못한 채 시간은 하루 이틀 지나가는데, 어디서부터 어떻게 헤쳐 나갈지 도무지 종잡을 수가 없다. 그를 뒤이어서 두 달 늦게 귀국한 젯다 지사 근무를 함께 하던 정중기가 대기실로 찾아왔다. 실의에 빠져 멍청하게 대기실에 앉아 있는 그를 가끔 찾아 와주어서 그는 고마워한다. 두 사람은 빌딩 지하 커피숍으로 내려갔다. 정중기는 만날 때마다 그를 위로한다.

"힘을 내십시오. 선배님, 이 어려운 시간도 다 지나가는 시간이지 않습니까?"

"그래, 고마워."

"그리고, 제가 드리고 싶은 간곡한 말씀은 절대로 포기하시지 말라는 것입니다. 선배님의 앞뒤 상황을 저만큼 잘 아는 사람이 있겠습니까?"

"…"

"선배님이 귀국하고 한 달 만에 있었던 정기인사 발표 후 사우디 사업부 모든 직원들의 가장 큰 관심은 선배님 문제였습니다. 전혀, 있을 수 없는 사건이라고까지 말하며 분개하는 사람도 있었습니다."

$$22$$

C.E.O.

본사 건물 지하 1층 커피숍에서 정중기와 나와서 그와 단둘이만 승차한 올라가는 엘리베이터가 1층에서 정차한다. 엘리베이터 도어가 열리면서 강호용 사장이 들어온다. 엘리베이터를 기다리던 모든 직원들은 강 사장이 기다리는 차 앞에서 사장과 함께 서 있기를 주저한다. 불편하기 때문이다. 엘리베이터를 기다릴 때뿐 아니라 엘리베이터를 타서도 큰 소리로 일행과 떠들고 웃을 수도 짝다리로 삐딱하게 서 있을 수도 벽에 기댈 수도 없고 아예 한마디 말도 할 수 없는 답답한 분위기가 싫기 때문이다. 따라서 좌우 6개 가동 중인 엘리베이터 중에서, 사장이 대기하지 않는 다른 5대 엘리베이터 앞에서 대기하기 때문에 그와 정중기가 타고 올라온 엘리베이터에는 강호용 사장 혼자만 들어온다. 엘리베이터에는 방금 지하 1층에서 올라온 정중기하고 민기태 두 사람뿐이다. 두 사람은 급히 고개 숙여 인사한다.

"아니, 이게 누구야? 언제 들어왔어?"

"2달쯤 되어가고 있습니다."

"왜 나한테 한 번 안 왔어? 지금 무선 부서에 있나?"

"아직 부서가 없습니다. 대기실에 있습니다."

"그게 무슨 말이야? 무슨 문제가 있었나?"

"아닙니다. 아무 일 없습니다."

곧, 엘리베이터가 사장실 있는 층에서 먼저 정지하고 문이 열리자,

"내 방에 한번 와!"

하고는 강 사장이 내린다.

정중기는 당연히, 그가 알코바 A.K. 지점에 근무하면서 강 사장을 자주 만난 것을 잘 알고 있다. 어느 계열회사이거나 임원이 아닌 경우 사장과 만날 기회가 없다. 사장실에 들어서자마자 강호용 사장은 자리에 앉기도 전에 바로 즉시 인사담당 이창호 이사한테 전화를 한다.

"이 이사."

"네, 사장님, 이창호입니다."

"알코바(A.K.) 지점 민기태가 언제 귀국했어요?"

이창호 인사담당 이사는 기겁을 한다. 큰일났다. 사장이 민기태를 어떻게 아는 것일까? 그동안 민기태를 갖고 난장판을 친 일이 가슴속에서 쿵쿵거리고, 갑자기 현기증을 느낀다.

"네, 사장님, 아마도 한두어 달 되어가는 것 같습니다."

"그런데 왜 아직 대기실에 처박아 두고 있어요?"

“…”

“왜 말이 없어요?”

“…”

“대답을 해 봐요!”

“…”

“민기태한테 무슨 문제가 있었나요?”

“아닙니다.”

“그럼 민기태 인사카드를 갖고, 내 방으로 오세요.”

강호용 사장은 불쾌하게 전화를 끊는다. 이창호 이사는 급히 최종하 관리본부장한테로 달려간다.

“전무님, 큰일 났습니다.”

“무슨 일이요?”

“사장님이 민기태에 대해서 하나하나 물어봅니다.”

“사장님이 민기태를 어찌 알아요?”

“그거는 저도 모르겠습니다. 예전에, 대연전자에 있는 저 동기 한 사람이 민기태가 결혼 때 XXX 고위간부가 대연전자 관리본부장 유재한 전무를 찾아와서 민기태에 대해 조사를 해 간 적이 있다고 했습니다. 혹시 그의 집에서 무슨 일을 하고 있는지 모르겠습니다.”

“그것 좀 머리 아픈데, 만약에 문제가 생기면 사우디 본부장 요구대로 처리했다고 하는 수밖에 없지 않겠어요?”

“네, 알겠습니다.”

이창호 이사는 급히 민기태의 고교 후배인 김명복한테 지시한다.

“김명복 씨, 민기태 인사카드를 빨리 찾아 가져 오세요.”

"네."

15분 후, 민기태 인사카드를 들고 이창호 이사는 사장실로 들어선다.

"여기 민기태 인사카드입니다."

"해외사업부에서 2년 동안 고생하고 온 사람을, 왜 두 달이 되도록 대기실에 가두어 두고 있어요?"

"적당한 보직을 찾고 있는 중입니다."

"두 달 동안 보직을 찾고 있다는 것은 민기태에게 무슨 문제가 있는 모양인데, 왜 솔직히 말을 안 해요?"

"문제는 없습니다."

"그런데 왜 일을 이렇게 해요? 인사카드는 두고 돌아가세요."

이창호 이사는 생각지도 않은 민기태 문제로 뜻밖에 곤욕을 치른다. 솔직히 처음부터 끝까지 힘없는 직원을 부당하게 홀대하고 자신의 직위에 희열을 느낀 것도 사실이다.

관리본부 사무실 출입구에는 매일 오전 9시면, 대기실 대기 인원들이 이창호 이사가 맨 뒤에서 입구 쪽으로 바라보이는 가슴 높이 탁자 위에 놓인 대기자 출근 대장에 힘없이 사인하고 돌아서는 모습들을 바라보며 자신이 무슨 염라대왕인 양, 손깍지를 끼고 앉아서 자신의 지위에 희열을 느끼며, 같은 월급쟁이이긴 하지만 내가 찬 이 완장과 자리가 아무나 하는 것도 아니니, 이전 현업부서 업무보다 독특한 쾌감을 느끼는 것은 부인할 수 없는 사실이다. 그러나 지금 그는 자신의 생사 여탈권을 손에 움켜쥐고 있는 사장한테서 질책을 받았다. 이 사직의 연임은 오직 사장 손에 달렸다. 이사는 직원이 아니고, 이사회가 어떻고 말고, 사장이 마음먹지 않으면 주주총회 후 집으로 가야 한다. 부장에서 이사로 보직이 바뀌는 순간 퇴직금을 수령하고 임원(任員)으로 지위가 변경되고 승진을 축하받기도 하고 자축도 하지만 이때부터는 '임시직원(臨時職員)'이다. 줄여서 '임원'이다. 이사는 사장이 마음 먹으면 바로 상무로 승진한다. 고졸 사장도 있고 국졸 사업본부장도 있다.

삐까뻔쩍하는 무사 호족들이 주름잡던 일본 전국시대 때에, "뜻을 알겠스무니이다."로 병영 땔감 담당에서 출발해서, 자질과 능력을 인정해준 주군 '오다 노부나가'의 음덕으로 일본의 통치자에 오른 '도요토미 히데요시' 경우와 흡사하다.

어디를 가나, 사람을 잘 만나야 하는 사례이다. 그러나 "뜻을 알겠습니다."의 조만수 부장의 경우, 워낙 치밀하게 분석 연구하고, 커다란 덩치를 절도 있게 움직이면서, 뻔쩍이는 두 눈과 만면에 가득 찬 웃음으로, 죽기 살기로 말끝마다 "뜻을 알겠습니다." 하고 달려드니까 사람을 잘 안 만나도, 다 찾아 먹고 만수무강하게 된다. 참으로 영리한 사람이고, 그럴 자격을 갖춘 사람이다.

이창호 이사는 민기태로 인해서 걱정이고, 신경이 쓰인다.

"정 이사, 나 좀 봅시다."

"네, 곧 가겠습니다."

강호용 사장은 해외영업부 정용원 이사를 찾는다.

"여기 민기태 인사 카드가 있어요. 함께 일해 보세요. 사람이 똑똑하고 원만하니까, 잘 지도해서 함께 일해 보도록 하세요."

"네, 잘 알겠습니다."

해외영업부 정용원 이사는, 즉시 인사담당 이창호 이사한테 전화를 한다.

“이 이사, 영업부 정 이사입니다”.

“네, 안녕하십니까? 정 이사.”

“지금 사장님이 불러서 갔다왔습니다. 민기태하고 무슨 일이 있습니까?”

“네, 전화로 말씀드리기는 곤란하고요, 만나서 말씀 나누시지요.”

정용원 이사는 교환한테 내부전화로, 대기실로 돌려 달라고 한다.

“민형, 전화받으세요.”

최근 ‘쿠알라룸푸르’ 현장에서 돌아온 경리과 직원이 정용원 이사의 전화를 받고 돌려준다.

“예, 민기태입니다.”

“나, 해외영업부 정 이사요. 내 사무실로 지금 좀 오세요.”

“네, 알겠습니다.”

곧 들어서는 그를 보자마자,

“지금 우리 회사에서 가장 역동적인 ‘카이로’ 지사에 나가서, 한번 신나게 뛰어 큰 공을 한번 세워보지 않겠어요?”

누구의 지시를 받았다는 그런 말은 일체 없다. 그는 한마디로 갈 수 없다. 큰 공은 사우디 사업본부에서 이미 충분히 세워 보았고, 알코바 A.K. 지점에서 들어온 지 이제 겨우 두 달인데, 나가기는 어디로 또 나간다는 말인가. 2년 만기하고, 사우디 본부장이 자기 요구대로 연장 근무를 하지 않는다고 해서, 그를 피투성이로 만들어 여기저기로 움직여 보지도 못하는 식물인간으로 만들어 놓았는데, 나가기는 또 어디로 나간다는 말인가? 그렇다고, 그는 한마디로 노(No)라고 할 수도 없다.

"신경을 써 주셔서 고맙습니다. 생각을 한 후에 알려 드리겠습니다."

삼사 일 후, 정용원 이사를 만난 강호용 사장은,

"정 이사, 민기태 어떻게 되었어요?"

"네, 일단 함께 영업부서에서 일해 보지 않겠느냐고 물었습니다. 본인이 생각을 해 보고 알려 주겠다고 해서 기다리고 있습니다."

"…"

강호용 사장은 답답하다. 대기실에서 그렇게 오랫동안 있는 것을 알고 하루빨리 일터로 복귀하라고 인사부가 손을 쓰기 전에 그를 함부로 대할 수 없고 보살펴 줄 수 있는 정 이사한테로 강 사장이 직접 보냈었으면 오늘이라도,

"네! 열심히 하겠습니다."

해야 하는데, 그래서 강 사장은 답답해한다. 또한, 대연제철 계열사로부터, 한창 열기가 솟아오르는 중동건설 붐을 타고 진출한 그룹의 건설 계열사로 새로 부임해 온 선장으로서, 가장 역점을 두고 공격적으로 추진해야 할 분야는, 치열한 경쟁 속에서 영업과 수주이다. 공개입찰에 성공해서 수주를 하고 나면, 물론 시공에도 철두철미하게 관리감독 지휘할 일이 많지만, 실력과 경륜을 겸비한 넘치는 인재들에게 일임하고, 많이 남고 적게 남는 것 따지지 말고, 미친 듯이 신규 공사 수주를 하는 것만이 회사와 사장 자신을 위해서 추구하고 성취해야 할 최고의 가치이다. 앞서 취임한 몇몇 최고경영자들의 조기퇴진도 신규공사 수주실적 저조에 기인했다고 볼 수도 있다. 일단 '최저입찰가격'으로 수주를 하고, 당초 비장의 원가절감 계획들에 의한 수

익 창출 시도로 성과를 낼 수도 있을 뿐만 아니라, 우선 지속적이고 풍부한 자금 유입에 의한, 막대한 자본회전으로부터 생성되는 시너지 효과를 노려야 한다. 칠팔억 달러 공사 10개면, 100억 달러의 현찰이 돌아가니 어느 공사 한 곳에서 천만 달러 적자가 나더라도 버스 토큰 값이다. 그러나 수많은 공사에서 아무리 빡빡한 오퍼로 입찰해서 수주해도, 부딪치면 방법과 수단이 있기 마련이고 적자란 일어날 수가 없고, 혹, 만에 하나 장부상으로 적자가 좀 났다 해도, 수많은 근로자들과 그 가족들의 생계비를 만들었고 수많은 국내 중소기업들의 기자재를 투입했으니 국가 경제에 기여하는 엄청난 부가가치를 잊어서는 안 된다.

이유 여하를 막론하고, 치열한 수주 경쟁에서 우선 이겨야 기회가 있다. 짜면 짜지고 누르면 들어가기 마련이다. 경쟁업체들, 특히 선진 외국 건설업체에서는 상상도 못 하는 수주 후 3교대 철야 작업에 의한 공기단축은 기대이익 이상의 수익 창출을 만들고, 가족들과 떨어져 맨몸으로 이역만리 열사의 나라에 와서 장기계약 중인 근로자들에게 2배 이상의 초과수당을 지불하면 된다. 하루 일과 후 돌아갈 가정도 없고, 술집도 없다. 어차피 돈 벌러 왔으니, 계약된 기간에 많이 벌고 가면 신나고 좋은 일이다. 또한, 뜨거운 태양이 내려 쪼이는 낮 시간대보다, 기온이 내려간 저녁 시간대 야구장 전깃불 켜고 하는 작업이 장점이 될 수도 있다.

강호용 사장은 하루에도 몇 번씩 영업담당 임원들과 숙의하고 신규공사 수주를 독려하는 상황에서 직접 영업이사를 찍어서 그와 함께 일해 보라고 했으면, 정 이사가 그를 그냥 일반 직원처럼 소홀히

대우할 수 없고 회사와 사장의 내일을 좌우하며 밤낮으로 전념하는 영업업무에 그가 마음껏 한번 뛰어보라는 뜻인데, 왜 그는 즉시 정 이사한테로 가지 않는지가 더더욱 답답하다. 또한 사장이 미주알고주알, 디테일하게 말하지 않고 큰 말 한마디 즉, 함께 일해보라고 했고, 정 이사는 그가 알코바 A.K. 지점에서 얼마 전 귀국한 것이나, 사우디 본부장과의 연장근무 문제로 인한 트러블 등은 당연히 알 수 없고, 단순히 강 사장이 대기실에 있는 그와 빨리 함께 일해 보라고 하니까, 신규입찰과 대규모 공사 수주업무로 가장 활발한 카이로에 나가서 신나게 뛰어보지 않겠냐고 했고, 그는 또 가족과 헤어질 수 없고 이비인후과 진료도 받아야 하는 이유로 완곡히 거절하는 뜻으로 생각해 보겠다라고 대답한 것이다.

23

마름

6층 관리본부 사무실 정문 입구로 들어서면, 가슴 높이까지 오는 높은 탁자가 있고 대기실이라고 쓰인 출근부가 놓여 있다. 대기자들은 매일 오전 9시 사인을 하고 정오까지 대기실에 머물러야 한다. 관리본부 맨 뒤편 창문을 등에 업고 앉아 있는 이창호 이사는 항상 머리를 꼿꼿이 세우고, 두 눈동자만 가끔 양옆으로 굴리며, 얼굴은 항상 정면을 향하고 마네킹처럼 앉아 있다. 누구도 보지 않고, 고개를 숙인 채 얼른 출근부에 사인을 하고는, 풀이 죽어 나가버리는 대기자, 한 사람 한 사람을 눈여겨보고 있다. 민기태도 아침마다 그의 시야에 포착되는 하나의 피사체이다.

아침마다 이 시간 이곳에 들렸다 나가는 민기태를 보면서,

‘참 이상한 일이야. 왜 안써니 김 본부장은 본사 올 때마다 칭찬하고 시도 때도 없이 특진시키자고 해놓고 왜 저 친구를 망가뜨렸는지 알 수가 없어. 본인도 참 어렵겠지만 내가 그렇다고 혼자 어떻게 해볼 수도 없고 안 되긴 참 안 되었어.’

불편한 진실을 뼈속까지 알면서 측은하게 생각하곤 한다.

그러나 보통 대기자들은 그의 시선을 감지하고는, 마음속으로 그에게 말해 준다.

‘당신이나 대기자들이나 월급쟁이들이지. 당신은 한 순간도 주인이라는 환상에 빠지면 안 된다. 많이 봐주어야 한시적으로 스쳐 지나가는 지주 바지가랑이 아래 마름과 소작인 사이이다.’

24

수용소 군도

대기실이란 일종의 수용소이다.

솔제니친의 수용소 군도,

북한 정치범 수용소.

6.25 한국전쟁 포로수용소,

나치의 아우슈비츠 유대인 수용소.

대기실 사람들은, 인력수급의 일시적 불균형인 경우를 제외하면,
무슨 문제에 연관된 경우이다.

- 솔제니친이 친구에게 보낸 편지에서 스탈린을 비난한 글 한 줄.
- 안써니 김 사우디 본부장의 음모.

이 경우는 핍박받는 약자들의 불가항역적인 대기 장소이다.

강호용 사장이 해외 영업부 정용원 이사한테 민기태를 즉시 빼내라고 한 이유이다.

전자오락실

그는 정오까지 대기실에 머물다가 너덜너덜 집으로 간다. 모든 것이 제대로 흘러갔다면 오랫동안 만나지 못했던 사람들 만나고 통화 중에도 전화가 걸려오고 또 와서,

"어이쿠, 반갑다. 나 지금 통화 중이니까, 5분 후에 내가 바로 전화할게."

또 벨이 울리고,

"너, 들어왔다고 들었어. 왜 나한테 전화 안 했냐?"

또 전화가 오고가고, 사람들 만난다고 눈코 뜰 새가 없겠지만, 지금은 길 가다가도 아는 사람을 우연히 만날까 두렵다.

버스 정류장에서 집까지 20분 정도 걸어서 올라가야 한다. 모든

일이 정상적으로 돌아간다면 아기를 빨리 보러 뛰어서 10분 만에 도착할 것이다. 집에 들어서자마자 비누를 왕창 비벼서 따뜻한 물에 손만 우선 후다닥 씻고 아기한테로 달려가서 서로 눈을 맞추고 손을 잡고 함께 웃을 것이다. 그러나 지금은 아기 보기도 창피하고 미안하다. 머리가 복잡해지고 어떻게 해야 할지 갈팡질팡한다.

집으로 걸어 올라갈 때는 조그만 골목상가 거리를 지나간다. 그리고 전봇대 옆으로 흰색 아크릴 바탕에 빨간색으로 '전자오락실'이라고 쓰여진 입간판이 서 있는 가게 속으로 청승맞게 들어선다. 두 달 전 귀국 하기 전 까지는 말로만 들어본 전자오락실이다. 내부는 어두침침하고, 퀴퀴한 냄새가 난다. 모니터에 불이 뻔쩍거리면서 시끄러운 기계음 소리와 함께 두세 사람이 시선을 화면에 고정한 체 바쁘게 양손을 움직이고 있다. 오후 4시 학교가 파하기 전에는 오락실이 한가하다. 설혹 몇 사람이 들어와도 양복 입은 어른은 그뿐이다.

여러 종류의 게임이 있다. 벽돌 깨기도 해보고, 전투기 공중전도 해보고 킥복싱도 해 본다. 그러나 서툴러서 2분도 못 견디고 또 동전을 계속 넣어야 한다. 게임을 하는 동안에는 그의 모든 고민이 어디론가 사라진다. 그렇게 아프던 머리가 시원해진다. 대기실도 없고 안써니 김 본부장에 대한 적개심도 없어지고, 심지어 집에서 기다리고 있을 아기 보고 싶은 것도 잊은 채 게임에 푹 빠진다. 다음 날 대기실에 머물다가 집으로 돌아오는 그 길을 지날 때면, 능청스럽게 들어가서 게임에 몰두한다. 몇 가지를 집중적으로 하다 보니, 같은 동전을 투입하고도 오래하게 된다. 처음에는 3분을 못 견디고, 나중에는 30분을 훌쩍 넘겨도 끝나지 않는다. 이때쯤 되면, 오락실 뒤쪽 구석에 앉아 있는, 50대 얼굴이 넓적한 주인 아줌마 표정에 어둠이 깔린다.

일요일도 머리가 복잡하고 아프면 슬며시 슬리퍼를 끌고서, 거기로 내려간다. 중독일까? 우선 게임이 재미가 있다. 아픈 두통이 사라진다. 그런데, 이웃에 사는 꼬마 아이가 꼬마 엄마한테, 민기태 아저씨를 오락실에서 자주 본다고 말한 것 같다. 그 아이 엄마가, 그의 아내한테 말을 한 것 같다. 어느 일요일, 오락실 게임기 앞에 앉아 양손을 바쁘게 움직이고 어깨까지 들썩거리며 게임에 한창 몰두하고 있는데

"여기서 뭘 해!" 하는 화난 아내 목소리에 그는 소스라치게 놀란다. 어떻게 알았을까? 여자는 과학적으로는 해석이 불가능한 신통력이 있다는 것을 새삼 깨달으며, 고개를 살래살래 흔들며 붙잡혀 올라가면서

"이래서 무당들이 죄다 여자들인가보다." 하고 중얼거린다.

"어른이 여기서 이러니, 동네사람 보기가 창피해 죽겠어."

"알았어, 이제는 여기 안 올게."

이제는 머리 아픈 특효약이 사라지고, 가게 구석진 뒤편에서 이창호 인사담당 이사처럼, 머리를 쳐들고 입구를 바라보고 앉아있는 50대 주인 아줌마는 단골 하나를 잃었다.

26

삿포로 스시집

2년간 중동에서 열심히 일해서 받은 급여를 알뜰한 와이프가 계를 부어서 타게 된 목돈으로 임태호 주방장은 눈썰미 있는 와이프가 1년 전부터 물색해서 골라둔 방배동 주택가 골목의 작은 상가에 아담한 스시집을 열었다. 부부가 함께 깨끗하게 인테리어 한 일본식 분위기가 물씬 풍기는 삿포로 스시집은 오픈하자마자 인근 주민들에게 알려지기 시작했고, 저녁에는 소주와 함께 즐겨 찾는 손님들로 15개의 테이블이 대부분 차고, 단골 손님들로 빈자리가 거의 없다.

점심, 저녁식사로 부담 없이 즐길 수 있는 회덮밥은 삿포로 스시집의 베스트셀러이다. 깔끔한 쌈 채소, 새싹 채소, 적양배추, 깻잎을 감칠맛 나는 초고추장과 함께 이천쌀로 지은 윤기 흐르는 따뜻한 하얀 쌀밥 위에 신선한 회를 듬뿍 얹은 회덮밥은 임태호 와이프가 전담하는 인기 메뉴이다.

미리 전화로 연락한 민기태 부부와 이상오 부부, 그리고 알코바 지점에서 동거동락한 박순조가, 개업 축하 리본이 달린 커다란 화분을 들고 와서 반갑게 함께 자리한다.

"임형 아니, 임 사장님! 축하축하합니다."

민기태가 먼저 인사를 하고, 서로서로 소개한다.

"참 잘하셨어요. 위치도 주택가 골목 상가에, 크게 성공하실 것 같습니다."

이상오가 격려하고 용기도 북돋아 준다.

"식당 성공의 첫째 조건은 오너가 셰프여야 하거든요. 우리 빵장님, 아니 임사장님 정말 제대로 안타 하나 날렸어요."

귀국 후 해외인력 송출부에 근무하는 박순조가 방장이라고 실언한 것을 얼른 사장으로 바꾸면서 한마디 한다. 방장은 사우디 A.K. 지점의 주방장을 장난기 많은 박순조가 애칭으로 불렀던 말인데, 장난기가 도를 넘을 때는 감방장을 연상케 하는 빵장님이라고도 부르곤했다. 그래도 마음씨 넉넉한 임태호 주방장은 애교로 받아주곤 했었다.

"맞아요. 식당은 음식 맛이 일정하게 유지가 되어야 고정 단골들이 늘어 나는데, 주방장 바뀌면, 또 한동안 우왕좌왕 하게 되지요."

"삿포로 스시 파이팅!"

"박형 청춘사업은 잘 돌아갑니까, 지금?"

"2년 중동 있다가 돌아왔더니 전부 고무신 거꾸로 신었어요."

"여자들은 다 그래요. 염려 마세요. 박형이 그런다고 기죽는 사람입니까?”

“그러지 말고 이제 참한 처녀 만나서 가정을 꾸려야 안 되겠습니까?”

“네, 사실은 부모님들께서도 장가 가라고 자주 성화를 부리시니까 마음을 단단히 먹고 있습니다.”

“대부분 총각들은 외모에 너무 집착하는데, 결혼은 그저 평범한 얼굴에 마음씨 고운 여성이 최고이지요.”

“동의합니다. 그래서, 저의 친구 부인이 소개해준 여성을 만나고 있는데, 솔직히 제가 이전에 만났던 여성들보다 외모는 좀 빠지지만, 마음씨가 비단같이 곱습니다. 아직 100%는 아니지만 90% 정도로, 이 여성과 함께 갈 것 같습니다.”

“잘하셨어요. 많은 어른들 말씀이, 아무리 절세미인이라도 처음 얼마간 그렇고 그렇지 일이 년 지나고 나면 그 얼굴이 그 얼굴이고 오히려 처음 볼 때 눈에 툭 튀는 얼굴보다 세월이 지나면서 볼수록 정이 묻어나는 평범한 모습이 좋다고 하니까, 결혼은 첫째도 심성이 고운 사람, 둘째도 마음이 착한 사람하고 해야 한다고 하는데, 우리 박형이 지금 제대로 잘하고 있어서 축하합니다.”

“네, 그 여성과 잘해서 결혼 소식도 곧 전해 올리도록 하겠습니다. 그리고 그 여성과 결혼하면, 저는 화목한 가정을 이룰 비법도 이미 마련해 두고 있습니다.”

“그 비법을 좀 미리 알려 줄 수 없나요?”

“간단합니다. 작은 일들은 집사람한테 맡기고, 저는 큰 일만 관계하는 것이지요. 이를테면, 주거지를 어디로 하나? 아이들 학교는 어디로 보내냐? 먼 훗날 장사를 하면, 어떤 장사를 하나? 이런 거는 집사람한테 맡기면 됩니다."

"그게 다 큰일인데, 그럼 박형은 무슨 큰일을 하나요?"

"저는, 남북평화 문제라던가 지구온난화 문제 같은 일에 신경 쓰는 것이지요."

"우와, 우리 박형 역시 멋있어요! 축하! 축하! 우리 모두 가정의 화평과, 하시는 일마다 많은 발전과 성취가 있기를 기원하면서 건배합시다."

"위하여!"

"위하여!"

"사실은 저 양반이 걸프 만에서 사시미하려고 돔 낚시 하는데, 옆에서 오줌을 싸서 우리 임 사장님한테 혼났었지요."

"제가 좀 야박하게 핀잔도 주고 티격태격했어도 아름다운 추억입니다. 우리 박형 재주가 많아요. 저 귀국길에 편안한 비즈니스 클래스로도 보내 주지 않았습니까? 갈 때 빽빽하게 비좁은 일반좌석에 11시간이나 앉아 가던 것 비하면 얼마나 넓고 쾌적했던지 우리 박형 아니었으면 저가 언제 그렇게 큰 회사의 임원급 고위직 간부들이나 앉아 오는 비싼 좌석 타고 왔겠습니까."

"우리 임 사장님의 귀국길이 조금이나마 편하셨다니, 뿌듯하고 기분이 참 좋습니다. 그리고 우리 민기태 지점장님께서 저의 인사고과 점수를 높이 주셔서, 이번에 대리로 진급했습니다. 감사합니다."

"우아, 우리가 아직 몰랐는데, 정말 축하합니다. 우리 오늘 축하할 일들이 넘치네요. 우리 삿포로 스시와 박대리의 새로운 출발을 축하하는 의미에서 건배합시다!"

“위하여!”
“위하여!”

“위하여!”

27

방황

말 못 하는 아기도 그의 축 늘어진 어깨를 보고 속상해하는 것 같다. 이전처럼 자기를 세상 전부인 양 대하던 모습을 그에게서 더 볼 수 없다. 그냥 무엇인가 참으면서, 숨기면서, 자기를 좋아하는 것 같다. 그리고 전처럼 함께 오래 동안 놀아 주지도 않고, 그저 적당히 좋아 하는 척하다가는 자기 방으로 들어가는 그가 좀 섭섭하고 야속하다.

장모님도 이제는 그만두고 나와버리라고 하신다. 너희들 먹고살 것은 얼마든지 쌓아 두었으니 일이 꼬이고 안 풀리면 마음 고생 더 하지 말고 그까짓것 때려치워 버리라고 하신다. 그의 와이프는 말은 하지 않지만 대충은 사연을 짐작한다. 그리고 일말의 책임도 스스로 느낀다.

"본부장이 일을 잘한다고, 연장 근무를 요구하면서, 본인하고 함께 계속해서 근무해야 한다고 해."

"그런 게 어디 있어? 그럼 누가 일 잘하려고 하겠어? 결혼하고 세 달 만에 나가서, 2년만 있으면 온다고 해 놓고, 또 2년 연장한다고? 말도 안 돼. 빨리 들어 와. 하루도 더 늦지 말고. 다른 사람 다 들어오는데, 왜 자기만 못 온다는 거야?"

불과 4개월 전, 와이프와 국제 통화할 때, 차가운 전선을 타고 들려오던 화난 와이프 목소리가 생생히 다시 그의 귀를 울린다. 와이프는 말은 안 해도 자신이 그가 지금 겪고 있는 이 고충의 일정 부분과 조금이나 연관되어 있다는 것을 느끼는 것 같기도 하다. 그러나 그것보다 더 분명한 원죄는 그에게 있다. 얼마 안 되는 빚을 빨리 갚기 위해 와이프를 속이고 건설로 사원했고, 와이프가 모르게 받은 그 퇴직금으로 빚을 갚고 건설로 갔으니 회사 규정대로 2년 해외 근무를 했던 것이다.

28

호랑이 인형

수용소 전화벨이 울리고, 전화기 옆에 있던 새로 들어온 죄수(?)가 민기태를 찾는다.

"나, 부사장이야."

"안녕하십니까?"

"지금 내 방으로 오게!"

강 사장보다 연장자는 두 사람이다. 이동운 부사장은 대연그룹이 건설 분야에 신규 진출할 때 인수한 모기업의 원로 경영자로서, 처음 건설사업을 펼치는 데 있어서 종합적으로 선도적인 역할을 한다. 또 한 사람 연장자는 민기태를 수용소로 보낸 사우디 사업본부장 한국계 미국인 안써니 김이다. 국내 건설업계의 고위 경영층은 현장에서 잔뼈가 굵어진 국산 토종들이다. 그룹의 신규 건설사업 진출 초기단계에서 우왕좌왕하는 사이에 미국 건설업계 경력자인 안써니 김은 본사관리본부장 최종하 전무의 은밀하고, 개인적인 연결고리로 밀실에서 암약한 작업의 산유물이다. 오래 전 미국으로 이민한 최종하 전무 친인척의 딸과 캠퍼스 커플로 만나서 결혼한 남편이 안써니 김이다. 안써니 김은 대구에서 고교 졸업 동시 미국으로 가족 이민을 했고, 강 사장은 그의 고등학교 2년 후배이다.

민기태는 이동운 부사장 방으로 들어선다.

"언제 들어왔어? 오늘 아침에 강 사장이 자네 들어왔다고 해서 알았어."

사장과 부사장은 교대로, 업무 시찰차 해외사업장으로 오고 가면서 걸프만 해안 지대 프로젝트 문제에 관해 의견 교환을 한다. 이때 두 사람의 대화 속에 한 번씩 등장하는 인물이 민기태이다.

"부사장님, 이번 사우디 동부 해안지대 항만공사 입찰 건은, 무리 없이 잘 진행될 것 같지 않습니까?"

몇 달 전, 사우디 방문에서 돌아온 강 사장이 연장자인 부사장과 대화한다.

"네, 제가 지난 달 가서 보고 온 바로는 현재 상태로 보면 우리 쪽으로 승산이 있어 보입니다. 공사 규모도 우리 회사가 수주한 사우디 공사 중 최대 규모이고, 동부 해안 지대에서 첫 공사이므로 이번에 꼭 수주에 성공해야 뒤이어 진행될 후속 공사 입찰에서도 유리하겠습니다."

"그렇습니다. 그래서 정용원 영업이사한테 단기차익에 집중하지 말고, 경쟁업체 동향을 철저히 분석해서 로이스트 입찰을 타깃으로 하라고 당부했던 것입니다. 특히 이번 프로젝트는 회장님이 매우 관심을 갖고 있는 공사입니다."

"T.F.(태스크 포스)팀에서 열심히 하고들 있으니까 좋은 결과가 기대됩니다. 그리고 갈 때마다 알코바 A.K. 지점 민기태가 워낙 꼼꼼히 공사 예정 부지와 지역을 잘 챙겨 안내해 주어서, 현장을 전체적으로 쉽게 이해할 수 있었습니다."

"네, 매번 갈 때마다 동부 해안지대, 다섯 군데 입찰 중인 현장 안내를 하나부터 열까지 주변의 숨어 있는 정보와 함께 소상히 잘 설명을 해 주었습니다. 아주 괜찮은 친구입니다."

부사장 방에 들어선 민기태는 지금 이 시점에서 미주알고주알 얘기를 하고 싶지 않다. 그리고 부사장은 일종의 고문관인, 어드바이저(Adviser)이다. 귀국했으니 얼굴 한번 보자고 해서 왔을 뿐이다. 그런데, 이런저런 잡담 수준의 대화를 나누고 있는데 최종하 관리본부장이 부사장 방으로 들어 오다가 민기태를 보자마자 후다닥 꼬리를 감추고, 오던 길을 되돌아 나간다. 재미있는 동물들 이야기 TV에서 주인과 함께 산책 나갔다가 집으로 돌아오는 독일 셰퍼드 한 마리가, 마당에 앉아 있는 실물 두 배 크기의, 검붉은 알록달록 줄무늬가 누런 털 온몸에 그려진 커다란 머리의 호랑이 복제 인형을 보고, 대문을 들어서자마자 혼비백산하고 급 커버로 유턴해서 나가다가 뒷다리가 꼬이며 미끄러지면서, 엉덩방아를 찍고, 빨리 일어나서 도망 가려다가, 또 미끄러지고, 비틀거리며 일어나서, 부리나케, 꼬리를 똥구멍에 내려 감고,

'걸음아, 독일 세퍼드 살려라.'

하며, 도망 나가는 꼭 그것이었다. 그는 관리본부장이 왜 저러는지를 부사장에게 설명할까 하다가 말이 많아지고 귀찮아서 그만두었다. 그가 느끼는 부사장의 사우디 본부장에 대한 평가는 하얀 쌀밥에 코카콜라이고, 햄버거에 된장찌개처럼, 번지수가 다른 무용지물 그 자체였다. 안써니 김을 미국에서 사우디 본부장으로 영입하는 데 관리본부장이 직접 관여를 했고, 두 사람 사이에 알려지지 않은 특수 관계가 있다는 풍문은 있어도, 대부분 사람들은 디테일한 내막을 알 수는 없다. 그래서 사우디 본부장의 본사로 통하는 유일 창구는 언제나 관리본부장이다. 작년 연말 사우디 본부장의 특진 요청 때부터 그를 기억하고 있었던 관리본부장이 엊그제 강호용 사장이 이창호 이사를 불러서 그의 문제를 따지고 힐난하니까 이창호 이사와 함께 불편 부당하게 그를 난도질한 당사자끼리 다시 한 번 더 그의 인사카드에 붙은 사진을 확인했던 관리본부장이 부사장과 함께 단둘이서 차를 함께 하고 있는 호랑이 인형을 보자마자, 도망치는 바로 그 세퍼드였다. 한 가지 이상한 점은, 자기의 사진도 다르게 보일 수도 있는데, 실제 만난 적이 없는 그의 사진 한 장만 보고 마주친 그를 보고 놀라서 도망을 쳤을까 이다. 그러나, 최종하 관리본부장은, 독일세퍼드처럼, 급하게 유턴하면서도, 미끄러져서 엉덩방아를 바닥에 찧지는 않았다. 그것은 사람보다는 개가 동물적으로 민첩한 것은 사실이지만, 호랑이 밥이 되기 전에 유턴 하기에는 네 다리를 동시에 180도 회전해야 하는 꼬리 달린 네발 동물보다는 두 다리만 회전해도 되는 인간이 더 유리했기 때문이다. 어쨌든 관리본부장이 놀라서 유턴 해서 나간 것은 아마도, 사장이 민기태 건으로 이창호 이사를 불러서, 그에 대해서 파고드니까 사장한테 불려가서 코너에 몰리다가 온 이창호 이사와 공범 관계인 둘이서 보잘것 없는 일개 직원 한 명 때문에 수면 위로 떠오른 자신의 치부가 어제 오늘 머리에서 떠나지 않고 성가시면서 잠자기 전이나 출퇴근하는 차 속에서나 심지어 내방객들과 업무 상담 중에도, 온통 그만 머릿속에서 맴돌고 있던 차에, 예상치 못한 장소에서, 뜻밖에 요주의 인물인 그를 보자마자 일으킨 발작이었을 것이다. 지금 최종하 관리본부장 주변에서 떠도는 일연의 혼란은

"어제는 비 오는 종로거리를
우산도 안 받고 혼자 걸었네."
이장희 작곡 작사 「그건 너」에서
"바로 너 때문이야"처럼
"바로, 그, 민기태 때문"인 것이다.
하루는 오래간만에 아마도 지난번 했던 날이 한 달쯤 지난 것 같으니까 얼추 한 달 만에 마누라와 그거를 열심히 하다가, 갑자기 인사 카드에서 본 민기태 얼굴이 떠올라서, 그의 그것이 갑자기 흐느적해지니까,

"여보, 왜 이래?"
"…"
"없어졌잖아, 어디 갔어?"
하고, 그의 배 밑에 깔려서, 헐떡헐떡 숨을 몰아쉬며,

"으으 미칠라 그래#@z^&$%"

하며 막 절정에 도달하려는 순간, 엉망이 된 마누라가,

"얼른 저리 비켜!"

하면서 짜증낸 밤도 있었다. 이런 경우에는 사우디 아라비아 사막의 불사조, 낙타 젖을 되가 아니라 말로 마셔도 구제불능일 것이다.

그날 밤 다 된 밥에 재 뿌린 저 애송이 친구가 도대체 누구이길래, 사장뿐만 아니라 어떻게 부사장하고도 나란히 앉아서 자연스럽게 담소하고 있는지 경기를 일으키고 달아 난 것이다. 감히 관리본부장보다 더 높은 사람들만 상대하는 그가 그저 호랑이 인형인 것을 알 수가 없었을 것이다.

29

우리가 남이냐

다음 날, 오전 9시 출근부 사인을 하러 관리본부로 들어서는 민기태를 보고는 기다렸다는 듯 이창호 이사가 손을 크게 흔든다. 혹시 그가 못 볼까 걱정을 하는지 항상 마네킹처럼 앉아서 요동도 않던 엉덩이를 들썩거리며 상체까지 흔들고 손을 휘젓기까지도 한다. 하루 종일 멀리 앉아서 그 자리가 특수한 벼슬이나 한 것처럼 머리를 꼿꼿이 쳐들고 눈동자만을 굴리면서 오고 가는 사람들을 흘겨보는 그가 매일 아침 보기만 하던 그를 오라고 손짓을 하는 것이다. 단 한 번도 서로 만난 적이 없는데도, 오직 그의 인사카드에 붙은 사진만 보았을 텐데도 그것도 가까이도 아니고 사무실 끝에서 끝이면 꽤 거리도 있는데도 어떻게 멀리서 그를 알아보고 손짓을 한다.

그는, 이창호 이사가 이날 그를 기다리고 있었다는 것을 직감적으로 느낀다. 그는 단 한 번도 이창호 이사와 대면한 적도 없다. 단지 멀리서 보이던 저 사람이 인사담당 이사라는 것만 알 뿐이다. 이창호 이사는 그에 대해서 소상히 알고 있다. 인사담당 임원이므로 공식 비공식 채널을 통해서 접하는 정보뿐만 아니라 직원 개개인의 인적 기록물을 관리하는 총책이기 때문이다.

한 번도 대면한 적이 없는 그를 향해 손짓으로 오라고 하는 것은 관리본부 맨 뒷자리에 앉아서 매일 아침 9시 대기실 출근부에 사인하러 들어오는 대기실 인원 한 사람 한 사람을 관찰하고 있기 때문이기도 하지만, 작년 연말 안써니 김 사우디 본부장의 본사 출장시에, 그를 꼭 특진시켜 달라는 요청이 있었기 때문이다. 당연히 그의 활약상은 모든 해외사업부에까지 발 없는 소문으로 이어지고, 본사로부터 나온 감사팀의 사우디 사업부 감사시에도 널리 알려져서, 인사담당 이창호 이사가 익히 알고 있었다. 또한, 사우디 본부장의 본사 창구인, 본사 관리본부장 최종하 전무와 함께 들여다 본 그의 인사카드에 붙은 사진으로, 최종하 전무와 이창호 이사는 그를 한 번도 만난 적이 없지만 식별하는 것이다.

"강 사장하고 어찌 되오?"

"…"

"이상오하고 어찌 되오?"

"…"

"우리 둘이 모두 대연전자(계열사) 출신이니까 전자 출신끼리 잘 해 봅시다."

"…"

그는 아무 대답할 말이 없고 하고 싶지도 않다. 마음속으로만 '이 싸가지 없는 자식이 사람 웃기고 있네.'라고 생각한다. 민기태하고 강호용 사장하고는 민기태가 A.K. 지점장이니까, 지금 당신 책상 바닥 위를 덮고 있는 넓적한 유리판 아래 깔려 있는 회사 조직표를 보아라! 그것이 세계지도라면, 한국이 있고, 영국이 있고, 브라질도 있고, 호주도 있어. 그리고, 국가명 아래에는, KOREA 전두환, USA 로날드 레이건, JAPAN 나까소네 야스리로처럼, 그 나라의 대통령이나 수상이 있듯, 당신 이름은 당신 책상 바닥 위에 비치된 회사 조직표 어느 구석에도 없고, 당신이 소속된 본사 자리에 대표이사, 강호용만 표기 되어 있어! 그러나, 눈을 중동 쪽으로 돌려 봐!

A.K. 지점 민기태.
TEL. (966)-(123)-4567
TELEX 대연 컨스트락숀 AK 1234

그러니까, 민기태는 3천 명 이상이 출국해서 일하는 한 지역을 책임지고 있는, 그 동네의 대장이란 말이야! 이것을 아라빅으로 아미르(amir)라고 해, 왕초란 뜻이지! 이 아라빅은 나도 몰랐었는데, 당신 책상 바로 위층인 7층에 있는 해외영업부, 유승조 부장이 알코바 지점에 들려서 알려준 말이야. 유 부장이 이틀 체재하는 동안, 계속 나를 아미르(amir)라고 해서 알게 된 거야.

"아미르가 무슨 말입니까?"

"대장입니다. 아라빅으로요. 또는 사령관이란 뜻으로도 많이 쓰입니다."

"아닙니다. 나는 절대로 아미르 아닙니다."

"크던 작던 아미르는 아미르입니다."

더 쉽게 설명하면, 강호용 사장은 고래 머리이고 나, 민기태는 멸치 대가리야! 그리고 당신은 고래 꼬랑지 어디 붙은 껍데기이고! 그러니까, 고래 머리이던 멸치 대가리이던 대가리인 정상끼리는 서로 통하고 교류하는 법이지.

"강호용 사장하고 어찌 되오?"

라고 물어보는 데 대한 민기태의 마음속 답변이다. 그는 실제로 그렇게 대답하고 싶은 충동을 느낀다. 그는 사람을 오라고 했으면 목적이 있어야 하는데 물어 본다는 것이 아이들 말장난 수준이라고 생각한다.

"감히, 어떻게 네가 대장을 알고 대장이 너를 알며, 인사 담당 이사인 내가 맘대로 내 손끝으로 가지고 놀던 너의 문제로 대장이 나를 힐난 하느냐?"

이런 뜻으로 그는 이해한다.

이창호 이사의 두 번째 질문은 그의 인격을 노골적으로 적나라하게 드러내는 더더욱 야비하고 간교하다. 한마디로, 눈 가리고 아웅 하는 것이다. 이것은 어린애들이 까꿍 놀이 하는 수준이다. 당신은 당신 손으로 당신 얼굴을 가리고, 고양이 울음소리를 내면서, 고양이인 척하지만, 상대방은 당신이 지금 하는 짓거리를 뻔히 보고 있다. 그는, 만약 두 사람만 있는 한적한 곳이면, 아구통을 한 대 갈기고 싶은 충동을 느낀다.

"이상오하고 어찌 되느냐?"

고 물었다.

그는 경리과 이상오가 민기태의 입사동기이고, 그와 함께 대연전자에서 근무하다가 같은 시기에 대연건설로 전입되어 온 것을 인사기록 카드를 통해서 알고 있다. 그의 업무가 인사카드이고, 그 내용을 숙지하다 보니까, 이번 정기인사에서 진급되지 못한 이상오가 그의 입사동기인 것을 확인하고,

'그의 입사동기인 이상오도 이번에 진급을 못 했으니까, 그를 사우디 본부장의 음모에 의한 번복대로 내가 진급자 명단에서 누락시켰지만, 크게 상심할 일은 아니지 않느냐?' 하는 뜻이다.

곤경에 처해있는 그가 한창 스트레스를 받고 있는 것을 훤히 알면서, 스스로 손으로 난도질한 당사자를 축구공처럼 가지고 놀면서 하는 소리이다. 이상오는 대학 동창으로 함께 그룹 입사 후, 또 함께 대연전자에 배치되어 일하다가, 대연건설로 차출되어 가면서, 그때까지 민기태는 그룹에서 건설업을 하는 회사가 있는지 모르고 있었는데, 하루가 멀다 하고 둘이서 마시는 소주이지만, 전보 발령 핑계로 또 소주 한잔 하자로부터 시작된 말이 꼬리를 물고 물어, 그까지 건설로 흘러오게 된, 질긴 인연으로 엮어진 절친이다.

그의 첫 번째와 두 번째 질문에 냉소적 웃음을 머금고 침묵으로 일관하는 그에게 세 번째 던지는 화두는 저질의 극치를 이룬다. 이때도, 만약 보는 사람이 없다면, 그는 두 번째 펀치를 그의 턱에다가 꽂고 싶은 충동을 억제하기 힘들어 양손, 꽉 쥔 주먹에 힘이 불끈 들어

가면서 주먹 정권이 솟아오른다.

"우리 둘이 모두 전자 출신이니까, 앞으로 서로 잘해 봅시다."

이창호 이사는 그가 강호용 사장하고 무슨 특수한 관계가 있는 줄 알고 불편하다. 사장은 이사의 생사 여탈권을 쥐고, 생사를 좌우하는 유일한 인사권자이다. 염라대왕이 될 수도 있고 구세주도 될 수가 있다. 그러나, 그는 강 사장과는 오다가다 몇 번 만난 사이일 뿐이다. 이창호 이사의 마지막 한 마디가 그에게 더더욱 가소로운 것은, 그가 이창호 이사를 만난 것은 지금이 처음이고, 이창호 이사가 전자에서 옮겨왔다는 것을, 그가 알 수도 없는 사실을, 당연히 그가 알고 있을 것이라고 단정하고 우리 두 사람 모두 전자에서 왔었으니까 서로 좀 잘해 보자(?)라는 말은 물론 강 사장과 모종의 관계를 예측하고 그 음덕을 그로부터 기대한다는 뜻이니 어제까지 그를 피투성이로 만들면서 피 묻은 손을 옆에 두고 앉아서, 능청 떠는 그의 턱쪼가리를 때려 부수고 싶은 충동을, 참고 또 참는다. 물론, 이창호 이사도 전자에서 옮겨 왔다는 것은, 고등학교 후배인 인사과의 김명복으로부터 비공식 경로로 들었을 뿐이니, 이창호 이사는 그가 아는 것으로 전제하고 하는 말이지만 그가 알 수도 없는 것을 스스로 알려 주지도 않고 당연히 알고 있는 것처럼 말하는 것을 그는 더더욱 가소롭게 생각한다.

이날따라 대기실 출근부에 사인하는 그를 불러 처음 대면하는 자리에서, 속이 들여다보이는 단 세 마디 말이 구역질 나서 그는 뻘떡 일어나서 나간다.

이창호 이사는, 한마디 대꾸도 없이 일어나서 걸어 나가는 그의 모습이 안 보일 때까지 바라본다. 그리고는 본의 아니게 도 자신이 엮여 꼬인 그의 인사 문제가 처음부터 다시 되살아 나서 불편해한다.

"씨팔, 괜히 나하고 아무런 관계도 없는 일에 재수 없이 휘말려서, 참 내, 찝찝하네."

하고 중얼거린다.

30

작별

같은 날, 당일 15분 간격으로 사장실에서 강호용 사장을 만난 영업부 정용원 이사와 인사부 이창호 이사는 민기태에 대해서 서로 숙의한다.

"이 이사, 이게 어떻게 된 일입니까?"

"네, 나도 참 중간에 끼어져 가지고 골치가 아픕니다."

"사장님이 민기태를 어떻게 아십니까?"

"그거는, 저도 잘 모르겠습니다."

"뒤에 뭔가 있는가 보군요."

"네, 내 입사 동기가, 예전에 민기태가 대연건설로 전입 오기 전에, 그와 함께 대연전자에서 부장으로 근무했는데, 이번에 일로, 사장님이 난리를 피우시고 해서, 혹시 그에 대해서 뭘 좀 참고할 만한 내용을 알아 볼까 하고 물어보았더니, 자세히 아는 거는 없고, 약 4년간 같은 부서에서 함께 일을 했는데, 성실하고 동료 직원들한테도 호감을 받는, 서글서글하고 괜찮은 사람이라고 했습니다. 그런데, 어느 날 갑자기 건설로 가겠다고 우기고 해서, 한동안 만류하기도 하고 안 된다고 했는데, 본인이 인사부에 매일 찾아다니면서, 건설로 보내주지 않으면 사표를 내겠다고 해서, 건설로 가게 되었다는 이야기를 해 주었습니다. 한 가지 특이한 점은, 그가 결혼하기 직전에 XXX에서, 고위 간부가 전자 관리본부장인 유재한 전무를 방문해서, 그에 대해 자세하게 조사를 해 갔다는 말은 들었습니다."

"그럼, 뭐가 있기는 있는 모양이군요."

"글쎄요, 수많은 직원 중 한 명인데, 어떻게 민기태 문제를 갖고, 사장님이 저렇게 하시는지는 알 수 없습니다."

"인사부서에서 방관한다고 생각을 하셨는지 사장님이 저 보고 함께 일해 보라고 하셨습니다."

"저도 참 난감합니다. 전혀 예상하지 못한 일이 터지니까, 저 혼자 독단적으로 처리한 일도 아니고, 관리본부장인 최종하 전무 지시를 받아서, 솔직히 왠지 그때는 저도 좀 수긍할 수 없었어요. 사우디 사업 본부장이 작년 연말 본부장 회의 때 들어와서 저하고 최 전무한테 는 지금 꼭 특진을 시켜야 한다고 요청했어요. 그런데, 최 전무 생각은 앞으로 몇 달 후면 정기인사가 있는데 별도로 한사람 특진을 위한 절차가 번거로우니까 정기인사 때 처리하기로 하고, 우리도 이번 정기인사 때 당연히 현업부서에서 올라오는 진급자 명단과는 별도로 이미 올려놓았습니다. 그런데 느닷없이 진급자 결재서류가 사장실로 보내기 직전에 사우디 본부장으로부터 관리본부장 최종하 전무 앞으로 '민기태는 흉악한 놈이니까, 이번에 진급이 되면 안 된다.'고, 긴급 사신이 도착했습니다."

"정 이사가 잘 아시다시피, 안써니 김 사우디 본부장과 최 전무 관계가 좀 특수하지 않습니까? 안써니 김 전무를 미국에서 우리회사로 영입할 때, 징검다리 역할을 했지 않았습니까? 그래도 최 전무는 그때 많이 황당해 가지고, 저한테 이 일을 어떻게 했으면 좋겠냐고 걱정을 하셨습니다. 결국은, 현업부서 본부장의 의사대로 처리가 되었던 것입니다. 사장님은 다행히 이런 내막을 모르시지만, 만약에 아시게 되면 아마 좀 시끄러울 것입니다."

"네, 저도 듣고 보니까, 이 이사 고충을 이해하겠습니다. 중간에서 그럴 때, 참 저라도 이러지도 저러지도 못하고, 힘드시지요."

"지나간 일이지만 그날, 사장실에 함께 올라갈 다른 서류는 다음 날 준비되는 대로 올리기로 하고, 이미 결재 완료되었던 정기인사 진급 결재 서류만 먼저 올렸으면, 이런 소란이 없을 텐데, 좀 아쉽습니다."

"그러겠지요. 안써니 김 본부장도 직책에 어울리지 않은 경솔함이 엿보입니다. 이유는 이렇다 저렇다 치고, 자초지종은 알 수는 없지만은 말씀입니다."

"그래서 사후에 민기태가 진급된 것을 보고 안써니 김 전무가 물어오는 경우 이미 사장 결재가 나고 종결 처리가 되어서 어쩔 수 없었다고 하면 그냥 지나가 버릴 일이었습니다."

"그러게 말씀입니다. 일이 꼬이려고 하니까, 별 희한하게 꼬였군요."

"아무튼, 민기태 건으로 사장님 심기가 불편 하시니까, 인사담당인 저를 패스하시고, 제철에서 함께 일하신 정 이사에게 바로 함께 일하라고 하신 것 같습니다."

"네, 저가 대연제철 영업부장으로 있을 때, 대연제철 관리담당 전무이사로 계셨지요. 일단 민기태를 불러서 지금 Cairo 지점이 바쁘고 할 일이 많으니까 함께 일해 보겠냐고 물어 놓았습니다."

"그러겠다고 하던가요?"

"생각해 보고 알려 주겠다고 했어요."

민기태는 하루하루 힘들어한다. 아무리 생각해도 지금 이 순간을 지혜롭게 넘어갈 묘안이 떠오르지 않는다. 이러지도 저러지도 어느 것도 이거다 하는 답이 안 나온다.

강호용 사장은 어제 3박4일 일정으로 사우디 사업부를 방문하고 돌아왔다.

"김 전무님, A.K. 지점에 있다가 최근에 귀국한 민기태가 무슨 문제가 있었습니까?"

강호용 사장은 직위는 아래이지만 연장자이고, 고등학교 선배인 안써니 김 본부장에게 깍듯이 김전무님이라고 존칭을 쓴다.

사우디 업무현황을 점검하고 귀국하기 전에 안써니 김 사우디 사업본부장에게 민기태에 대해 궁금한 점을 물었다.

안써니 김 본부장은 깜짝 놀란다. 왜 사장이 민기태에 대해서 자신에게 물어보는 것은 상상도 못했던 일이기 때문이다. 그리고 한편으로는 자신이 비굴하게 처리한 민기태의 인사문제로 인한 걱정이 되기 시작한다.

"아- 네, 그 친구 아주 똑똑합니다. 책임감 있고 맡은 일은 끝까지 해내는 대단한 친구입니다. 아마도, 업무 처리 능력만 따지면 우리 회사에서 그만한 친구를 따라갈 만한 사람이 전 직원과 간부들을 통 털어서 한 사람도 없을 것 입니다. 그래서, 신설하는 A.K. 지점을 맡겼습니다. 그러나, 가장 큰 결점은 아무 하고나 싸우고, 심지어는 각 현장소장들과, 매일 험한 말을 하면서 소란을 피우니까, 현장소장들로부터 매일 원성이 들어왔습니다. 본부장 입장에서 종합적으로 민기태를 볼 때, 조직 생활을 하기에는 도저히 부적합하다는 결론을 내렸습니다."

강 사장은 사우디 방문 길에 안써니 김 본부장으로부터 민기태에 대해 물은 후 귀국하자마자 해외영업부 정용원 이사에게 물어본다.

"정 이사, 민기태 아직 그대로입니까?"

"네, 본인이 생각해 보고, 연락 준다 하고는 아직 아무런 대답이 없습니다."

그리고, 강 사장은 인사담당 이창호 이사한테 물어 본다.

"이 이사, 민기태가 아직도 대기실에 있습니까?"

"네, 얼마 전 정용원 이사가 와서 함께 일하자고 했는데 생각해 보고 알려 주겠다고 해서 저희도 기다리고 있는 입장입니다."

빌딩 지하 다방에서는 민기태가 이틀 전에 젯다 본부 경리과에서 근무하다가 만기 귀국한 이승진 과장을 만나고 있다.

"내가 귀국하는 날, 한종인 총무부장으로부터 빅뉴스를 하나 들었어요. 아직 아는 사람이 별로 없는 극비 사항인데, 새로운 사람이 사우디 본부장으로 오게 된다는 소문이 있다고, 들었습니다."

“그럼, 지금 안써니 김 본부장은 딴 데로 가나요?”

“그거는 내가 어찌 알겠습니까?”

민기태는 추측한다. 그룹에서 경험 없는 새로운 건설업을 시작하는 단계에서 제자리를 찾아 안정기에 들어서기 전에 필연적으로 거쳐야하는 시행착오의 한 단편이라고 생각한다.

그룹에서 중견 건설업체 인수 후, 국무위원 출신 김형철 전 장관을 CEO로도 해 보았고, 초기 중동 건설시장 개척기업의 전문경영인들을 CEO로 수시로 영입해 보기도 했고, 이제는 자체그룹 출신 CEO를 그룹계열사 대연제철로부터 영입해 있다.

민기태는 A.K.에서 자주 만났던 이동운 부사장의 지나가는 한마디 한마디 속에서, 안써니 김 본부장에 대한 부정적인 생각의 단편들을 가끔씩 눈치챌 수 있었다. 무엇보다, 민기태가 볼 때는 안써니 김 본부장은, 미국식도 아니고 한국식도 아닌 일종의 기형이거나 변태이거나 변종이었다. 동서양의 이질 문화가 충돌하기도 하는 가치관의 혼란 속에서 서로 다른 문화의 장점들을 취하는 대신에 쉽고 편한 쪽으로만 선택해서 살아온 경우로 보인다.

국내 토종 건설회사에서 잔뼈가 굵어진 지역 책임자인 경우 회사 규정대로 2년 근무 종료하면 본인들도 처음부터 지금까지 수십 년 동안의 관행이 불문율처럼 누구도 거기에 대해서는 감히 이의를 제기하지 않고, 그렇게 하며 지내 왔듯이,

“그동안 가족과 헤어져 마음고생 많았어요. 이제 어서 빨리 달려가서 그리운 가족들과 행복한 시간을 함께하세요.”

자신의 의지와는 상관없이 만났다 헤어지는 큰 조직 생활에서, 한

동안 함께 일을 하면서 있었던 좋고 나쁜 일들은 이별 앞에서 숙연해지고, 건투를 바라면서 자기 일처럼 흐뭇해한다. 본부장들은 통상 관례대로, 본부장이 각 부서 사무실들을 들락날락하지 않는다. 볼일이 있으면 본부장 방으로 부서장을 부른다. 그러나, 전임 본부장들의 경우 며칠 후에 기간 만료되어 귀국하게 되는 직원이 있으면 사무실로 내려와서 한 마디 한다.

"참 좋겠어. 이제 이틀 밤만 자고 나면 가족 품으로 돌아가네. 축하해. 고생이 많았어요."

하고 나간다. 인간적이다. 자기 일처럼 기뻐하고 또 흐뭇해한다. 어떤 때에는 옆에서 보기에 자기 일보다 더 좋아하고 축하해 주는 것이다. 어깨에 가볍게 손을 얹고. 이것이 사람이 할 짓이다.

다음 주, 6층 관리 본부 앞 게시판에는, 대규모 인사 이동 공고가 붙어있다. 그룹 백화점 전출자 명단이다. 통상 계열사간 전입 전출은 많아야 두세 명 선에서 움직인다. 그러나, 이날 전보 발령자는 40여 명 수준이다. 금일 현재 대기실 대기자 20여 명 전원을 포함해서, 현업부서 근무자 20여 명을 포함하는, 종래에 없던 대규모 집단 이동이다. 수도권 지역 상권 분화와 분산에 의한 확장뿐만 아니라 전국화되는 주요 지방 상권들의 변화와 구매력 신장의 결과이다.

전자에서 함께 건설로 이동했던 경리과 이상오와 함께 민기태의 이름도 40여 명의 명단 속에 포함되어 있는 것을 확인하는 그 순간 그의 생각은,

"안 간다. 잘 먹고 잘 살아라!"였다.

인터내셔널 업무만 하다가, 중동 건설현장에서 만난 한국계 미국

인의 손아귀에서 꼬이고 비틀어져서, 금시초문인 국내 유통 분야로 밀리니까 불쾌하기 때문이다. 지금까지의 스트레스와 정신적 고통, 주변 사람들과의 관계, 이 모든 것으로부터 멀리, 영원히 이별하고자 한다. 한 마디 변명도 없이 떠나고 싶다. 멀리멀리 저 멀리 떠나고 싶다. 그리고 잊혀지고 싶다. 아주 영원히. 오랫동안 어떻게 해야 좋을지 몰라 괴로워하던 고민은, 이렇게 시간이 지나니까 어느 날 갑자기, 그가 힘들게 노력해서 결정하지 않아도 저절로 해결이 되는 것이다. 그래서 '세월이 약'이라는 노래도 만들어지고, 불려지는 것 같다. 6층 관리본부 사무실 앞 벽보판에 공고된, 백화점 전출자 명단에서 자신의 이름을 발견한 그는 누구와도 만나기도 싫고, 말하기도 싫고, 인사하기도 싫다.

갑자기 소변이 마려워진다. 소변을 본 지 얼마 되지도 않았는데도, 소변이 마려워진다. 방광벽에서 쇼크를 받아 일어나는 생리적 반응이다. 6층 관리본부 사무실, 복도 끝에 있는 화장실에 들렀다가 손을 씻고 돌아서는 순간, 화장실로 막 들어오는 인사담당 이창호 이사와 눈이 마주친다. 순간, 그의 눈에서는 불길이 튄다. 그의 두 손은 그의 넥타이 매듭 쪽 멱살을 잡고, 벽에다 밀어붙이고 쪼이면서,

"이상오 하고 어찌 되느냐고 했냐? 입사동기인 줄 알면서 왜 물었어? 이 새끼야, 네가 다 알아보고 나한테 왜 물었어? 이 바퀴벌레 새끼야."

"윽 윽- 으윽"

하고 신음만 한다.

"대연전자 출신끼리 잘해 보자고 했냐? 그럼 처음부터 미리 잘해

야지 뭐하고 자빠져 있다가 이제 와서 잘해보자 하냐? 그러니 네가 대연전자에서 쫓겨 왔는지, 어디서 굴러왔는지 내가 어떻게 아냐? 이 씹새끼야."

"으 으윽-"

"이게 네 회사냐?"

그리고 그는 가볍게 발목을 걸어서, 바닥에 쓰려뜨려 누인다. 머리통이 벽이나 바닥에 부딪치지 않게 잡아 주었다. 뇌진탕으로 황천 가는 것은, 골치 아픈 또 다른 문제이기 때문이다. 고등학교 유도부 때, 시장배 동메달 리스트인 민기태의 주특기는 '아시바리'였다. 상대의 체구가 클수록 더 잘 먹히는 기술이 '아시바리'이다. 상대의 상체 일부를 잡아당기거나, 상대가 먼저 기술을 걸려고 공격해 오는 순간 벼락같이 왼발이든 오른발이든 발바닥 안쪽으로 상대의 발목에 살며시 대기만 하면 앞으로 고꾸라진다. 어떤 상대도 그의 '아시바리'에 걸리면 무너졌다. 그는 쓰러진 그의 얼굴에, 세면대 바닥의 물기 묻은, 그리고 눈에는 안 보이지만 스플레쉬(Splash)된 소변 방울도 함께 묻었을 구둣 발바닥으로, 바퀴벌레를 밟아 문지르듯이 문지르고 나간다. 불과 7초만에 일어난 일이다. 그가 나가자마자 직원 한 명이 들어오면서

"이사님, 웬일이십니까?"

"바닥이 미끄러워서 넘어진 거야."

"다치신 데는 없으십니까?"

"괜찮아요."

그가 집에 도착하니까, 이상오한테서 여러 번 전화가 왔다고 했다. 그리고, 지금 바로 벨이 울리고 이상오한테서 전화가 온다.

"조금 전에 너하고 함께 인사 발령 된 것 보았어."

"알아, 나도 그것 보고 지금 집으로 온 거야."

"잘 되었어. 심심하면, 애새끼들, '테헤란'으로 나가라, '싱가폴'로 나가라 하고 지랄들 하는데, 속이 다 시원하다."

"나는 안 가! 내가 백화점 가서 무슨 일 하냐?"

"그건 그래, 넌 원래 인터내셔널 아니냐? 나는 뭐 어디 가나 주판 알 튀기는 숫자 놀음 하는 일이니, 똑같애."

"그래 잘 되었다. 내일 점심이나 함께 하자."

"그래, 그런데 안 가면 어떻게 하려고 하냐? 월급쟁이 안 하고 뭘 할 일이 그렇고 그렇지 않나? 그래도 잘 생각해 봐. 그래도, 우리 그룹 계열사가 아무래도 같은 그룹 이니까, 전혀 딴 동네 가서 처음에 눈치 보고 헤매는 것보다 낫지 않겠냐? 또 얼마 있다가 그룹의 다른 관계사 로 가고 오고도 하니까."

"지금 정해진 거는 없어. 내일 만나 애기하자."

이상오와 통화하는 것을 옆에서 듣고 있던 아내한테, 사표를 내고 왔다고 말했다. 그리고는, 혼자 말 없이 요즈음 이런저런 만감이 교차 하며 괴로워할 때, 하나의 막연한 대안으로 언뜻언뜻 머릿속을 스쳐 지나가고 하던 아르헨티나!

"형, 나 거기로 가야겠어!"

"거기서 힘들고 일이 안 풀리면, 여기로 와! 완전히 새 세상이야. 옆에 사람들 신경 쓸 필요도 없고, 할 일도 많아. 나라도 크고, 땅도 넓고, 공기(Air)도 맑고, 좋아서(Bueno), 부에노스 아이레스(Buenos Aires)야!"

그는 10여 년 전부터, 부에노스 아이레스에 살고 있는 사촌 형과 통화를 한다. 조금 후, 아내한테서 전해 들은 장모님이 부르신다. 그는 한국을 떠나겠다고 말씀드린다. 그의 장모님은 통이 크신 분이다. 여고 때, 농구부 주장을 한 스포츠우먼이시다. 모든 사물을 크게 보시고 대범하시다. 현재 일에 집착하고 얽매이지 않고 항상 멀리 보시고, 모든 일을 긍정적이고, 낙관적으로 생각하시는 분이다.

"어디로 가려고 하나?"

"사촌 형이 있는 아르헨티나로 가려고 합니다."

"젊으니까, 한 가지 일이 뜻대로 안되면, 또 얼마든지 다른 길로 가도 된다. 절대 기죽지 말고, 가고 싶은 곳에 가서 하고 싶은 일해라. 어디 가든지, 열심히 하면 더 좋은 일이 있을 수도 있다."

"네, 고맙습니다."

"하다가 또 어려우면, 다시 들어와도 된다."

아내는 어린 아들을 품에 안고, 여권 사진을 찍었다. 그는 여권 사진에 나온 아기 사진을 보고, 울컥해진다. 저 꼬마 아기가 무슨 죄가 있나? 무엇 때문에 엄마 품에 안겨, 영문도 모른 채 커다란 사진기 불빛이 번쩍할 때, 놀라서 눈을 크게 뜨고 있어야 하나? 할머니, 외할머니의 하늘 같은 사랑을 온몸에 받고 있는 저 꼬마 아기가, 무엇 때문에 빚쟁이처럼 지구 반대편 먼 나라로 도피해가는 아빠를 따라가야 하나?

다행히, 그의 귀 수술을 집도한 세브란스병원 현종수 박사는 완치 판정을 내린다. 더 이상 통원 치료가 필요 없다고 하신다. 그러나 앞으로도 3개월은, 음주는 하지 말고 감기에 걸리지 않도록 각별히 조심하고, 코를 세게 푸는 것도 삼가라고 하신다. 특히 왼 쪽 귓속에는 망가진 고막을 대신해서 인조 고막까지 장치해서 청력을 돕도록 해 주셨다. 바다나 강이나, 어디서든지, 수영을 하더라도, 귀에 물이 들어가면 재발할 수 있으니까 보청기처럼 작은 방수용 귀마개를 하되, 머리를 물속에 넣는 일은 절대로 해서는 안된다고 하시면서, 가장 좋은 것은 수영 안 하는 것이라고 하신다.

그는, 천이 두껍고 질긴, 짙은 갈색의 커다란 이민 가방 다섯 개를 사 왔다. 간소하되 필수적인 것만 하나하나 선별해서 포장을 준비한다. 사촌 형이 보내온 서류로, 주한 아르헨티나 대사관에 가서 비자를 받는다. 아기를 안은 아내와 그는 지난주 부산 친가로 내려가서 어머니와 형제들을 만나 인사하고 올라왔다. 어머니는 하나밖에 없는 손자가 보고 싶어서 어떻게 하라고 그 먼 곳을 가느냐고 하시면서, 눈물을 흘리신다. 한 달이면 적어도 한 번은 손자 보러 올라오신 분이시다.

오늘 점심은 떠나기 전, 마지막으로 보게 될, 고등학교 후배 인사과 김명복과 함께 한다. 안써니 김 사우디 본부장은 퇴임하고 지난주 미국으로 돌아갔다고 한다. 겨우 1년 반 근무했다. 그리고 강호용 사장도 다음주 퇴임하고 다른 대형 건설업체 전문경영인이 새로운 CEO로 영입된다고 한다. 김명복은 이곳이 CEO의 무덤이라고 한다. 모두 1년, 2년을 못 버티고 교체되기 때문이다. 실권 없는 부사장이, 처음부터 변함없이 오래간다. 말만 부사장이지, 결재 라인에서도 비켜서 있는 고문관이기 때문이니 권한도 없지만 책임질 일도 없다. 전임직원을 통틀어서, 제일 연장자이다. 민기태가 A.K.에서 다섯 번 만나고, 한 번 만날 때마다 하루를 함께하며, 가까이 대한 이동운 부사장의 정신 연령은 일흔이다. 어쨌든 모두들 길어야 일이 년만에 이렇게 저렇게 만났다가 하나둘 바람과 함께 사라진다.

안써니 김 본부장도 떠나고,

강호용 사장도 떠나고,

민기태도 떠난다.

안써니 김 본부장이 날아간 태평양 상공을, 민기태도 따라서 본부장이 날아간 바로 그 태평양 상공을 날아갈 것이다. 불과 한두 달 차이로.

안써니 김 본부장은 북미 대륙으로,

민기태는 남미 대륙으로.

불과 4개월 전까지도 민기태와 함께 영원히 동반자로 사우디 아라비아 반도에서 함께 일하자고, 목을 감고 늘어져서 떠나지 못하게 악을 쓰던 안써니 김 사우디 본부장과 그가 야비하게 피투성이로 만든 민기태는 한두 달 시차를 두고, 같은 방향인 동쪽 하늘을 날아간다.

동행(東行)이다.

"누가 나와 같이 함께, 울어줄 사람 있나요-"

하고 노래하는 최성수의 따뜻한 동행(同行)은 아니지만, 가는 방향만은 같은, 'East Bound'인 동행이다. 안써니 김과 민기태는 어디서 언제 다시 만날 수 있을지 없을지도 모른 채, 둘 다 태평양 동쪽으로 날아서 간다. 민기태는 누구에게도 연락하지 않는다. 그저, 바람과 함께 사라질 뿐이다.

사람들은 한동안, 민기태 어디 갔나? 하지만 그러고는 시간이 지나면, 그는 잊힐 것이다.

이듬해, 부에노스 아이레스로 민기태한테 날아온, 김병복의 안부 편지에는, 최종하 관리본부장도 떠나고, 이창호 인사담당 이사도 떠나고, 성진건 영업이사도 떠났다고 한다. 그러나, "뜻을 알겠스무니이다"의 조만수 부장은 이사로 선임된 지 일 년 만에 다시 상무로 승진했다고 한다. 조만수 부장의 그룹 입사 동기 138명 중에서, 가장 먼저 이사직에 오른 6명에 포함되었던 그는 일 년 후 홀로 상무로 승진했다. 그룹 입사 동기 대부분이 아직 고참 부장에 머물고 있는데 '도요토미히데요시'의 "뜻을 알겠스무니이다"의 붕어빵만 홀로 우뚝 솟아올라 있다. 쇼로 무장한 "뜻을 알겠스무니이다"의 위력이고 인정해야 할 실력이다. 새로 이사로 선임된 22명 중 특기할 만한 인물은 2년 전 그룹의 계열사에서 전보되어 온 이대성 부장이다. 그는 신년 시무식 직전에, 사장실 문 앞에 가서 젖 먹던 힘까지 낸 큰 목소리로

"사장님, 새해 복 많이 받으십시오."

하고 바닥에 엎드려 세배하는 유일한 직원이다. 또한 느닷없이 회사가 어려우니까 하기 휴가 자진반납을 제안했던 사람이다. 모처럼 가족과 여름휴가를 기다리는 직원들은

"저 새끼, 쥐약 처먹었나?"

하고들 수근거리지만, 못하겠다 하는 사람 없고 상사들도 눈치를 보게 된다. 그러나 휴가 반납마저도 "뜻을 알겠스무니다"를 쫓아가려면 더 영악해져야 한다.

31

이상오 사장의 방미

아르헨티나에서 민기태는 한국과 일본에서 상품을 구매해서, 우루과이, 볼리비아, 에콰도르, 칠레, 브라질 등지로 판매했다. 한국과 일본이 추운 겨울일 때 남미는 뜨거운 여름이고, 한국과 일본의 여름은 겨울이기 때문에 항상 계절이 끝나는 무렵에는 재고 보관 문제와 자본회전을 위해서 생산원가의 40% 이하의 가격에 좋은 상품을 구입할 수 있다. 어느 정도 자본을 마련했었고 나름대로 넓은 남미 대륙 전역을 오가며 바빴던 남미 생활을 마무리하고, 사회적 시스템과 법률이 휠체어 핸디캡인 아내가 생활하기 편리한 미국으로 이주한다. 하나뿐인 어린 아들을 잃고 불구자가 된 아내와 함께 한 많은 남미 대륙을 뒤로한 채, 꿈에도 잊지 않고 한 맺힌 안써니 김이 살고 있는 캘리포니아로 향한다. 미국에 거주한 지 5년째 되는 해, 막내딸의 뉴욕 컬럼비아 대학 졸업식에 참석하고, 캘리포니아에 도착한 대연제약 사장 이상오 부부와 반갑게 재회한다. 이상오는 4년 전 국내 굴지의 대형 백화점인 대연백화점 사장으로 승진한 후, 다시 1년 전 대연제약 사장으로 옮겨왔다.

아르헨티나로 떠나던 날, 이상오 부부가 김포공항에 나와서 민기태가족의 머나먼 여정을 배웅한 후, 부부가 함께 처음으로 재회한 것이다. 대학 동창으로, 대연전자에서 함께 사회 생활을 시작한 두 부부는 이별 앞에 서로의 아픈 마음을 한없이 달래야 했었다.

휠체어에 앉아 있는 민기태 아내의 측은한 모습을 보고 이상오 부부는 오열한다. 서로 껴안고 그렇게 슬피 울 수가 없다. 민기태의 가슴은 찢어지는 고통에 신음하면서 혼자만의 각오를 다진다. 이상오 부부는, 4박 5일 짧은 일정을 함께하고, 민기태와 이상오는 한나절 짬을 내어서 뉴포트시티 해안을 끼고 도는 산비탈 위에 펼쳐져, 태평양 바다가 발 아래 내려다 보이는 Pelican Hills 골프 코스에서 라운딩하면서, 건설 계열사에서 백화점으로 함께 쫓겨가게 되었던 지난 얘기들로 회포를 푼다. 이때까지도 민기태는 6층 관리본부 복도에 공고된 백화점 전출자 명단에 포함된 이상오와 그의 이름을 확인한 직후, 화장실 출입구에서 맞닥뜨린 이창호 이사를 폭행했던 것을 말하지 않는다.

"상오야, 저 멀리 Catalina 섬 보이지? 알래스카에서 적도쪽으로 고래가 이동하는 길이야. 임신한 고래들이 따뜻한 물에 새끼 낳으려고 남쪽으로 간다고 해."

"걔들은 어차피 물이 집이니, 어딜 가나 같겠지."

"그러게, 저 아래 발보아 섬에서 하루 두 번씩 고래 구경 관광선이 떠. 가끔 배보다 더 큰 고래가 가까이 오면 고래 머리와 몸도 만지고, 서로가 헬로(Hello) 하지. 그리고 바로 저 관광선 선착장 건너편에 갈색 지붕하고 하얀 집 보이지?"

"큰 요트도 있는 것 보니, 부자 집 같구나."

"그래, 저 집이 존 웨인이 살던 집이야. 요즈음이야 여기서 2시간 이상 소요되는 할리우드도, 우리가 어릴때 서부 영화 볼 때는 30분이면 갈 수 있었지. 왕복 8차선 고속도로에 겨우 오육십 대 차들이 다녔으니까."

"그런데, 왜 그때 8차선 도로를 만들었을까?"

"멀리 잘 본 것이지. 그러나 지금 보면 8차선도 부족해. 12차선으로 했으면 지금보다 더 좋았을 거야. 우리도 명절 때 고속도로 난리나는 것 보면, 땅값 싸고 접경지 개발 전에 지금의 두세 배로 깔았으면 좋았을 거야."

"아예 경부고속도로 반대한 사람들도 있었지 않았나."

"아전인수 정치 쇼 아니었겠나?"

"정치가 문제야. 없애버릴 수도 없고."

"이제 이 홀을 지나면, 다음 홀은 익사이팅하다."

"뭘까?"

"저 홀은 550야드인데, 티잉 그라운드에 서게 되면 페어웨이는 앞쪽 150야드만 보이고 그 다음은 바닷물밖에 안 보여. 그러니까, 드라이버 샷을 날리면 공이 바다를 향해 날아가. 물에 빠지려면 Tiger Woods

도 서너번은 드라이버 샷을 날려야 하니까, 마음껏 후려쳐도 돼.”

“재미있겠다. 근데 내 드라이버가 5년 전까지는 250이었는데, 월급쟁이 핫바지 사장까지 살얼음 밟듯이 올라가면서 스트레스 받고 나이 먹으니 요즈음은 겨우 200이야.”

“1년에 10 줄었구나. 다 그래, 태평양 바닷물에는 안 빠지겠어. 인정사정 보지 말고, 한번 휘둘러봐!”

“남들은 높이 올라가서 좋아 보이지만, 스트레스 엄청나다.”

“그래, 월급쟁이 사장 얼마나 힘들겠나? 그래도 대단하다.”

“월급쟁이 사장이 머슴 중 머슴인 마름 아니냐? 웃기는 거지. 사장 소리 들을 때마다 계면쩍을 때가 많아. 작은 식당 주인이라도 진짜 사장이고 작은 사업체라도 너처럼 직접 투자하고, 남의 눈치 볼 것 없이 내가 결정하고, 종업원들과 함께 일해야 사장 아니냐? 내 것도 아니고, 이 짓도 길어야 일이 년이야. 다 물갈이 당하는 것 아니겠냐? 어느 날, “수고 많으셨습니다”, 하는 쪽지 하나 날라오면 집에 가서 푹 쉬십시오인데, 문제가 없어도 오너 입장에서는 긴장감을 유지해 나가야 하니까, 자르고, 또 올리고 해야 안 되겠나?”

“그렇겠네.”

“그래서 무대에서 끌려내려오기 전에 나 스스로 내년쯤, 일신상의 핑계, 말하자면, 건강상 이유로 아니면 이제부터 가족들과 더 많은 시간을 갖겠다, 하고 먼저 선수치고 그만두려고 해.”

“그것도 참 좋은 생각이야.”

“그리고 월급쟁이 사장까지 올라온 것은 내가 경리 일만 오래해서 기회가 왔어. 돈의 흐름을 보면 구석구석 다 보여. 어디에 문제가 있는지 이 큰 덩어리가 어디로 굴러 가는지. 사람 몸에 비유하면 돈은 혈액이지."

"그러네. 맞아, 피 검사하면 모든 건강 상태가 한눈에 다 보이지."

"그건 그래, 아마 그런 이유로 계열사 사장으로 일하는 사람들이 대부분이 경리과 출신이지."

32

존 웨인 에어포트

알렉스 외삼촌의 아들인 헤수스는 밀입국해서 페인트 업체에서 최저임금으로 일했다. 다행히 존 웨인 공항 교통안전청(TSA) 검색 요원으로 일하는 쏘냐를 만나서 결혼하여, 합법 체류 신분이 되고 존 웨인 공항에서 공항 택시 운전을 시작했다. 멕시코에서 하이스쿨을 마치고 자동차 정비소에서 한 달 450달러 받고 일하는 알렉스를, 아버지의 요청으로 미국에 데려 오기로 한다. 알렉스가 열 살 때, 어머니가 뺑소니 사고로 돌아가신 후, 아버지와 베로니카 세 식구가 살아가다가 6년 후 아버지가 재혼하시고, 베로니카도 2년 후 결혼하게 되니, 차라리 헤수스의 아버지는 가련한 누이 동생의 아들 알렉스를 미국으로 보내고 싶었다. 헤수스는 자신을 가이드 했던 소규모 밀입국 조직에게 외사촌 동생 알렉스의 가이드를 의뢰한다. 헤수스가 이용했던 조직은 모두가 친인척으로 활동하는 소규모이지만 좋은 평판으로 꾸준하게 지인들의 요청이 들어온다.

존 웨인 공항 이름은 공항에서 10분 거리, 부촌 뉴포트비치 시티 바닷가에서 살았던 존 웨인에서 유래되었다. 존 웨인 공항은 활주로가 짧아서 매우 위험한 공항으로 분류된다. 동남쪽으로 20분 거리인 엘토로에 위치했던, 해병기지 이전으로 비어 있던, 지금의 공항보다도 수십 배이상 넓은 광활한 부지에 신공항 건설을 추진했지만, 주민들의 반대로 무산되었다. 한국은 주민들이 공항 만들어 달라고 아우성이고, 신공항 문제가 선거 때 득표에도 영향을 미치는 것과 대조된다. 미국에서 국회의원 후보가 공항 만들어 주겠다고 하면 한 사람도 표를 주지 않을 것이다. 항공기 소음과 대기 오염, 교통 혼잡에 의해 쾌적한 주거환경이 파괴되기 때문이다.

33

거사(擧事)

39번 비치길 건너편, 2,000피트 산비탈 위에는 가로로 길게 펼쳐진 웨스트릿지 골프장이 보인다. 그 산비탈 아래에는, 거대한 태양광 집적판을 온 머리 위에 뒤덮은 큰 회색 건물이 서 있다. 월마트 라하브라이다. 그 반대쪽 낮은 언덕길, 힐스브로와 라미라다 골프장으로 이어지는 2차선 길 삼거리 코너에는 이른 새벽부터 7인승 회색 미니밴이 주차해 있다.

동이 트기 한 시간 전, 멀리서 닭 울음소리가 새벽 공기를 가르고 들려온다. 미니 밴 뒷좌석에는 검은 마스크를 한 두 사나이가 숨을 죽이고 앉아 있다. 코로나 펜데믹으로 마스크는 일상화되어 의심스럽게 보이지 않는다. 침묵 속에 두 사나이는, 반복적으로 연습한 동작 하나하나를 초 단위로 점검하고 있다.

손목시계가 다섯 시를 가리키고 있다. 50여 분 남았다. 엊그제 동지를 지나고, 낮의 길이가 노루 꼬리만큼 길어지기 시작하지만 아직 5시는 어두운 밤이다. 사방은 적막에 휩싸여 있고, 이따금 힐스브로 언덕길 아래쪽에 새 주택 단지에서 로즈크레인 길로 빠져나가는 출근길 차량들이 한 대씩 헤드라이트를 켠 채 지나간다.

미니 밴이 주차된 오른쪽 코너에는 4피트 높이로 서로 붙어서 공간이 보이지 않는, 두껍고 어두운 초록색 잎사귀들과 석류씨 크기의 갈색 열매들이 매달려 있는 사철나무들이 빽빽이 줄을 지어 내려와서, 왼쪽 코너를 돌아서는, 만리장성처럼 길게, 낮은 오르막길을 따라 올라가고 있다. 미니 밴 오른쪽은 10층 건물 높이에서 내려오는 완만한 산비탈이고, 그 산비탈 정상에는 라미라다와 라하브라 시가지와 주택 단지들이 39번 도로 좌우로 나누어져 보이고, 전망 좋은 주택들이 들어서 있다. 미니밴(Toyata Siena) 바로 앞 오른쪽 코너를 돌아 0.2마일만 더 올라가면 왼쪽 길 건너편 아파트 단지의 오버플로우 차량들과 캠핑카와 RV 등 큰 차들이 소방용 수도전을 피해 띄엄띄엄 주차하고 있다.

매일 새벽 이 시간 라미라다 골프장 건너편, 노인 아파트(senior apt)에서 내려와서 왼쪽 코너를 돌아 양팔을 머리 위까지 올리면서 엉덩이를 좌우로 흔들며 올라가는 70대 미국 할머니가 지금 막 옆으로 스쳐 지나갔다. 만약 할머니가 평상시보다 10분 정도 늦게 집을 나섰거나, 노인이 10분 정도 빨리 집을 나섰으면 카운트 다운에 들어간 우주선 발사가 갑작스러운 기상 악화로 발사가 연기되는 것과 같은 일이 일어날 뻔했다. 그러나, 노인들의 새벽 일정은 변함없이 돌아간다. 할머니가 지나가고 난 후, 온몸을 좌석 밑바닥에 납작 움츠리고 있던 민기태는, 미니 밴의 커다란 옆문을 활짝 열어놓고 다소곳이 뒷 자석에 머리를 파묻고 잠복해 있다. 알렉스도 운전석 바로 뒷좌석에서 고개를 숙이고 납작 엎드려 있다. 우측 사이드 미러에, 멀리서 움직이는 물체가 아지랑이처럼 아른거리기 시작한다. 뒤편 언덕길 아래로부터 노인의 머리가 먼저 떠오르고, 이어서 몸통이 따라서 떠오르더니, 하반신마저 모두 다 따라서 올라왔다. 그리고 조금 전 올라갔던 할머니와 마주치자 노인의 머리가 앞으로 가볍게 한 번, 끄떡 한다. 매일 아침 산책길에서 마주치는 사람끼리 주고받는, 굿모닝일 것이다.

노인의 무릎 아래에는, 하얗고 작은 푸들 한 마리가 쫄랑쫄랑 노인의 보폭에 맞추느라고, 짧은 네 다리가 기차 바퀴처럼 빠르게 움직이며, 노인의 왼손에 쥔 줄 끝에 매달려 따라 내려온다.

순간, 알렉스와 민기태는, 꽉 쥔 서로의 오른쪽 주먹 정권을 부딪치며 강렬한 눈빛을 교환한다. 두 사나이의 마스크도, 두 사나이의 굳게 다무는 입술 움직임에 따라서, 동시에 볼록거린다.

10초, 9초, 8초, 7초, 6초, 5초, 4초, 3초,

긴박한 순간순간이 흐르고, 두 사나이의 심장박동이 빨라진다.

2초, 1초, Zero!

노인이 미니 밴 옆문에 도착하는 순간 0.5초 사이에 용수철처럼 튀어 나간 민기태는, 활짝 열린 문짝 속으로, 노인을 밀어 처박아 버린다.

아시바리였다.

백화점 전출자 명단에서 자신의 이름을 발견한 그가, 방광벽 쇼크로 갑자기 마려워진 소변을, 찔끔찔끔 겨우 한 두 방울을 본 후, 화장실로 들어서는, 출입구에서 맞닥뜨린 이창호 이사를, 바닥에 눕힌 것도 아시바리였다.

아시바리는 기술을 거는 사람의 힘은 전혀 들지 않고, 상대의 체중을 이용해서 순간적으로 발목을 걸어 넘어 뜨리는 기술로 고등학교 유도부 때, 각종 대회에서 민기태가 좋은 성적을 거둘 때마다 번개처럼 사용한 주특기였다.

자전거 타기를 배울 때, 체중의 중심을 못 잡아서 비틀비틀 가다가 넘어지기도 하는 자전거 타기를 한번 배우고 나면 수십 년이 지난 후에도 잊어버리지 않고 탈 수 있듯이, 그의 아시바리도 수십 년 동안 써 본 일이 없지만 지금 이 순간 그의 바디는 그 기술을 정확히 기억해서 작동한다.

무도는 상대를 공격하기 위해서 연마하는 것이 아니다. 반대로 상대의 부당한 공격으로부터 자신을 보호하고, 건강한 정신과 육체를 유지하고 단련하기 위해서, 필요하고 권장되는 스포츠이다.

지금 이 노인에게 가한 그의 아시바리는 일방적이고 부당한 공격인가? 아니면 사십여 년 전 이 노인이 그에게 가한 야비한 공격으로부터 시차를 초월하는 정당방위인 것인가?

길을 걷다가, 순식간에 미니 밴 속으로 쳐 박힌 노인은, 운전석 바로 뒷좌석에 앉아있는 알렉스의 커다란 오른팔에 목을 감긴 채, 신음하며 바둥거리고 있다.

순간 민기태의 체중이 실린, 검은 가죽 장갑을 낀 오른손 주먹이,

노인의 왼쪽 아구통을 번개처럼 강타 한다.

"퍼-억!"

"으억!"

40여 년의 피맺힌 한이 서린 펀치이다.

"Be quiet(조용히 해)!"

알렉스의 짧고 낮은 목소리이다. 그는 펀치를 날리자마자 재빨리 운전석으로 가서 엔진을 스타트한다. 노인은 순간 혼절했는지, 아니면 이어질지 모르는 더 무서운 펀치가 두려웠는지, 10여 분이 지났어도 한동안 늘어져 있다. 순식간에 닥쳐온 위험 앞에서 그의 주먹 한방에 으-억 소리 한번 지르고, 알렉스의 굵은 팔뚝에 목이 감겨 숨을 쉴 수가 없다. 이대로 목이 감겨 있으면 곧 죽을 것 같다는 생각이 들면서, 손바닥으로 알렉스의 팔뚝을 치면서 신음한다. 시끄럽게 안 하고 조용히 있겠다는 신호이다. UFC 격투기에서 목이 감겨서 "항복!" 하는 선수가 취하는 신호와 같다. 알렉스는 노인의 감은 목에서 팔뚝을 풀어준다. 더 이상 저항하지 말라는 신호를 알아차린 노인은 공포에 질려 조용해졌다. 애꿎은 강아지는 미리 준비해 온 밀폐된 용기 속에서 발버둥치면서 서서히 숨이 끊어지고 있다.

"가엾은 강아지!"

민기태는 개를 정말 사랑하지만, 더러운 인간성을 지닌 주인을 잘못 만난 개의 운명이다.

"미안하다, 강아지야. 다시 태어나면, 주말이면 성당에 나가서 미사를 드리지 않는 사람이라도 좋으니, 꼭 선한 마음의 소유자인 주인을 만나서 평생을 행복하게 잘 살아라."

사십여 년 전, 뜨거운 햇볕이 내려 쬐는 열사의 사우디 아라비아 반도, 홍해 바다, 사우디 최대의 상업 도시의 젯다 사업본부 휴게실에서 오수를 즐기던 민기태가 잠결에 얼떨결에 깨어나서, 처음 보았던 노인과 연관된, 아까운 생명의 또 다른 희생이다. 첫 번은 사고였지만, 이번은 어쩔 수 없는 고의적 죽음이므로, 위중한 순간에서도 죄책감을 피할 수 없다. 알렉스는 미리 준비해 간 두껍고 검은 천으로, 노인의 온몸을 뒤덮어 버린다. 노인은 저항해 보아야 소용 없음을 알고, 움직임이 정지된 채로 침묵한 채, 불시에 들이닥친 이 무서운 죽음의 공포에 사로잡혀 부들부들 떨고만 있을 뿐이다.

미니 밴의 옆과 뒷유리창은 틴팅으로 처리되어서 밖에서는 차 내부를 볼 수가 없다.

비치 길과 로즈 크래인 사거리 코너에 있는 세브론 주유소에서, 오늘 새벽에 멕시코 국경 도시까지 한 번에 재급유 없이 갈 수 있는 가스를 가득 채웠다. 바로 그 주유소를 끼고 우회전한 미니 밴은, 청백 갈매기 네온사인을 뒤로 한 채, 5분 후, 5마일 거리에 있는 I-5 프리웨이의 남쪽향 위에 올랐다. 프리웨이의 표기된 제한 속도 시속 65마일의 10퍼센트 초과 과속은 관용으로 용인하지만 오늘은 아니다. 크루즈 컨트롤(Cruise Control; 지정 속도 주행)로 65MPH에 맞추고, 저속 차량 차선 한 단계 위인 3차선이다. 4차선은 대형 트럭 등 프리웨이 기본 속도를 낼 수 없는 차량들 때문에 수시로 차선을 변경해야 하기 때문이다. 그러나 철저한 방어 운전이다. 다른 차가 뒤에서 박아도 안 된다.

20분 후, 55번 코스타메사 프리웨이(Costa Mesa Freeway, South)

로 갈아타고, 에딘져(Edinger) 출구에서 나온 후, 좌회전한다. 0.5마일 지점, 레드힐 에비뉴(Red Hill Ave)에서 우회전하고, 곧 우측 커다란 창고 건물들이 밀집된 좁은 진입로로 꺾어서 들어간다. 이윽고, 25,000SQFT의 민기태의 비즈니스 창고 건물 철문이 열리고, 미니 밴 은 창고 속으로 연기처럼 감쪽같이 사라진다. 지하철 역 반대편에 서 있던 한 무더기의 사람들이, 전동차가 들어서서 잠깐 멈추고 떠나니, 연기처럼 사라진 장면과 같다.

철문을 내리자마자 알렉스는 재빨리 뛰쳐나가 7인승 미니 밴 앞 뒤 번호판을 떼어내고 창고 철문 옆 공구 박스 속에 어젯밤 놓아 두었 던 오리지날(멕시코)의 'Baja California' 번호판을 다시 부착한다. 지 금 떼어낸 앞뒤 번호판은 알렉스가 사전에 물색해 둔 타이어만 빼간 채, Santa Ana 한적한 길에 장기간 방치되어 있던 5인승 검은색 포드 세단 피에스타 정크 차량에서 떼어온 것이다.

그리고는 알렉스는 쓰고 있는 베이지색 배구 모자를 벗어 검정 플 라스틱 백에 담아 넣고, 회색 바지와 짙은 갈색 후드도 벗어서 함께 같은 봉지에 넣는다. 곧 민기태가 쓰고 있던 모자와 입고 있던 아래 위 상하의를 모두 벗어서, 같은 봉지 속에 넣어서 끈으로 묶어 미니 밴 트렁크 구석에 쑤셔 박는다. 오늘 새벽 처음으로 입었던 두 사람 의 옷과 모자들은 모두 석 달 전 O.C. Fair Ground 건너편, 페어뷰 에 비뉴에 있는 오렌지코스트 칼리지에서, 주말에 열리는 Outdoor Swap Meet(벼룩시장)에서 샀던 중고품들이었다.

34

알렉스

알렉스는 지금 39살이다. 민기태가 사우디 젯다에서 영국 버밍엄으로 전송하는 텔렉스 소리가 요란하게 울릴 때, 서울에서 민기태의 아들이 태어나는 날 멕시코에서 알렉스가 태어났다.

민기태가 알렉스를 처음 만난 지는 18년 전, 그가 21살 때이다. 2년 전 아르헨티나에서 미국으로 이주해 온 그는, 미국을 이해하기 위해서 외삼촌이 운영하던 주류샵(Liquor Store)을 위탁받아서 외삼촌 내외가 한국으로가서 체재 하시는 약 2년간만 한시적으로 운영했다. 외삼촌 내외께서는 30년 이상 365일 하루도 쉬지도 못하고, 아침 6시부터 밤 11시까지 하루 17시간 이 가게를 운영하시면서 외사촌 형제들을 공부시켜서, 아들은 심장외과 전문의로 딸은 국제 상법 변호사로 키우셨다.

2년 후 외삼촌 내외가 돌아오고, 일이 년 후 은퇴를 준비할 무렵에 민기태는 중국과 한국 생활용품을 수입해서 도매하는 비즈니스를 시작했다. 처음 시작할 때는, 거동이 불편한 아내와 멕시코계 미국인 넬리와 로컬 지역 판매와 배달 업무 담당 카를로스와 함께 했다. 넬리는 캘리포니아가 멕시코 영토일 때부터 대대로 살아온 히스패닉이었는데, 유럽인 혈통이 많이 섞인 혼혈이라 초록색 눈동자에 매우 예쁘고, 총명한 아가씨였다. 아르헨티나에서 16년 살다 온 민기태는 스페인어가 유창하므로, 넬리와 카를로스 하고 영어로 대화하기도 하고, 스페인어로 대화하기도한다.

민기태는 매년 홍콩 트레이드 쇼와 세계최대 소비재 트레이드 쇼인 중국 광동 캔톤 페어에 가서 새로운 상품을 수입해서 라스베이거스 잡화쇼, ASD/AMD 트레이드 쇼와 뉴욕 트레이드 쇼(Jacob Jabit Center), 시카고 쇼, 아틀란타 마켓 플레이스(Market Place)등에 참가해서, 로컬 소매업자들로부터 주문받고, UPS나 FedEx로 쉽핑한다. 컨테이너가 들어오는 날이면 하차해서 창고 입고 작업하는 임시노동 인력을 이용했다. 일일 단위 임시 노동 인력은, 거대한 창고형 소매 체인 스토어로서, 철물, 목재, 공구를 취급하는 홈 디포에서 구한다. 그곳에서는 새벽부터 인력시장이 형성된다. 대부분 단순 노동이지만, 구인하는 입장에서, 목공, 시멘트, 페인트 등 어느 정도 부문별 전문 인력을 구하기도 한다. 구직자들은 모두 멕시코에서, 국경을 걸어서 밀입국한 불법체류자들이다. 밀입국한 불법체류자들이 언제나 같은 장소에 몰려서 활동해도 단속해서 강제 출국을 시키지 않는 것은, 캘리포니아주가 이민 친화적인 이유도 있지만 개개인이 생계비를 마련하기 위해 자신의 노동을 파는 것까지 쫓아다닐 여력과 관심이 없었기 때문이다.(그러나 과거 50여 년간 관행으로 허용된 멕시코에서 불법입국 젊은이들의 이 생활터전도 Trump 2기 정부 2025부터는 불법체류자 단속 체포의 거점이되었다. 미전국 2,000여 Home Depo 매장에는 50,000여 명의 멕시코 밀입국자들이 일하고 있었다.)

2024년까지는, 새벽마다 이삼십대 밀입국 멕시코 출신 젊은이들이, 삼사십 명씩 대형 홈디포 매장 주차장에 모여서 하루 일감을 기다린다. 한국에서도 사오십 년 전에는 남대문시장 인근에서 일일 임시 노동력을 사고파는 유사한 새벽 인력시장이 형성되었었다. 민기태는 그의 비지니스 창고에서 10마일 거리에 있는 Santa Ana 소재 Home Depo로 간다.

18년 전 처음 만난 알렉스는 우선 한국인처럼 생겼다. 만약에 알렉스가 종로 거리를 걸어가면 틀림없이 한국 사람으로 보일 정도이다. 멕시코에는 여러 다양한 민족의 혼혈들이 많기 때문이다. 한국인처럼 생긴 알렉스는 큰 키에 건장한 체격이다. 무엇보다 민기태의 마음에 드는 것은 그의 인간성이었다. 비록 당일치기 인력을 사고팔아서 하는 작업이지만, 성실하고 책임감 있게 일하는 착한 젊은이였다. 그의 또 다른 장점은 영어도 꽤 잘하는 것이다. 대부분 구직자들은 영어가 불편하다. 아마도, 미국 온 지 3년째 되는 동안, 본인 스스로 많은 노력을 한 것 같다. 알렉스를 만난 후부터 민기태는 홈디포로 가지 않았다. 미리 Container가 들어오기 일주일 전에 알렉스에게 연락해 두면, 좋은 동료들을 모아와서 민기태가 원하는 대로 지휘 감독까지 하니 더 없이 편리하고 좋았다. 그런 알렉스에게는 일이 끝나고 나면 특별 수당도 주고 때로는 일이 끝난 후 저녁을 함께하기도 했다. 넬리와 카를로스와 함께 저녁 식사를 할 때 서로가 스페인어로 대화하기도 하고 영어로 하기도 하니까 서로가 소통하고 유대감도 생기고 좋다. 민기태가 아르헨티나에서 말할 수 있게 된 스페인어 덕분이다.

알렉스는 멕시코 수도 멕시코시티에서 북쪽으로 사오백 마일 떨어진 중소 도시 San Luis에서 왔다. 고등학교를 마치고 자동차 정비 공장에서 일하다가, 6년 먼저 미국으로 넘어온 외사촌 형의 안내를 받아서, 아메리칸 드림을 안고 밀입국하여 캘리포니아에 정착한 지 삼 년째 되었을 때 민기태를 처음 만나게 되었다. 멕시코 사람들 집단 거주지인 산타애나의 단독 주택 일부를 임대해서, 동료들과 합숙함으로써 생활비를 절약하고, 대부분의 수입은 고향으로 송금해서 저축하고 있다. 한 달 평균 20일 일하고 2,000달러를 벌면 1,500달러를 송금한다고 한다. 멕시코의 일반 직장인 월 평균 소득 500달러에 비하면 꽤 큰 돈이다. 그러나 고향을 떠난 지 3년이나 흘러 가지만, 아직 한 번도 고향을 다녀올 수 없었다. '도꾸멘또'가 없기 때문이다. 도꾸멘또는 'Document'로 신분증명 즉 운전면허증이나 여권을 말한다.

샌디에고에서 30분 거리에 있는 멕시코 국경 도시 티후아나로 넘어갈 때는 프리패스이다. 그러나, 미국으로 넘어오려면 철통 같은 관문을, 합법적인 미국 입국 비자를 갖고 긴 줄을 서서 이민국의 입국 허가를 받아야만 한다. 불법적인 밀입국은 언제나 위험하고, 비용도 많이 든다. 또한, 해마다 밀입국을 하다가 목숨을 잃는 사람들도 있다. 주로 국경지대 사막을, 낮에는 자고 밤에는 걸어서, 수수료를 받고 안내하는 가이드를 따라 이동한다. 일단 국경을 넘으면, 멕시코 쪽 브로커 조직과 연결된 미국 쪽 브로커가 대기하다가 안전한 미국 국경 도시까지 태워다 준다. 멕시코와 미국의 국경도시인 유마의 안전가옥에 머물고 있던 알렉스를 1999년 6월 15일, 캘리포니아에서 외사촌 형 헤수스의 아내인 쏘냐가 픽업해서 헤수스집에 임시 숙소로 하여 머물렀었다. 마치 두만강을 건너는 탈북 브로커 조직의 시스템이다.

임시로, 서로 돕고 신뢰하며 함께 일하던 알렉스는 곧 정규 직원으로 민기태와 함께 일하게 된다. 민기태의 비지니스가 조금씩 커지는 것도 이유이지만, 민기태는 힘이 닿는 데까지 성실하고 책임감 있는 알렉스를 돕고 싶었다. 더더욱 알렉스에게 정이 가는 이유는 오래 전, 아르헨티나에서 불행한 교통사고로 먼저 떠나보낸 그의 아들과 같은 나이로 휠체어 핸디캡인 그의 와이프를 지극징성으로 보살펴 주기 때문이다. 어떤 날은 마치 자신의 어머니인 것처럼 마음 속 깊은 곳에서 우러나오는 정성으로 보살펴 주는 것을 보고는 마음이 크게 움직이기도 한다. 그것은 알렉스가 10살 때, 불행한 뺑소니 교통사고로 돌아가신 자신의 어머니에 대한 그리움과, 같은 교통사고로 인해 불구자가 되어 거동이 힘든 자신의 어머니 연령의 세뇨라 민에 대한 애틋하고 아픈 마음 때문이다.

이민 전문 변호사에게 의뢰하여서 합법 체류 노동 허가 비자를 받고, 세금 보고도 성실하게 회계사를 통해서 국세청에 보고하였다. 3년 후 그가 24살 되던 해, 드디어 꿈에 그리던 영주권을 받게 해 주었다. 알렉스는 영주권을 받자마자 6년만에 그리운 가족들과 자신을 끔찍이 사랑해 주신 외삼촌 내외와 친인척들을 만나러 고향으로 갈수 있었다. 이듬해, 두 번째 고향으로 가서, 아버지, 새어머니, 베로니카가 함께 의논해서, 정해 놓으신, 예쁘고 맘씨 고운 로레라와 데이트도 하고 왔다. 그리고 다음 해, 고향으로 가서 로레라와 결혼하였다. 그러나 이미 로레라는 속도 위반하여, 예쁜 딸을 낳았었다. 민기태는 같은 이민 전문 변호사에게 알렉스의 직계가족 초청을 의뢰하였다. 수속 기간이 2년 정도 소요 되므로 알렉스가 일주일에 한 번 가 새색시와 딸을 만날 수 있도록 고향으로부터 2,000마일 떨어진 국경 도시 티후아나 아파트로 이주시켰다. 알렉스는 이제부터, 매주 금요일 오후, 산타애나에서 2시간 남짓이면 달려가서, 가족들과 토요일과 일요일을 함께 보내고 돌아올 수 있게 되었다. 2년 후, 드디어 알렉스의 새색시와 예쁜 딸의 영주권이 나와서, 산타애나에 단란한 가정을 꾸리게 되었다.

민기태는 알렉스가 멕시코에서 태어난 해가, 그의 아들이 서울에서 태어난 해가 같은 것만 알고, 나름대로의 구상과 계획들을 하나둘, 마음속 깊은 곳에서 만들어 가고, 그의 와이프와도 때때로 신중하게 알렉스의 장래를 상의하고 있었다. 어떤 때에는 민기태의 제안을 받은 그의 아내가 더 적극적이기도 하였다. 자신을 마음 속 깊은 곳에서 우러나오는 지극정성으로, 보살펴 주는 고마움 때문이기도 하고, 핸디캡이 된 자신과 함께 겪은 불의의 사고로 잃은 아들 생각 때문이기도 하지만, 어딘지 모르는 그의 용모에서 아들의 희미한 모습을 떠올리곤 했기 때문이다.

민기태가 은퇴하면, 사업체를 알렉스한테 물려주기 위해서 5년 전부터 알렉스와 함께 매년 다녀오던 남중국 광동(Kenton) 세계 최대

교역 전시회를 내년부터는 알렉스 혼자 스스로 다녀 오도록 트레이닝도 시킬 계획이다. 그리고 멕시코 고향에 있는 알렉스의 유일한 혈육인 베로니카 가족들도 캘리포니아로 이주시켜 서로 의지하며 함께 영주할 수 있도록 가족 초청 준비도 하고 있다.

민기태가 세상을 떠날 때는, 집도 알렉스한테 물려줄 것을 오래전 아내한테 제안했었고, 수시로 다니는 마켓이나 커다란 쇼핑몰에 갈때에도, 언제나 휠체어로 이동해야 하는 자신을 성심성의껏 밤낮으로 보살펴 주는 한국사람처럼 생긴 알렉스를 아들처럼 생각하는 아내도 흔쾌히 동의했던 일이다.

7년 전, 민기태와 알렉스는, 해마다 매년 세 번, 봄 여름 가을, 라스베이거스의 미국 최대 생활용품 박람회인 ASD/AMD에 전시업체로 참가하는 고속도로 휴게소 Barstow 맥도날드에서 점심을 함께하고 있었다. 이런저런 일상적인 대화를 나누던 알렉스가 옆 테이블에 앉은 무척이나 화목해 보이는 부부와 아들 딸 하나의 가족을 보면서,

"세뇨르 민, 왜 자녀가 없어? 그리고 세뇨라 민은 언제부터 휠체어였어?"

하고 물어온다.

알렉스는 늘 함께 일하면서 당연히 의아하게 생각하는 문제였지만, 민기태가 먼저 말해주지 않는 보스의 가정 문제를, 먼저 물어보기가 좀 거북했을 것이다. 지금은 일하는 시간도 아니고, 전시회에 참가하러 가는 고속도로 휴게소이다. 식당 내에는 많은 가족들이 함께 캘리포니아에서 라스베이거스로, 일부는 라스베이거스에서 캘리포니아 집으로 가고 오는 모습에서 언제나 거동이 불편한 아내와 둘뿐인

민기태한테서 숨겨진 사연이 있을 것으로 추측만 하다가, 처음으로 물어온 것이다.

민기태는 알렉스가 3살 때, 알렉스와 같은 나이였던 그의 아들의 아르헨티나에서 있었던 불행한 사고를 알렉스한테 말해 주기로 했다. 그러나 지금은, 또 다음 여정을 위하여 일어나야 할 시간이고, 스토리 내용이 분위기가 좀 필요하다고 느꼈다.

"알렉스, 그래 내가 얘기해 주겠다. 일단 떠나자. 전시장에 가서 부스 셋업하고, 맥주 한잔하러 가자."

"부에노(Bueno) 민, 알았어."

전시장에 전시할 견본들을 가득 실은 Dodge 카고 밴 RAM 3500은 다시 I-15 프리웨이 북쪽향에 진입한다. 20여 분 후, 왼편으로 유령 마을(Ghost Town)이라고 쓰인 커다란 간판이 나온다. 140여 년 전, 연간 1,200만 달러(현가 2억 4천만불) 규모의 엄청난 은을 채굴하던 곳에, 사람들이 모여들고, 돈이 돌면서 활기 띠고 번성하며 형성되었던 주거지와 문전성시하던 술집, 식당에서 흥겨운 노래와 웃음소리가 그칠 줄 모르던 작은 도시 하나가 은의 가격하락으로 폐광이 된 후 사람들이 모두 떠나고, 텅 빈 마을로 변해, 쥐새끼 한 마리도 보이지 않게 되고는, Calico 은광촌에서 유령 마을로 이름이 바뀌었다. 이 유령 마을을 지나 40여 분 가다 보면, 왼편 2,000피트 민둥산 위에 커다란 바위의 형체가, 걸리버 여행기의 커다란 거인이, 하늘을 바라보고 누워있는 모습이 나타난다. 이 거인 바위의 코는, 보통 크기의 사람들이 50여 명이 모인 정도로 크다. 코 크기가 이러니까, 머리의 크기는 성인 500명이 모인 크기이고, 몸통은 같은 비율로 큰데, 멀리서 보면 꼭 사람이 하늘을 향해서 똑바로 누워 있는 모습이다. 매년 두세 번 라스베이거스 전시회에 오고 가면서 좀 지루할 때마다 이정표 역할을 하는 반갑고 독특한 거대한 거인 바위산이다.

"알렉스, 이제 한 시간만 더 가면 돼, 저기 저 거인바위가 나타났다."

"맞아, 참 재미있게 생긴 커다란 바위야. 걸리버 여행기에 나오는 거인 같아."

35

하늘이 무너지고, 땅이 꺼지고

이윽고 오렌지카운티를 출발해서 4시간 만에 구불구불하고 오르락내리락하던 로키산맥 고개들을 구비구비 넘으니 저 멀리 3,000피트 아래에서 광활하게 펼쳐진 대지 위에 옹기종기 모여 있는 호텔 카지노들이 성냥갑들처럼 한눈에 쏘오옥 들어온다. 여기 마지막 산 끝자락에서부터는, 우선 차도 힘 안 들이고 서서히 편안하게 내려가기만 하면 된다.

"알렉스, 너 이거 알지? 여기서부터 25분 동안은 기어를 빼도 그냥 굴러 내려가는 것?"

"알지, 멕시코에 있을 때 자동차 정비 공장에서 일했지. 가스비 절약한다고 기어 빼고 그냥 내려오면 큰일 나! 그런다고 가스소모가 안

되는 것도 아니고, 급할 때 브레이크가 안 들을 수가 있지."

"되돌아갈 때는 반대로, 한참 낑낑거리고 올라가야 하니 힘들지."

"그럴 때 가속 기어 넣으면 차 다 망가져. 가속 기어는 잠깐 꼭 필요할 때만 쓰는 거야."

"많이 아시네. 알렉스!"

"이래 봬도, 기름옷 좀 입었잖니? 우리 고향에서."

"그래, 밀입국이 위험하고 힘들었어도, 잘 넘어왔어 알렉스, 축하 축하!"

"세뇨르 민을 만난 것은 나와 우리 가족들에게 축복이고 행운이야. Gracias(고마워), 세뇨르 민!"

"De nada(천만에), 알렉스.

근데 말이야, 저 산비탈 아래 짜-악 펼쳐진 모래사막 있잖나?"

"그래, 그냥 놀고 있는 축구장 수천 개보다 넓은 모래 바닥인데, 누가 주인인지 많이 좀 아까워."

"내가 사우디 아라비아에서 2년 일 했잖니. 너, 낙타 구경했니? 낙타가 어떻게 생겼는지 아냐?"

"사진으로만 보았어. 중남미 안데스 높은 산 언저리에 사는 라마하고 비슷해. 얼굴은 너무 닮았어. 물 없는 사막에서 낙타가 무거운 짐도 나르듯이, 물 없는 높은 산에서도 라마는 낙타처럼 짐도 나르고 말라 비틀어진 나무 줄기나 뿌리며 다른 초식 동물들이 못 먹는 거친 풀도 잘 먹어."

"둘 다 참 강인한 동물이야, 그런 악조건에서도 커다란 덩치로 멸종하지 않고, 건재하고 있으니까 말이야. 아마도 둘이 모두 조상이 같은 것 같애.”

“라마는 식용으로도 쓰여.”

“험한 산악 지역에서 짐도 나르고 죽어서 식용도 되니, 한국 소 같구나!”

“남미 소들은 일은 안 하는데, 한국 소는 일도 하니?”

“요즈음은 아니지만, 옛날 농사 일은 소가 다 했어. 무거운 짐도 나르고, 거기에다가 고기는 식용으로 일 등급이지. 한우하면 제일 비싼 고기야. 한국에서는.”

“우리 고향 인근에 소를 방목해서 키우는 목장에, 중국 사람들이 병든 소의 담석을 사러 몰려들었어. 쓸개에 생긴 누런 덩어리를 처음에는 공짜로 주었었대.”

“우황이구나. 그래 계속해봐.”

“그랬더니 다른 중국 사람들이 찾아와서 돈을 주고 가지고 가면서, 다음에 올 테니 다른 사람 주지 말라고 하면서 돈을 맡기고 가더래. 또 다른 중국 사람이 와서 달라고 하면 없다고 하니, 더 많은 돈을 미리 주고 가더래.”

“값이 왕창 올라가겠네.”

“물론이지. 저걸 왜 사 가는지 모르던 농장주들이 이제는 보물인 줄 알고, 현금 보관하듯이 단단한 금고에 보관하고 제일 비싼 값에 파는데, 오히려 장사꾼들이 중국에 가져가서 파는 값보다 더 비싸게까지 올라갔었대. 그래도 우황에 황토 흙을 섞어 파는 가짜가 많아서, 비싼 값에라도 사가는 사람도 있다고 들었어. 확실히 100% 진품이니까.”

“그게 말이야, 중국 한국 등에서는 값비싼 한약재로 쓰이거든.”

"근데 갑자기 낙타 얘기는 왜 했냐?"

"내가 알기로는 미국에 낙타가 없는 것으로 알거든."

"그래서?"

"저 밑에 사막처럼 넓은 곳에, 라스베이거스 올 때마다 저기 보고 드는 생각인데, 낙타를 풀어놓았으면 해. 사우디 사막보다 살기가 더 좋을 것 같아. 라스베이거스가 더워도 사우디 만큼은 아니거든. 그리고, 지금 저기 길게 뻗어 있는 얕은 호수가 보이지? 항상 갯벌같이 물이 고여 있어. 사우디 낙타들을 저기 풀어다 놓으면 천당에 왔다고 히죽히죽 웃으며, 둥실둥실 춤도 추고 좋아할 것 같아. 그리고 중동 여러 나라와 북부 아프리카 나라들에서는, 낙타고기가 훌륭한 식용이거든. 바비큐도 하고 여기처럼 햄버거로도 만들어. 그리고 사우디에서는 낙타 젖은 말이야, 건강 식품이고 정력에 최고래!"

그와 알렉스는 곧 MGM 호텔에 체크인하고는, 바로 전시회장으로 달려간다. 접수처에서 목걸이 배지를 받고 목에 건 후, 컨벤션 서비스 전문 업체 Freeman을 통해 미리 발송한 부피 큰 진열 견본들을 확인하고는 바로 Booth Set UP 작업을 시작한다. 부스 데코레이션을 하는 내내 알렉스의 눈빛은, 곧 듣게 될 그의 스토리를 궁금해 하는 것을 그는 느낄 수 있었다. 3시간 후, 부스 셋업(Decoration)을 능수능란하게 마친 두 사람은 아늑한 분위기의 맥주집으로 향했다. 알렉스는 온 시선을 그의 입에 집중하고 있다. 그는 항상 MGD(밀러 지니언 드라프트)이고, 알렉스는 언제나 멕시코 맥주 코로나이다. 두 사람 다 미국에서 처음에 마시기 시작했던 기호식품 브랜드이기 때문이다.

36여 년 전, 왜 그가 한국에서 아르헨티나로 떠나야 했던, 전후 배경 스토리를 말해준다. 알렉스는 한국의 대연전자 브랜드를 잘 알고 있다. 그의 집에 있는 TV 등 가전제품도 한국의 대연 브랜드이기 때문이다. 대연그룹 대연건설로 자원 전출한 배경과 중동에서의 활동, 안쩌니 김의 인간적인 배신과 음모, 그로 인해 인격 살해되어, 아르헨티나로 피신하게 된 스토리를 자세히 말해 준다. 사촌 형의 초청으로 시작한 아르헨티나 도착한 지 석 달쯤 되는 날, 15년 전에 부모님과 함께 먼저 이민 후, 아르헨티나에서 여고와 칼리지를 마치고 결혼해서 이미 두 딸의 엄마로서 자리잡은, 여중 동창집에 갔다 오던, 그의 아내가 운전하는 차량을 마주 오던 트럭이 차선을 넘어와서 중심을 잃고 회전하면서 충돌했던 것이다. 사고 조사 기록에 의하면, 천연 고무 재질이 규정 이하로 적게 배합된 상대 트럭의 불량 타이어가 유리처럼 깨어진 것이다. 건축물의 시멘트 배합이, 모래보다 규정 이하로 적을 때 붕괴되기 쉬운 것과 같다. 비싼 원료 천연 고무보다 값싼 플라스틱 계통의 인조 고무가 표준 이상으로 많이 배합된 불량 타이어여서, 찢어지는 펑크가 아니라 도자기처럼 깨어지니까 중심을 잃고 팽이처럼 돌아버린 것이다. 이 청천벽력 같은 일이 순식간에 일어나, 3살 된 아들은 현장에서 목숨을 잃고, 아내는 생명이 위독할 정도의 부상을 당해서, 6개월 동안 병상에서 신음하다가 겨우 생명을 건질 수 있었다.

"아내는 워낙 중상 이어서, 알렉스가 보듯이 정상 활동이 안돼. 두세 걸음 이상 이동은 휠체어라야 돼. 그리고, 애를 가질 수도 없었어. 목숨을 건진 것만 해도 기적이었어."

알렉스는 말이 없다. 듣기만 한다.

"아들이 지금 컸으면 32살이다. 자네하고 똑같은 나이야. 엄마를 닮아서 눈도 크고 이목구비가 또렷했지. 대부분 딸은 아빠를 닮고 아들은 엄마를 닮지, 자네 딸처럼 말이야."

"알아, 세뇨라 민은 멕시칸처럼 보여."

멕시칸이면서 한국 사람처럼 생긴 알렉스의 말이다.

그날 그 참담한 사고를 겪은 그는, 가끔 티비 뉴스에서 보곤 하던 이런 비극이, 많은 사람들이 살아가는 세상이니 무심코 그런 일이 생기는 것이구나라고 생각했지만, 자신에게 이런, 마른 하늘에 날벼락이 떨어질지는, 꿈에도 생각 못 한 일이었다. 땅이 꺼지고 하늘이 무너지는, 가슴이 찢어지는 고통을 안고 통곡을 하고, 땅을 치고 울부짖었었다.

그리고는, 저 야비한 안써니 김으로부터 인격 살인을 당하고, 그동안 열심히 살아오면서 쌓아온 명예와 가치를 통째로 잃어버리고도 벙어리 냉가슴 앓듯 누구에게도, 부모님, 형제, 가장 가까운 아내한테 마저도 변명 한마디 하지 못하고, 속이 시커멓게 멍이 든 채로, 빚쟁이 야밤에 도주하듯 인사도 한마디 못하고 피신한 아르헨티나에 오자마자 청천벽력이 그의 머리 위에 떨어지니, 슬픔은 분노로 바뀌었다. 민기태는, 자신의 인생을 송두리째 파괴한 저 노인의 목숨은 자신의 손으로 끊어 놓겠다고 작심한다. 그렇지 않고서는 그의 가슴 깊이 새겨진 원한은 죽어서도 풀리지 않을 것이다. 물론 안써니 김의 입장에서는 자기를 향하는 민기태의 원한과 분노에 억울해 할 수 있다. 안써니 김으로서는 그를 남미로 가라고 한 일도 없고, 가라고 할 수도 없었고, 갔는지도 모르고, 간 것을 알아야 할 이유도 없기 때문이다. 그저 사우디 아라비아에서 같은 직장에서 만나 함께 일하다가, 서로 헤어졌을 뿐이기 때문이기도 하다.

그의 불행과 비극은 계속되었다.

"어머니, 남미로 가겠습니다."

"거기가 어딘데, 뭣 때문에 거기까지 가냐?"

"우리나라가 좁으니까, 젊을 때 좀 더 넓은 곳으로 다녀 보고 싶습니다. 그리고 사촌형 기호 형이 있는 곳이니까 많이 도와줄 것입니다."

"그러면 차라리 외삼촌이 있는 미국으로나 가지. 무슨 남미는 남미냐? 남미가 어디 있고 뭐 하는 곳이냐?"

"미국은 한국서 바로 가려면 여러 가지로 복잡합니다. 일단 남미로 가면, 거기서는 미국으로 가기가 쉽습니다."

한국의 대미 섬유제품 수출이 쿼터 한도 초과로, 쿼터 한도 여유가 있는 남미를 경유하는 우회 수출처럼, 이민 쿼터가 남아도는 남미를 경유하여 보다 빠르고 쉽게 미국에 정착하기도 한다. 어머니는 더 이상 말을 안 하시지만 상심은 그치지 않으신다. 한 달이면 최소한 한 번은 손자 보러 서울로 올라오셨는데, 지구 반대쪽으로 데리고 가면 언제 다시 보고 싶은 손자를 볼 수 있을지 기가 막힐 다름이다. 민기태는 사남매로, 형과 누나가 있고 여동생이 있다. 형님은 불행히도 자식이 없다. 형수님 쪽으로는 문제가 없지만 형님 쪽에 문제가 있다. 비뇨기과 전문의 소견으로, 정자 수가 가임 수준에 못 미친다고 한다. 그래도 어머니는 포기하지 않으시고, 신통하다는 이곳저곳의 한의사들을 찾아 애를 쓰셨지만 효과가 없었다. 한 번은 하야리야 미군 기지 인근에, 길고 하얀 수염을 기르신 80이 넘으신 한의사 한 분의 명성을 듣고, 어머니는 형님과 함께 갔다. 할아버지 한의사는 눈을 지그시 감으며 형님 손목의 맥을 한참 짚어 보더니,

"잘 오셨소, 내가 틀림없이 아들 낳게 해 줄 테니 걱정 마시오. 2년 전에도, 애를 10년 동안 못 가진 파란 눈의 하야리야 부대 미군 장교인데, 내가 진맥해서 지어 주는 한약을 먹고 남자아이를 하나도 모자라 쌍둥이를 낳았어. 내가 이런 사람이니, 아무 걱정 말고, 내가 지어 주는 한약, 매일 잊지 말고, 시간 맞춰 꼭 드셔야 해. 한약은 정성이 들어가야 효험이 생기니까, 하루하루 정성껏 달여서 잡수셔야 해."

떠나는 날짜가 임박해 오니,

"대를 이을 손자를 데리고 나가면 어떡하냐? 그래도 꼭 가야 하면 손자는 두고, 너희들끼리만 우선 먼저 가면 안 되겠냐."

라고까지 하시며, 신혼 여행을 비행기 값 비싼데, 뭣 하러 둘씩이나 가냐고 하는 것처럼, 억지를 부리신 어머니이셨다. 이런 어머니에게 그 충격적인 사고를 숨기기로 했는데, 하루하루 커가는 손자 보고 싶다고 한번 들어왔다가 가라고 하시니, 그러겠다고 말씀드리고 6개월이 가고 또 6개월이 지나가니, 왜 온다 하고 언제 온다는 말이 없느냐고 하신다.

"언제 오냐?"

"지금 바쁘니까, 곧 시간 만들어서 알려 드리겠습니다."

"그래, 그렇게 바쁘면 내가 거기로 가 보겠다. 우선 당장 사진이라도 찍어서 보내라."

민기태는 물러설 곳이 없음을 절감한다. 언제까지 숨길 수도 없는 문제이다.

어머니는 통곡을 하신다.

"야 이놈아, 거기는 왜 갔냐, 내가 가지 말라고 얼마나 말렸냐."

매일 전화를 걸어와서, 통곡을 하신다.

형님, 형수, 누나, 여동생, 매형, 매제 모든 식구들이 아무리 진정을 시키려고 해도, 밤이고 낮이고, 대를 이을 하나밖에 없는 손자를 잃으신 충격에서 벗어나지 못하시고, 식음을 전폐하시며 시름시름하시면서, 점점 기력이 약해지시고, 이런저런 잔병치레를 하시다가, 이듬해 운명을 달리하셨다고 한다. 그는 어머니에 대한 불효로 실의에 빠져 삶의 의욕마저 사그라든다. 그러나, 곧 그에게 이어지는 이 모든 비극에 좌절하는 대신, 반사적으로 그 슬픔은 더 솟아오르는 분노로 바뀌어간다. 지금 그에게 쏟아지는 이 비극과 불행, 이 재앙의 진원지를 사우디에서 미국으로 되돌아간 안써니 김으로 돌린다. 지금 당장 날아가서 모가지를 비틀어버리고 싶은 충동에, 주먹을 부르르 떨고, 그의 목숨은, 반드시 그가 끊어 버리겠다고 작심한다.

거대한 황허강의 물줄기도, 해발 5,000미터 거즈거야 산 위에서 발원한다. 한 마을을 쑥대밭으로 초토화시키는 대지진에도 진원지가 따로 있다. 그에게 이어지는 이 모든 불행의 진원지는 저 야비한 안써니 김이다. 한편으로, 안써니 김에게 아르헨티나에서 그에게 불어닥친 불행들의 책임을 지우는 일이 억지라고 볼 수도 있다. 안써니 김은 단지 함께 더 계속해서, 사우디에서 연장 근무하자는 그의 간곡한 요청을 거부한 그에게 인사권을 야비하게 휘두르고, 괘씸죄를 묻고 즐겼을 뿐이기 때문이다.

역시 그날 아내가 15년 전에 먼저 이민 와 있던 여중 동창을 만나러 가지 않았다면 피할 수 있었던 참화였다. 그러나 그 동기에는 아무런 흉계나 의도적인 악의가 없었고, 온전히 순수하고 통상적인 교류와 일상이었다. 모든 것이 어색한 새로운 환경에서 조금씩 하나하나 알아가고 적응해 나가려 할 때, 이역만리까지 먼저 와서 정착한, 동창의 말 한마디 한마디는 큰 도움이고 힘이 된다.

그러나 그가 아르헨티나로 와야 했던 사연은, '미사의 종'을 애창곡으로 부르는 표리부동한 사람의 사악한 저주에서 출발했던 것은 부인할 수 없는 사실이다. 연못으로 던져진 돌멩이 하나하나가 아이들 기분 전환용 놀이에 지나지 않을 수는 있어도, 연못 속의 개구리에게는 생명을 담보하는 수류탄이 될 수도 있다. 그는 저 노인을 용서할 수 없고, 그에게 쏟아진 이 모든 불행의 책임을 직접 묻기로 작심했다.

"민, 이제야 알겠어. 왜 세뇨라 민이 핸디캡인지. 나라도 그런 화를 입으면 가만히 못 있겠어. 나의 어머니도, 뺑소니 교통사고로 내가 10살 때 돌아가셨어. 지금도, 그놈을 잡을 수가 있으면 내 손으로 찢어 죽이고 싶어. 그래도 내 가슴에 맺힌 한을 풀 수 없을 것 같아. 이제 와서 보니까, 내가 왜 세뇨라 민을 대할 때마다 가슴이 그렇게도 말할 수 없이 아팠었는지를 알 것 같아. 세뇨르 민과 함께 하겠어!"

알렉스의 눈에 비장함이 배어있다.

알렉스는 그가 10살 때, 뺑소니 교통사고로 돌아가신 어머니 얼굴이 불현듯이 스쳐지나 가면서, 한 사악한 개인의 악의가 연루된 세뇨라 민의 휠체어가 교차되며 분노하면서, 자신의 어머니를 친 뺑소니 운전자를 향한 한맺힌 적개심이 안써니 김 한테로 전이된다.

민기태는 스스로 언젠가 행동에 나서겠다고, 30여 년 동안 하루도 쉬지 않고 다짐했던 일을 정당화시킨다. 죄를 지으면 법에 의해 처벌을 받는다. 피해를 당하면 보상을 청구한다. 그러나 그의 불행은 사회적 시스템이나, 메커니즘에서는 아무것도 기대할 것이 없다.

36

투명인간(透明人間)

커다란 창고 안에 들어와 있는 차에서, 자신을 발견한 노인은 여기
가 어디이고 왜 자신이 여기에 잡혀 와서 있는지 알 수가 없다. 새벽
산책길에 함께 나온 강아지는 어디로 갔나? 불현듯 마누라와 아들
딸, 손자, 손녀들 얼굴이 떠 오른다. 검은 마스크를 아직도 쓰고 있는
알렉스가 다가가서 노인을 차밖으로 끄집어 내어, 길다란 소파 한쪽
팔걸이 옆자리에 기대어 앉힌다. 노인은 멀리서 왔다 갔다 하는 민기
태를 보고, 두 놈 다 한국 놈으로 생각한다. 그도 계속해서 검은 마스
크를 쓰고 있다.

노인은 점점 더 무서워지기도 하고, 점점 더 슬퍼지기도 한다. 저
놈들이 무엇 때문에 나를 납치해 왔나? 가족들에게 돈을 요구하려고

한 것이라면 살아 돌아갈 기회가 있겠지만, 그런 것은 아닐 것이다. 돈이라면 많고 많은 사람들이 많은데, 크게 부자도 아니고 그저 평범한 중산층의 '상' 정도 수준으로 살고 있는 자신이 대상이 될 수는 없다. 그러면 무슨 원한이 있는 놈들인가? 아니다. 목숨을 담보로 할 만큼 원한을 산 일이 결코 없다. 그래서 더 괴롭고 무서워진다. 만약, 노인이 미국으로 돌아온 지 삼 사십 년이 훌쩍 지난 지금이 아니고, 돌아온 후 1년이나 2년 후에 이런 일이 일어났으면, 실종 신고를 접수한 수사당국에서, 한국 경찰에 근래의 노인의 행적을 조회할 수 있다. 그래도 민기태는 용의 선상에 나타날 수가 없다. 그리고 다른 그 누구도 한국에서는 용의 선상에 나타나는 사람은 한 사람도 없다. 노인이 1여 년 짧은 기간, 한국 회사에서 일하는 동안에, 노인과 원한 관계가 있었던 한국 사람은 아무도 없었기 때문이다.

민기태와 노인 사이에는 분명히 원한 관계가 형성되어 있다. 그러나 그것은 민기태 혼자만 노인에게 갖고 있는 일방적인 원한이지, 노인은 그가 자신에게 원한을 갖고 있다는 것은 추호도 알지 못한다. 노인은 그가 자신에게, 원한을 가질 것이라는 것을 모르기 때문에 노인이 다른 사람한테 그가 자신에게 원한을 가질 수 있다는 흔적을 남긴 일이 전혀 없다. 민기태의 원한은 노인과 그 사이에만 국한되어 있었고, 그 누구와도 연결되는 고리가 없었기 때문에 누구도 그가 노인에게 원한을 갖고 있을 것이라고 생각하는 사람이 단 한 사람도 없다. 어떤 의미에서는, 첩보나 범죄 혹은 테러 조직에서 볼 수 있는 점 조직에서처럼, 노인이나, 민기태 개인에서만 국한된 관계가 두 사람 사이에서 마저도 단절된 미묘한 감정들이, 그 어떤 연계 관계로 전파된

곳이 나타나지 않는 현상으로 볼 수 있다. 그는 저 노인에 대한 원한을 그 어떤 누구에게도 스스로 밖으로 내 보인 적이 없다. 아르헨티나로 떠나는 날까지, 매일 함께하고, 수시로 만나고, 두 부부가 함께 왕래하고, 업무 시간임에도 떠나는 날 공항까지 이상오 부부가 나와서, 배웅하고, 떠난 후에도 남미에서도 미국에서도 하루가 멀다 하며 소통하고, 막내 딸의 컬럼비아 대학 졸업식에 참석하고 귀국길에 캘리포니아에서 두 부부와 함께 4박 5일을 지내고 떠난, 휠체어에 앉은 와이프를 껴안고 그토록 서럽게 울던 이상오 부부한테도 안써니 김에 관한 말은 단 한마디도 하지 않았다.

남미로 떠나는 준비 차, 몇 가지 물품을 구입하러 들렀던 남대문 시장 입구에서, 4년 전 일했던 대연전자의 거래선 일행들을 마주친다. 하루도 빠지지 않고, 매일 서로가 오고 가고 해야 하는 업무 관계 때문에 자사 타 부서의 동료직원들 보다도 더 가깝게 지내고, 식구와 같은 거래선이다.

"아이쿠, 이게 웬일입니까? 얼마나 오래만인가요? 중동에서 활발히 일 하신다는 말을 듣고 있었습니다. 안 바쁘시면 우선 지금, 차라도 한잔 하시지요?"

"제가 한번 들리겠습니다. 지금 약속이 있습니다."

그는 그들의 표정에서 그의 소식을 이미 듣고 안쓰러워하고 있다는 것을 느낀다. 비록 가슴이 찢어지는 통증을 느끼며 저 노인에 대한 적개심이 불타올랐지만, 그 누구에게도 아무리 허물없이 지내는 막역한 친구들에게도 심지어는 아내 한테까지도, 형제간에도, 그 분노를 단 한 톨도 표출한 적이 없다. 만에 하나, 단 한 사람한테라도 그랬다면, 말이란 쇼킹할수록 부부간이나, 막역한 친구, 친인척들에게 소리 없이 전해지고, 기하급수적으로 퍼지기 때문에, 발 없는 말이 천 리를 간다고 한다. 그러나, 이 문제에 관한 한, 그가 과묵해서가 아니라, 또는 무슨 계획을 은밀하게 실천하기 위한 보안 때문이 아니라, 누구라도 이런 억울한 일을 당했어도, 꿀 먹고 말 못 하는 벙어리일 수밖에 없어지기 때문이기도 하다. 억울하고 또 억울해도, 가슴이 미치도록 답답하고 답답해도, 단 한마디 사실만이라도, 어떻게 입 밖으로 낼 수가 없다. 누명을 쓰고 있으면서도, 스스로 인정하는, 인정할 수밖에는, 대안도 선택마저도 없이, 침묵하는 것 외에는 할 수 있는 것이 아무것이 없는 것이다. 그렇지 않으면, 십중팔구 더 큰, 주체할 수 없는 망신이 뒤에서 기다리고 있기 때문이다.

한 가지 문제는 이창호 이사에 대한 폭행이다. 그러나 민기태와 이창호 이사 사이에 노인이 끼어들 틈은 한치도 없다. 노인의 사주로 그를 사지에 몰아넣은 이창호 이사를, 비록 화장실 바닥에 쓰러뜨려서, 얼굴을 소변 방울 묻은 구둣발로 비볐지만, 그것은 민기태와 이창호 사이에 개인적 문제로 끝나는 것이다. 이창호 이사는 노인과 민기태 사이에 있었던 트러블에 대해서 아무것도 들은 것도, 아는 것도 없다. 좀 의아스럽기는 했지만 당시 노인의 요청대로 처리했고, 그것이 노인의 음모에 의한 사주였는지에 대해서 알 리가 없다. 노인이 회사 내규를 무시하고 민기태를 노인 곁에 붙잡아 두려고 한데 대해서 민기태가 저항한 내용을 이창호 이사는 전혀 알 수 없기 때문이다. 민기태는 노인의 야욕을 거절한 것을 누구에게도 발설하지 않았기도 하지만, 노인 스스로도 민기태가 노인의 요구를 거부했기 때문이라고, 노인 스스로를 추잡하게 보일 수 있는, 자기 얼굴에 침 뱉는 어리석은 짓인, 사실 그대로를 말하지를 않았고, 사실을 왜곡해서 그가 현장 소장들과 매일 싸우므로 인화에 결정적인 문제가 있다는 흉계를 꾸며서 민기태가 자신의 요구를 거부한 데 대한 보복으로서 민기태를 초토화시킨 것이기 때문이기도 하다. 따라서, 민기태는 모든 것을 알고 있지만, 이창호 이사는 노인이 그를 망가뜨린 것을, 그는 모르고 있다고 생각했다.

강호용 사장이 이창호 이사를 불러서 민기태에 대해서 무슨 문제가 있느냐고 물었을 때, 이창호 이사는 아무런 문제가 없었다고 말했었고, 이창호 이사는 그를 불러서, 눈 가리고 고양이 소리를 내어도, 그는 안써니 김 본부장과의 사이에 있었던 관계에 대해, 단 한 마디도 이창호 이사한테 알려주지 않았다. 억울하다고 할 수도 있는 말을 단 한마디도 하지 않았다. 따라서 민기태로 부터 폭행을 당한 이창호 이사가, 그와 노인 사이에 실제로 존재했던, 그의 노인에게 갖고 있는 일방적인 원한을 알 수 없고, 이창호 이사를 폭행했던 그는, 지금 캘리포니아에서 수사 중인 노인의 실종 사건과 연결되는 고리가 없다. 따라서, 그의 이창호 이사 폭행은, 미국에서 안써니 김 실종 사건과는 어떠한 연관이 있을 수 없다.

안써니 김이 한국 회사에서, 1여 년 근무 후 미국으로 돌아온 지 1년 만에, 혹은 그보다 훨씬 짧은 일주일 만에, 실종되었다고 해도, 한국 경찰과 공조에 들어간 미국 수사 기관에서는 민기태가 용의자의 한 사람으로 나타날수가 없는 이유이다.

그리고, 이미 40년이 다 되어가는 이야기이다. 흘러간 옛 노래이고, 바람과 함께 사라진 이야기이다. 얼마나 처절한 고통 속에서 참고 또 참아 왔을까? 그러나 한편으로는, 노인의 만수무강을 기원한 것은 민기태의 또 다른 염원이었다.

형사 '콜롬보'나 수사반장 '최불암'도 그를 캘리포니아에서 일어난 안써니 김의 실종 사건의 용의자로 올려 놓을 수 없다. 뿐만 아니라, 모르기는 해도 그때 그 주변에서 오가고 하던, 그때 그 사람들을 포함한 많은 사람들은 이미 과다 흡연으로 인한 폐 질환과 술잔 돌리기에 의한 'B형 간염', 혹은 '뜻을 알겠습니다'로 자신을 비하하며 상대방의 비위를 맞추며 험한 세상 살아남으려고 발버둥치면서 쌓인 이런저런 스트레스 질병으로 인해서, 이미 이 세상 사람들이 아니기도 하다. 어쨌든 그가 지나간 길고 긴 시간 동안 가장 우려했던 일은, 이 노인이 병사하거나, 혹은 자연사하지는 말아야 한다는 것이었다. 무덤에 침 뱉는 것만으로는, 피워보지도 못하고 하늘나라로 먼저 떠나보낸 하나뿐인 피붙이, 어린 아들의 천진난만하게 웃던 모습, 하루에도 몇 번씩 가슴속에서 아른거리는 그리움과 아픔, 지금도 휠체어에 앉아있는, 자신의 치명적인 부상에서도, 아들의 싸늘한 시신을 안고 몸부림쳤던 와이프, 왜 남미인지 어디로 갔냐고, 울부짖으시며 가슴앓이하시다가 운명을 달리하신 어머니, 그 어머니에 대한 불효, 그리고 자신의 명예와 한 번뿐인 한 평생과 우주가 산산조각난 한을 풀 수 없기 때문이다.

지금, 그의 창고 한쪽 구석에 웅크린 채 앉아 있는 노인 스스로도, 지금 자신의 운명이 달린 이 순간을 오래 전의 그와 연관을 짓는 거는 꿈에도 상상을 못 할 일이다. 미국 직장을 정리한 후, 1여 년 정도 한국회사에서 일한 짧은 기간, 특별히 기억나는 일이 없다. 실제로, 노인에게 민기태에 대한 기억은 있을 수 없다. 만약 가정을 해서, 지금 누군가 노인한테 와서 그에 대해서 물어본다면, 첫째, 민기태가 누구인지 알 수도 없고, 기억에도 남아 있지 않지만, 만약에 누군가가, 노인에게 오래 전의 민기태를 다시 기억나게 하기 위하여 한참 열심히 설명을 해 주거나, 범죄 수사 기법의 하나로서, 증인에게 최면을 걸어서 겨우 어렴풋이 안개처럼 또 오른다고 해도, 그저 갑질 한 번 한 것뿐이고, 가볍게 분풀이하고 즐겼을 뿐이니, 그것이 십 년이 몇 번씩이나 지난 후 태평양을 건너 캘리포니아에서, 지금 자신이 납치된 절체절명의 위기 상황과 연관되어 있다는 것은 꿈에도 상상할 수 없는 일이기 때문이다. 노인에게는 너무나 대수롭지 않은 일이었기 때문에, 노인의 머릿속에서 오래전 잊혀진 민기태의 이름 석자마저도 완전히 지워져 있었고, 한순간도 그 또는 그에 대한 생각이 단 한 번이라도 스쳐지나간 일조차 없었다. 당시, 미국으로 돌아온 노인은 은퇴하였고, 일요일이면 성당에 나가서 미사를 드리고, 매주 화요일 그리고 금요일, 일주일에 이틀은, 회원권을 갖고 있는 임페리얼과 비치 블르바드가 만나는 라 하브라 산 언덕 위에서 라미라다와 부에나파크 시가지를 내려다보며, 광활하게 펼쳐져 있는 Westridge 골프 코스에서 골프를 치고, 나머지는 때때로 마누라와 함께 여행을 가거나, 손자손녀들과 함께 소일하며 지냈으므로 누구와 다투거나 원한을 살 일이 있을 수 없다.

'오리무중'일 뿐이다.

왜, 무슨 일로, 여기에 잡혀왔는지 알 수가 없다. 그래서 더욱 고통

266

스럽다. 혹시, 저놈들이 사람을 잘못 잡아 온 것이 아닐까 하는 생각마저 든다. 정말 그랬으면 좋겠다. 그러나 순식간에, 잘못 잡혀왔다고 해도 겁이 솟아난다. 법의 사각지대에서, 누명을 뒤집어 쓰고 형장의 이슬로 사라진 후, 수십 년 만에 우연히 진범이 나타나기도 하고, 오인 살해되는 착각에 의한 억울한 죽음들도, 신문 기사나 TV 뉴스에서 가끔 접하기 때문이다. 그런데, 언제부터인지 모르지만, 계속해서 같은 노랫소리가, 창고 앞쪽 사무실로부터 나지막하게 들려온다. 처음에는 저 노랫소리도, 무슨 소리도 귀에 들어 오지 않았다. 반복해서 들려오는 노랫소리는, 집중해서 들어보니, 노인이 아는 노래이다. 아는 노래가 아니라, 좋아해서 즐겨 부르던 노래,

바로 그 나의 '애창곡'이 아닌가?

우연이라고 해도, 왜 하필이면 저 노래 한 가지만 계속해서 크지도, 작지도 않게, 겨우 귀를 기울여야만, 무슨 노래인지 알아들을 수 있을 만큼, 작은 소리로 반복해서 들려오는 것인가?

미칠 지경이고, 소름이 끼친다.

분명, 내가 알 수 없는 수수께끼가 있다.

생과 사의 갈림길에서 싸늘한 공포감 사로잡혀 떨고 있는, 노인의 머릿속 독백이다. 그리고는 저놈들이 사람을 잘못 잡아왔으면 했던 얼마 전 가느다란 기대마저도 허물어져가고, 주체할 수 없는 처절한 공포감은 한층 더, 가까이 가까이 무섭게 엄습해 온다.

그는 노인에게 다가가서 소파에 기댄 채 앉아있는 노인을 내려다본다. 검은 마스크는 그대로 한 채다.

감회가 새롭다.

　　노인을 처음 만난, 만났다라기보다 일방적으로 노인을 처음 보았던 사우디 아라비아 최대 상업도시 젯다 한국의 재벌그룹 계열사 대연건설의 사우디 사업본부 휴게실에서, 오수를 즐기다가, 본부건물 시찰 차, 총무부장 안내를 받으며 휴게실로 들어온, 새로 부임해온 본부장의 시선은, 바닥에만 꽂혀 있었다. 그의 안경 너머 두 눈동자는, 불시에 잠결에서 깬 민기태와 그의 동료들, 그 누구의 시선과도 부딪치지 않았다. 다만 휴게실 속 모두의 시선들만 서로 다른 방향으로부터, 따로따로, 안경 렌즈 안쪽에서 휴게실 타일 바닥을 주시하고 있는, 그의 두 눈동자를 향해 달려 가고 있었다. 신임 본부장은, 가늘고 가벼운 하늘색 줄무늬가 그려진, 반팔 와이셔츠와 앞주름선이 선명한, 천이 얇은 여름용 회색 바지를 입고, 차가운 금테 안경을 끼고 있었고, 그의 안경 두 렌즈에는, 연한 붉은빛 색상이 코팅되어 들어 있었고, 왼손목에는 크고 둥근 페이스의 롤렉스 금빛 시계가 감겨 있었다. 그리고, 그의 회색 바지 속으로 들어간 와이셔츠 끝자락이 물린 부분은, 짙은 감색 가죽벨트가, 그의 허리를 둥글게 돌아서 감고 있었다. 그리고 벨트의 잠금은 놋쇠 색으로 된, 단순 고리 형태였다.

　　휴게실의 하얀 타일 바닥에는, 일정한 크기의 연한 하늘색 블루 칼라, 다이아몬드 사각형 디자인이, 마름모꼴로 그려져 벽 쪽으로 줄을 서서 달려가고 있었다. 그의 시선은 바로 그 바닥만 내려다보고 있다가 한종인 총무부장의 안내로 다른 본부 시설들을 초도순시 차 함께 나갔다. 점심 식사 후, 한 시간 오수를 위해 잠들자마자 깨어나서, 우두커니 서 있는 민기태와 사오 명의 직원들만, 그로부터 무시당한 채 그의 머리 끝부터 발 끝까지를 찬찬히 보고 있었고, 그는 아무도 쳐다

보지 않았다. 의도적으로 눈길을 마주치지 않고, 보지 않으려고 하고 있었다. 그리고, 매일 점심 후, 습관적인 오수에 몰입 하자마자 깨어져 버린 단잠들은, 조금 전 위압적으로 들어왔다 나간 처음 본 인물로 인해 계속 이어질 수가 없었다. 그리곤, 일상적 생체 리듬이 깨진 휴게실에 있었던 직원들의, 오후 업무 집중력이 좀 떨어졌었다.

민기태는 아르헨티나에서 캘리포니아로 이주해 온 이후, 1년에 두세 번은 이 노인을 직접 보아왔다. 그러나, 단 하루도 노인을 잊어 본 적이 없었다. 아르헨티나에 도착 후부터, 가끔씩 안부를 묻고 하던, 인사과에 근무하는 고등학교 후배 김명복으로부터 노인에 대한 정보를 김명복이 눈치채지 않게 이 사람 저 사람 섞어서 동향을 수소문해서 받아 두었다. 출신학교 홈페이지에 접속해서, 같은 학교 출신인 친구의 동문 고유 아이디와 비밀번호로 로그인해서 들어가면 노인에 대한 최근 정보를 확인할 수도 있었지만, 그럴 필요까지 없었다. 연말 동문 모임 일간지 미주판 하단 광고에 공고되는 시간과 장소에 가면, 일정 거리를 유지한 채 노인을 볼 수 있었기 때문이다. 골프장에서도 보았고, 자택 인근 마켓에서도 보았고, 노인이 주말마다 나가서 미사 드리는 성당의 주차장에서도 보았다. 그리고는, 좀 더 새롭고 강렬한 회한과 느낌을 갖고 싶은 마음으로, 한 달에 한 번 정도로, 주님께 고통스러운 죄책감을 무릅쓰고, 노인과 노인의 부인이 함께 미사드리는 바로 뒷자리에 앉아서, 신부님의 강론에 몰입해 있는 노인의 뒷머리를 바로 35cm 가까이에서 바라보며 노인이 노래하던 '미사의 종'을 회상했다. 500여 명의 신도들이 참석하는 성당에서 출입할 때에는 눈이 마주치지는 않았어도 옷깃이 스쳐지나가거나 얼굴이 마주친 적이 몇 번 있어도, 노인은 민기태를 인지할 수 없었다. 민기태만이 노인의 눈을 쳐다보았을 뿐이다. 그러면서 야릇한 쾌감을 느끼곤 했다. 그는 노인에게 있어서는, 무서운 원한에 서린 채 일거수일투족을 놓치지 않고, 주시하는 투명인간(透明人間)이었다.

그에게 노인은 독 안에 든 쥐였고, 그는 포식자가 날카로운 발톱에 포획한 사냥감을 희롱하듯 야릇한 쾌감과 불타는 복수의 단맛을 시음하면서 즐기고 있었다. 왜 주님은 이런 사이비 성도를 용인하시는 것일까? 그는 주님에게 섭섭한 마음을 갖기도 했다. 노인이 소속된 구역장과 친분이 있는 한 성도의 전언에 의하면, 그의 가정은 4대째 가톨릭 가문이라고 했다. 그리고 모두가 진솔한 그리고 신앙심이 깊은 모범적인 하느님의 아들딸들이고, 형제자매의 자녀들 중에 신부와 수녀가 모두 네 명이나 배출되기도 했다고 한다.

노인의 차는 렉서스 SUV(Lexus RX 350)였다. 60,000달러 정도의 일본 고급 차이다. 지난 20년 동안 노인의 차는 네 번 바뀌었는데, 바뀔 때마다 일본 차였다. 그가 아르헨티나에서 미국으로 이주했을 때 노인의 차는 혼다 프리미엄 브랜드, 아큐라 였다. 5년 후 또 한번 아큐라 새 모델로 바꾸고, 그후 닛산의 고급 브랜드인 인피니트로 바뀌었다가, 3년 전부터는 도요타의 렉서스 SUV이다. 조국의 경제 발전보다, 편견에 의한 자신의 편리만을 생각하는 경우, 안써니 김이라면, 당연히 일본 차이다. 한국 자동차가 북미 최고 품질의 차로 몇 번 선정되기도 했고, 한국의 자동차는 어느덧 미국에서 움직이는 차 100대 중 10대가 되었는데, 그래도 흡족하지 않으면 제 2의 조국 미국 차가 좋을 텐데 안써니 김은 언제나 일본 차이다. 그러나 한국계 미국인인 안쎄니 김만은, 한국인, 미국인을 떠나서, 인간의 보편적 가치에 의한 정서로 따져 보았을 때, 이유 여하를 불문하고 무조건 한국차를 타는 것이 맞고, 꼭 타야만 한다. 왜냐하면, 말할 것도 없이 한국 자동차 제조 회사인 '대연자동차'는 그가 1년 반 동안 임원으로 일했던 사우디 아라비아 사업본부의 동일 대연그룹 계열사이기 때문이다.

민기태는 2009년 3월 월드 베이스볼 클래식 한일 결승전 때, Dodgers 구장 주차장을 가득 메운 수만 대의 일본 차를 보고, 스타디움 반을 메운 수만 명의 한인들 차가 궁금해졌다. 일본에 역전패 후 귀가 하는 한인들의 차는 십중팔구 일본 차였다. 도요타, 혼다, 닛산… 스타디움 반을 메운 수만 명의 한인들, 바로 그 다저스 스타디움을 빠져나가는 수만 대의 차량들 중에서, 100대가 지나가면, 한국 차는 가뭄에 콩나듯 겨우 한두 대 보일까 말까였다. 일본 차를 타고 지금 스타디움을 빠져나가는 저 많은 한국 사람 중에는, 지난번 독도는 한국 땅이라는 퍼레이드를 벌였을 때에도, 일본 차를 타고 참가했던 사람들도 꽤 많이 있었을 것이다. 수많은 인종, 민족이 어우러져 함께 사는 미국땅에서, 소심하게 모국의 자동차 브랜드 하나를 따지는 것이 촌스럽기도 하고, 이상하게 생각할 수도 있지만, 일본인들의 커뮤니티 마켓에 주차된 99% 일본 차와, 한인 교회와 마켓에 주차된 90%의 일본 차가 주는 메시지는 음미해 볼 필요가 있어 보인다. 민기태에게 이어진 끔찍한 불행의 기원은, 지금 그의 산타애나 창고 건물 속에 앉아서 공포에 사로잡혀 있는, 일본 차의 열렬한 애호가인 안쎄니 김이다.

한번은 동문회 회식장 화장실에서 나오다가, 들어오는 노인과 얼굴이 정면으로 마주친 적도 있었다. 40여 년 전, 본사 관리본부가 위치한 6층 화장실 출입구에서, 나고 들던 그가 이창호 이사와 마주칠 때와 꼭 같은 장면이었다. 노인과 그는 정통으로 마주쳤지만, 캘리포니아에만 해도 수십만 명이 몰려 사는 한국사람 중 한 사람인 줄만 알 뿐이지, 자신에게 한을 품고 그림자처럼 따라다니는 그를 인지 할 수는 없었다. 한인들이 살지 않는 도심 외곽 동네에서 마주치는 미국 사람들이, 키 크고 좀 뚱뚱하고, 코 크고, 머리색이 노랗고, 불그스름 하고, 눈이 푸른, 그 사람이 그 사람 같고 하는, 그렇고 그런 비슷한 경 우이다. 따라서 방금 민기태와 마주치고 지나간 노인한테는 민기태 가 아무 의미 없는 그저 노란색 피부와 둥그스름한 얼굴의, 하루에도 부지불식간에 마주치고 지나치는 수십 명의 한국 사람 중 하나일 뿐 이다.

'투명 인간'이다.

민기태는, 노인에게, '투명 인간'이었다.

노인의 머릿속에서 오래 전 사라져버린 그가, 팜트리들이 파아란 하늘 높이 쭉쭉 솟아 있는, 아름다운 캘리포니아에서 살고 있으리라 는 것은 꿈에서도 상상할 수 없는 일이기도 하다.

"나성에 가면 편지를 띄우세요."

로스앤젤레스!

천사의 도시, 나성!

지금 이 순간, 그는, 본부장 회의 참석차 사우디 아라비아에서 귀 국했던 노인과 아침 일찍 출근길에 본사 현관 앞에서 마지막으로 조 우한 후 40여 년 만에 처음으로 시선을 마주친다. 40여 년 만에, 그때 마주쳤던, 같은 두 눈길이 부딪친다. 그때 비시시 조소하며, 희열에 젖어 둥실둥실 춤추던, 그 두 개의 눈동자는 지금 공포에 쩔어 있다. 40여 년 만에 부딪친 노인의 눈동자는 많이 풀어지고, 삭고, 또 늙어 있다. 희멀건 회색 빛을 띠며 늙어 있다.

"새벽부터 먼 길을 행차하시느라고 수고했소."

"다-다앙신은 누구요? 왜 날 잡아왔소?"

"…"

얼어붙어서 떨리는 목소리의 노인 물음에, 그는 말없이 그저 내려만 볼 뿐이다. 40여 년 만에 같은 사람의 목소리를 다시 듣는 것은, 지금이 처음이다. 세월의 이끼는 목소리에도 묻어 있어, 쉰 소리와 동시에 음이 가늘게 찢어지고, 미세하게 깨어지는 듯 하기는 하지만, 그때의 음색과 인토네이션은 그대로라서 그는 놀라워한다. 그리고 자신도 모르고 있었던 놀라운 기억력에 스스로 한번 더 놀란다.

다시 사무실로 돌아온 그에게, 지나간 시간들이 파노라마처럼 다시 펼쳐진다. 40여 년간 한에 서린, 저 괴물로부터 시작된 굴곡진 지난 날들이, 한 장면 한 장면 뚜렷이 떠 오른다. 무슨 전생에 악연이 있었던가? 젯다 M 공사 완공 기념 축제에서, 그가 부르려고 했던 '미사의 종'을, 먼저 무대에 등장한 안써니 김이 먼저 선곡해서 불렀다. 그날 밤 그는 불에 데인 듯 소스라치게 놀랐고, 그의 '애창곡'을 부른 본부장과 끈끈한 유대감마저 생기면서, 본부장과 그의 몸속에는 틀림없이 뜨거운 같은 형질의 피가 흐르고 있을 것이라는 느낌마저 들었다.

그가 철이 들기 전부터 미사가 무엇인지도 모르며, 동네 아이들과 구슬치기하던 어린 시절부터, 이름도 모르는 어느 여자 가수가, 가슴 절절히 흘러나오는 애절한 목소리로 부르는 이 노래를, 어쩌다 어느 날, 라디오에서 처음 듣고부터 이 노래는 그의 가슴과 머릿속에 콘크리트 같은 집을 짓고 눌러앉았었다.

'울고 넘는 박달재'도 있고,

'외나무 다리'도 있고,

우리의 정서와 한을 아름답게 풍미하며, 많은 사람들의 가슴 깊이 자리잡고, 즐겨 부르는 주옥같은 애창곡들이 얼마나 많고도 많은데, 민기태가 전담해서 조달한 자재로 완공된 M 건설 공사 준공 기념 축제에서, 미국에서 30여 년이나 살다가 온 한국계 미국인, 안써니 김 본부장이,

아니! 전혀 뜻밖에도 그날 밤 그 무대에서 그가 부르려고 했던 바로 그, 그의 애창곡인,

'미사의 종'

을 부르다니!

지금 그는 또 새 담배에 불을 붙이고, 폐 속 깊숙이 빨아들인다. 그리고는 위스키 잔에 얼음을 넣은 후, 단번에 들이키고는, 또 잔을 채운다. 제대 후 담배를 끊었던 그는, 담배 피우는 사람들을 혐오하고, 담배 연기 자체를 싫어 했었다. 그러나, 깊은 마음에 상처를 입거나, 충격에 빠진 사람들이 마약을 접하듯이, 아르헨티나에 도착하자마자 있었던 불행한 사고는, 다시 그로 하여금 지독한 니코틴 중독자로 변모시켰다. 그는 독한 위스키를 마시지 않고는 수면을 취할 수도 없었다. 그리고는 점점 말수가 줄어들고, 웃음마저도 사라졌다. 태어나면서부터 이런 사람들도 있다. 천성이 과묵한 사람들이다. 그는 원래 이런 사람들을 좋아하지 않았었다. 무슨 사연인지는 모르지만, 사람을 만나

면서 말이 없거나 말을 잘 안 하면 기분 나빠서 만나기 싫었다. 말을 쓸데없이 너무 많이 하는 사람은 더 싫어하고 기피하지만, 그래도 상대방과의 만남에서 듣기만 하고 말을 너무 안 하면 함께 머물고 싶지 않았다. 그는 지금 이렇게 변모해 있었다. 웃음을 잃어버린 지도 오래되었고 표정도 없어졌다. 주변에서 일어나는 이런저런 크고 작은 사건이나 일에도 느낌이 마비되었다. 필터 바로 앞까지 타들어 간 꽁초를, 재떨이에 비비자마자, 또 새로운 담배에 불을 붙인다. 강하게 흡입하니 빠르게 타 들어가는 담배는, 재마저 긴 채로 떨어지지 않고, 허공중에 머물고 있다. 마치 기둥도 없이 공중에 떠 있는 공중부양 물체 같다. 저 노인과 함께, 40여 년 만에 같은 공간에서 머무는 이 순간, 평상시 흡연 회수와 강도가 사뭇 다르고, 독한 니코틴이 연기와 함께 폐부를 찌르고 관통해서, 뇌속으로 들어가서 소용돌이 치며 맴돌고 있다. 수많은 세월속에서, 한이 서린 저 노인을 납치해서 20미터 거리에 앉혀 두고, 교차하는 온갖 상념 때문이다.

이것은 정당방위인가?

애매하다. 타인의 공격으로부터 자신을 보호하기 위한 폭력은 용인된다. 폭력뿐만 아니라 살인까지도 용인된다. 그는 저 노인의 야비한 공격으로, 철저히 파괴되었고, 인격 살해되고, 그동안 쌓아온 세계로부터 고립되었지만, 누구도, 변호해 주거나 해명해 주거나, 보상해 줄 수도 없다. 억울해도, 어쩔 수 없다.

강도는 무엇인가?

타인의 재산이나 재화를 탈취해서, 이득을 취하는 것이다. 그 수단으로 폭력이 수반되어, 피해자를 다치게 하거나 목숨까지 앗아 가기도 한다. 따라서 그에게 있어서 저 노인은 강도이다. 회사 규정을 위반하면서까지 그의 출중한 직무 수행 능력을 탐하고, 탈취해서 자기의 영달을 도모하려 했다가 가족 문제와 함께 불시에 생겼던 의료 문제로 그가 동의하지 않고, 동의하지 않는 것이 아니라, 동의하지 못하니까, 한창 뻗어 나아가는 창창한 30대 초반의 젊은 그의 앞길을, 야비하고 무자비하게 짓밟아서, 파멸시켜 버렸다. 정당한 이유로 버림받으면 감내해야 한다. 그러나 흉계를 꾸미고 사실을 호도하고 왜곡하여, 자신의 입지를 악용해서 파멸시키면, 고통으로 신음하고 원한을 갖게 된다. 무서운 일은, 억울하고 처절한 한번만의 고통으로 끝나지 않고, 예측 불가능한, 불행한 일들이 악순환하면서, 꼬리에 꼬리를 물고 일어날 수도 있는, 변화무쌍한 불행한 일들의 연속이다. 이 세상 모든 사람들에게 적용되는, 공통적이며 불멸의 진리는, 현재의 모든 일들은, 좋은 일이든 나쁜 일이든, 과거의 일상과 연계되어 물려서 톱니처럼 돌아간다.

"어제 없는 오늘은 없다."

아무리 작은 어제의 일도, 오늘의 어디에서라도 꼭 붙어서 함께 관계를 이어간다. 단순히 이어만 가는 것이 아니다. 다음에 이어지는 일들, 일어나는 일들에 작든 크든 영향을 미치고, 심지어는 결정적인 단초를 제공하는 역할까지도 한다. 뗄래야 뗄 수 없는, 신이 아니고는, 사람의 힘으로는 어쩔 수 없는 연이다. 더럽고 야비한 폭력으로 상처받은 사람이 설상가상 더 불행한 사건으로, 더 크고 깊은 상처와 아픔을 겪게 되면 이 새로운 비극적 사건과는 실체적으로 인과관계가 성립되지 않는 이전의 가해자에게 한을 품는다. 그의 푸른 무지갯빛 미래는 핏빛으로 물들었고, 꿈 많은 한 젊은이는 저 흉악한 노인의 야욕 앞에서 비참하게 짓밟히고 쓰러졌다. 지나간 긴 세월 동안 하루도 잊지 않고, 원한에 차 있던 저 노인을 잡아다 놓은 그는, 여러 가지 떠오르는 상념에 빠진다.

주위의 조롱과 눈에 보이지 않는 멸시를 피해 쥐구멍이라도 찾아 달아나고자 지구 반대편 가 보지도 않은 미지의 나라로 한사코 만류하며 가슴 아파하시는 어머니를 뒤로 한 채, 어린 아들을 안은 아내를 데리고 도피할 때, 서울을 출발한 대한항공은 동경까지 이다. 남미로 가려면 하네다공항에서 일본항공으로 갈아타야 한다. 그가 가족들과 함께, 두어 시간 환승 라운지에서 대기하고 있을 때, 저 멀리 한 무더기 한국 사람들 속에서 동창 한 놈을 발견한다. 학교 졸업 후 한 번도 만난 적은 없지만, 연줄 연줄로 서로가 어느 직장에서 어떤 일을 하는지는 두루두루 귀동냥으로 해서 알음알음 듣고 있다. 이 동창은 거제도에서 근무하고 있어서 만날 기회가 더욱 더 없었다.

그는 재빨리 시선을 돌리고, 저 동창 놈이 보지 않기를 바라고 있는데, 이삼 분 후 누군가 가까이 다가오면서,

"야! 기태야, 이게 얼마만이냐?"

"그래, 명규이구나, 잘 있었냐?"

"어! 네 아내고, 아들 아니냐?"

"어디 주재원으로 나가는 길이냐?"

뜻밖에, 뜻밖의 장소에서, 뜻밖에 만난 김명규는 속이 뒤집히는 이야기를 한다. 여행 자유화 이전인 40여 년 전 에는 가족 동반 여행은 주재원이나 이민뿐이었다. 일이 꼬이면 쉬지 않고 꼬인다. 좀 편안하

게 가게 하지, 누구에게도 말하지 않고, 식구들과 함께 빚쟁이 야음을 틈타, 천리만길 미지의 땅으로 도주하듯 피신하는 그를, 여기까지 불청객이 따라와서 사람을 곤혹스럽게 만들었던 그때 생각이 나니까, 그는 잡아다 놓은 저 노인에게 뛰어가서, 아구통을 또 한 대 갈기고 싶은 충동을 느낀다. 명규가 하네다 공항에 나타난 것은, 지금 납치해서 창고에 앉혀 놓은 안써니 김이 시킨 것이 아니다. 그렇지만, 당장 가까이 가서 아구통을 한방 갈기고 싶어 진다. 어제의 아무리 작은 일이라도, 오늘의 모든 일에 영향을 미친다. 그러나 어떤 어제의 일이라도, 사악한 한 인간의 더러운 장난의 소치라면 책임을 묻고 싶어 지게 된다. 그리고 참 이상한 일은, 야구장 관중석에 빽빽이 앉아 있는 것과도 같은 그를 그 동창 놈이 멀리서 어떻게 한눈에 알아 보고 달려왔을까이다. 분명히 그가 시선을 재빠르게 돌릴 때까지는, 저 친구의 눈은 동행한 일행과 바쁘게 주고받고 웃고 떠들고 있었지, 그가 섞여 앉아 있는 쪽의 여러 무리들의 환승객 사람들을 쳐다볼 겨를이 없었다. 아는 사람 사이에는, 눈에 보이지 않는 자력이 발생하는 것일까? 벌건 한낮의 야외도 아니고, 깊고 깊은 어슴푸레한 동굴 속과도 같은 공항 빌딩 속에서, 수많은 사람들이 몰려 있는 커다란 대합실들이 어두운 조명아래 앞뒤 좌우로 여기저기 널려 있는 수많은 라운지에서 매일 보는 사람을 찾으려고 해도, 한참을 두리번거리고 헤매도 찾지 못하는데, 만석의 관중석 아래 스탠드에서, 위로 올려다보는 사람의 시야에서 딱 한 사람 지인을 찾아 내려고 하면, 거의 불가능할 것으로 보일 텐데, 그 정도 많은 사람들은 아니더라도, 단숨에 시선을 돌리고 못 본 척하고, 고개를 아래로 숙이고 있는 그를, 어떻게 수십 명이 앉아

278

있는 사람들 속에서, 한 눈에, 가까이도 아니고 꽤 멀리 떨어진 위치에서, 더욱이 어둠침침한 조명 아래 은신중인 그를 알아보고 가까이 다가와서

"야! 기태야! 오랜만이다!"라고 할 수 있을까?

김명규는, 마카로니 웨스턴에 나오는, 오감이 신출귀몰하게 뛰어난 총잡이하고는 거리가 먼 딴 동네사람이니까, 더 의아스럽기도 하다. 아니면, 이것도 안써니 김의 끝 없는 저주의 산물인가?

악어의 눈물

빌딩의 그림자

황혼이 짙어 갈 적에

성스럽게 들려오는

성당의 종소리

걸어오는 발자욱마다

눈물 고인 내 청춘

죄 많은 과거사를

뉘우쳐 울 적에

오 산타 마리아의

종이 울린다

"크거나 작거나 사람이면, 누구나 잘못이 있습니다.

남에게 말 못 할 과오가 있습니다.

성당의 종소리 들릴 때 마다, 가슴에 손을 얹고,

과거사를 뉘우쳐 봅시다."

'미사의 종' 노랫말을 직접 작사, 작곡한 35살 젊은 기타리스트 원곡 가수 나애심의 오빠인 전봉수 선생이 쓴 1절과 2절 사이에 삽입된 긴 내레이션.

두 한국 놈 중에서, 나이가 많은 놈이 다가와서 노인과 두 눈을 한 번 마주치고, 한 마디 하고는 사무실 쪽으로 가버린 다음 다시 홀로된 노인은 더욱 혼란스러워진다. 그리고 무섭다. 너무나 무섭다. 그리고 소리 내어 흑흑 울고 싶다.

"하느님, 저를 보호해 주시옵소서!"

노인의 간절한 기도이다.

나지막하게 들려오던, 허스키한 목소리로 나애심이 1958년도에 불렀던 원곡 미사의 종 노래는, 뜻밖에 나이든 남자가 부르는 소리로 바뀌어서 되들아온다. 일반 사람들이 노래방에서 부르는 노래 같은 아마추어가 부르는 노랫소리인 것 같은데, 소리가 너무 작아서 부르는 사람의 목소리가 분간이 잘 되지 않는다. 그런데, 필경 저 노래가 지금의 자신과 무슨 연관이 있는 것일까? 우연이라면 그것도 이상한 일이다.

노인이 이런 생각에 잠겨 있을 때, 사무실에서는 민기태가 술잔을 비우면서, 계속 노인이 부르는 그 노래를 반복해서, 듣고 또 듣고 있다.

40여 년 전, 사우디 젯다 사업본부, M 현장 공사의 성공적인 준공 기념 축제 무대에 서서, 50대 중반의 지금 저 안써니 김, 당시 사우디 본부장이 부르던 노래, '미사의 종'을 회상하며, 창고에 지금 앉아있는, 90대의 바로 저 안써니 김이, 10년 전에 부르고 있던 같은 노래를 비교해 가면서, 듣고 또 듣고 있다. 놀라운 것은, 노래하는 템포나 전체 스타일이 똑같다.

필요 이상으로 올라가던 고음 부분,

'죄 많은 과거사를

뉘 우 처 우-울-저어억 – 에'에서

'울적에'를

원곡 가수 나애심보다 더 고음으로 올라가는 것은 40여 년 전이나 지금이나 똑같다. 원곡 가수보다 더 깊은 감정을 표현하려는 안써니 김의 의지이고 그것은 그때나 지금이나 똑같이 느낄 수 있는 부분이다. 그것은 본인과 연관이 없어도, 그저 곡이나 가사가 마음에 들어서 애창곡으로 부르는 경우와 달리, 자기 자신의 노래에 완전히 몰입되어 부르는 것으로 들린다. 그의 과거 행적에서, 어쩔 수 없이 저질렀던 그의 죄를 참회하고, 자신을 질책하며 살아오면서, 그만의 애창곡으로 굳어진 '미사의 종'을 부를 때마다 이 소절에서는 북받치는 감정을 억제하지 못하고 작곡가의 오리지널 음표를 편곡한 것이다. 박자, 성대의 떨림, 고음 때 오르는 소리 모두가, 옛날 그때 노인이 부르던 바로 그 노래이다.

민기태가, 그때 노인이 부르던 이 노래를 소상히 기억하고 있는 이유는, 아마도 그냥 다른 노래, 예를 들면 '하숙생'이라거나, 또 많은 사람들의 애창곡이었던 '덕수궁 돌담길'이었다면, 전혀 기억에 없을 수도 있다. 그냥 당시 흔히 듣던 대중들의 애창곡 이었으니까. 그러나 '미사의 종'은 '하숙생'이나 '덕수궁 돌담길'보다 훨씬 더 오래된 노래이므로, 이 노래를 들을 기회가 다른 일반 노래에 비해서 드물고, 유성기로 둥근 레코드판 위에 바늘을 내려놓아 음악을 재생해서 듣던 그런 노래였다.

거기에다가, 어린 민기태는 어머니가 바느질하실 때나 부엌에서 밥 지으실 때 켜 놓은 라디오에서 흘러나오는 이 노래의 뜻도 모르고, 그냥 멜로디가 어린 그의 마음에 어떻게 와닿았는지는 모르지만, 이 노래가 다시 라디오에서 흘러나오면, 반가운 친구를 만난 듯이, 라디오 곁으로 가까이 가서 귀를 쫑긋 세우고 온 감정을 몰입해서 듣곤 하던 바로 그 노래였다.

그럴 때마다, 어머니는

"기태는 이 노래가 좋으니?"

"네. 좋아요."

"왜 이 노래가 좋으니, 기태는?"

"몰라요, 그냥 그렇게 좋아요."

"엄마도 좋아, 이 노래가."

그러다가 어느 날, 그가 동네 애들하고 밖에서 재미있게 구슬치기 하고 있는데, 밥 지으시다가, 젖은 손을 닦으시며, 갑자기 밖으로 급하게 뛰어 나오신 어머니는,

"기태야, 빨리 와!"

"왜요? 나 지금 애들이랑 놀아야 해요."

"아냐! 빨리 와! 지금 그 노래 나와!"

그는 신나게 가지고 놀던 구슬을, 팽개치고 달려간다.

"기태야, 그 노래 끝나면 바로 와야 해!"

함께 놀던 죽마고우 황순철이 소리친다.

부리나케 뛰어 들어가서, 큼직한 라디오 곁에 서니 1절은 이미 끝났고, 이제 막 2절이 시작되기 직전의 반주 곡과 함께 작곡가 쓴 내레이션이 이어지고 있었다.

"성당에 종소리 들릴 때마다, 가슴에 손을 얹고, 과거사를 뉘우쳐 봅시다."

그는 여러 번 듣고 가사도 암기가 다 되었을 때에도 미사가 무엇인지도 모르고, 이 노래의 뜻도 모르면서도 '나애심'처럼 군데군데 감정을 넣고 혼자서 불러 보곤 했던 노래이다. 학교에서 집으로 걸어오는 길에는 전파상이 있었다. 라디오나 전축을 판매하면서 수리도 하는 가게였는데 가게 앞에 놓인 그의 체구 만큼이나 커다란 스피커에서는 고춘자, 장소팔 만담도 나오지만, 계속해서

"영감, 뒤뜰에 놀던 병아리 한 쌍을 보았소, 보았지 보았어, 이 몸이 늙어서 몸 보실 하려고 먹었지, 잘했군, 잘했군, 잘했어, 그러게 내 영감이라지, 잘했군, 잘했군, 잘했어."

어린이 가수 신동 하춘화 노래만 쉬지 않고 하루 종일 나오는 날도 있었다. 민기태는 또렷이 그날을 기억한다. 어쩌다 겨우 한번 라디오에서만 들어보던 미사의 종이 전파상 가게 앞에 놓인 커다란 스피

커에서 나올 때 매일 지나치는 전파상인데 세상에 이런 일도 있구나 하고 깜짝 놀라면서 가던 길을 멈추고 다른 어른들은 이 노래에 관심도 없이 오가고 하는데, 꼬마 민기태 혼자만이 우두커니 자신의 몸만큼이나 커다란 그 스피커 앞에 서서 이 노래를 듣고 있었다. 스피커의 앞면 가림막이 부들부들 떨리고 찢어질 듯이 좁고 좁은 촘촘한 구멍 구멍들을 뚫고 쩡쩡 울리면서 비집고 나오는 그렇게 큰 소리로 이 노래를 들어 본 적이 없었다. 라디오에서만 듣던 노래와는 완전히 다른 느낌이었다.

나이가 들면서 이 노래의 뜻도 조금씩 알아가게 되니까, 이 노래를 들을 때는 더욱더 이 노래가 그의 가슴에 와 닿는 것이다. 왜 그랬는지는 설명을 할 수 없다.

어린 민기태가 그 나이 이전에 사기를 쳤거나, 모함하거나 폭행을 한 일도 없고, 도둑질을 한 일도 없다. 예쁘고 좋아하는 여자애가 함께 놀아주지 않는다고, 나쁜 기집애라고 하면서, 쟤하고는 함께 놀면 안 된다고 선생님한테 거짓으로 고자질한 일도 없다. 그래서 지나온 과거사를 뉘우치고 흐느껴 울 일도 없다. 그냥, 그 노래와 가사가 너무 좋았다.

바로, 그 노래를, 그 자신이 외자를 담당했던 사우디 아라비아 젯다 M 현장 준공 기념 축제에서, 오늘 새벽 모셔다 놓은 바로 저 안써니 김이 선곡해서 부르기 시작할 때, 그는 머리에 벼락이 떨어지는 것 같은 충격을 받았다.

그로부터 40여 년이 흐른 지금, 알궂은 운명은 하늘 높이 쭉쭉 솟아오른 팜트리들이, 거리 곳곳마다 여기저기 서서 한없이 멋을 부리고 있는 아름다운 캘리포니아에서, 저 노인이, 10여 년전에, 동창회 망년모임에서 부르던 그 노래를, 영상으로 다시 보면서 듣고 있다.

노래를 들으면서, 상념에 잠겨 있는 민기태는, 한 가지 의문이 갑자기 떠오른다.

한때, 중공에 유학한 아프리카 여러 국가들의 학생들은 귀국해서 반공주의자가 되었고, 프랑스에 유학하고 귀국하면 공산주의자가 되었다.

외세의 침략에 의해 파괴되지 않고, 자국 민중의 힘으로 일으킨 시민 혁명으로 파괴한, 절대 봉건 왕조로부터, 피 흘리며 싸워서, 자유와 민주주의를 쟁취한 위대한 프랑스! 청백홍 세로 삼색기의 국기가 펄럭이는 위대한 프랑스!!!!!!!!!

등소평은 프랑스에서 유학하였다.

주은례도 파리 대학에서 유학했다.

월맹의 호지맹도 파리 대학에서 공부했다.

이승만은,

워싱턴 D.C에 있는 미국 초대 대통령, 조지 워싱턴 대학 철학과를 졸업한 프린스턴 대학 박사 출신이다.

평양의 지도자 김정은 위원장과 북한노동당 김여정 부부장 남매는, 프랑스, 독일, 이태리계 서로 다른 국가의 인민들이, 서로 다른 네 가지 언어를 공용어로 사용하는 단일국가 스위스에서, 모든 인민들이 하나같이 평등하고 자유를 누리며 평화롭게 사는 지상의 낙원 알프스 설산 아래에서 유학하며 감수성이 예민한 유년 시절을 보냈지만, 시계를 거꾸로 돌려 놓아도 스탈린 시대보다 더 악랄한 공산주의로 인민의 자유를 억압한다.

프린스턴 대학에서 철학 박사 학위를 받고, 미국의 민주주의를 온 몸으로, 체득한 이승만은 조지 워싱턴과는 거꾸로 부정선거와 불법 개헌으로 정권을 유지하려다 몰락했다.

지금, 저 노인, 안써니 김을 잡아다 놓고 '미사의 종'을 듣고 있는 그에게는 이해할 수 없는 일이 아닐 수 없다.

왜, 거꾸로만 가는 것일까?

무엇 때문에 뒤집어 쪼우는 것인가?

저 노인, 안써니 김은, 미국에서 공부하고 미국 직장에서 30여 년을 일하고, 미국 사람들과 생활하며, 미국의 문화와 미국이 추구하는 가치 속에서 아메리칸으로 살아왔다. 은퇴한 후 뒤늦게 코리언으로 되돌아왔다.

오바마 2기 재선에서, 서로 경쟁한 롬니의 러닝메이트로 부통령 후보였고, 차기 유력 대선 후보이던, 대통령, 부통령 다음 권력 서열 3 위에 있는, 쉰도 안된 핸썸한 폴 라이언(Paul Ryan) 하원의장은, 가족들과 더 많은 시간을 갖겠다고 그동안 쌓아온 모든 명성과 기득권을 스스로 내려놓고 워싱턴 D.C를 떠나, 푸른 초원의 가족 품으로 돌아갔다.

많은 사람들이 되고 싶어하고 부러워하는 장관이나 백악관과 행정부 고위 관료들도 가족과 더 많은 시간을 갖고 싶어하고, 남들이 부러워 하는 자리를 걷어차고 귀향하는 것을, 저 노인, 한국계 미국인 안써니 김은 미국에 오래 살면서 수도 없이 많이 보았을 것이다.

신성한 국방 의무를 마치고, 그리운 가족 품으로 돌아가는 기쁨을 민기태도 경험했다. 제대 날짜가 임박해올수록, 하루는 어찌 그리도 길고, 빨리 가지 않았던가? 하루가 한 달 같았다. 국가 전시체제도 아니고 군대도 아닌, 일반 사기업의 중동 건설 현장에서, 회사가 합리적인 연구 조사와 협의를 통해 최상의 조건이라고 결론을 내려서 명문화한 회사의 규정에 의해서, 주어진 기간 2년 동안 사랑하는 가족과 헤어져서 성실히 직무를 다하고, 자타가 인정하는 가시적이고 괄목한 성과를 쌓고, 애타게 기다리는 가족 품으로 돌아가겠다는 그를, 자신의 입으로 가장 유능하고 회사의 이익 창출에 혁혁한 공을 세웠다고 만나는 사람마다 입에 침이 마르도록 칭찬한 그를 저 한국계 미국인 안써니 김은 계속해서 그의 발목을 잡고, 회사의 규정을 위반하면서까지 중동 연장 근무를 부당하게 강요했고, 그의 부당한 억지 요구에 응할 수 없었던 의료 문제와 가족 문제를 사실 무근한 현장 간부들과의 불협 화음이란 사악한 거짓으로 엮어 그를 초토화시켰다.

그런 본부장인 저 노인을 상대로, 그는 치팅(Cheating)을 할 수도 있었다. 저 노인의 부당한 요구대로 연장에 동의하고 인사 발표되자마자,

"미안합니다. 회사의 규정대로 가족에게 돌아가서 행복한 시간도 갖고, 또한 지금 위중한 귓병 치료를 받아야겠습니다. 또 함께 일할 수 있기를 바랍니다. 가까운 미래에."

하고, 빠져나가는 방법도 알았다.

그러나, 그건 그의 스타일이 아니다. 그는 조조가 아니다. 그는 잘못한 것도 없다. 언제 어디서라도, 떳떳하다.

"돌이 지난 아들이 기어서 가다가, 홀로 어렵게 어렵게 흔들흔들

하며 가까스로 일어서서, 한 발짝 걸어 보려다가, 또 넘어지고는, 아기도 스스로 마음대로 안 되니까 계면쩍은지, 이가 없는 잇몸을 드러내고 웃는 모습을 같이 함께 보아야 한다고, 2년 만기 날짜 되는 대로 빨리 들어오라고 합니다.”

“그까짓 시시한 가족 문제 같은 걸 갖고, 왈가왈부하며 시시비비하지 마!”

“…”

그는 말이 없었다. 그러나 기상천외한 안써니 김의 이 역정을 듣는 순간, 갑자기 지난 날,

“죄 많은 과거사를 뉘우쳐 울 적에

오 산타 마리아의 종이 울린다.”

‘미사의 종’을 열창하던 본부장의 모습이 대비되어서 떠올랐다.

“아무 소리 말고, 나하고 함께 더 일해.”

“가야 합니다.”

이번에는 노인도, 아니 본부장도 말이 없었다. 한동안, 두 사람 사이에는 무거운 침묵이 흐른다.

그러다가 잠시 후, 두 눈알을 까무작한 안써니 김은 갑자기,

“자네에 대해서 말하는 사람들이 있어!”

그는 본부장의 뜬금없는 이 황당한 말에 당황한다. 대화의 본질에서 벗어나는 말이다. 아무리 다급해도 너무 야비한 말이다. 정신병원에서 탈출한 사람이라면 할 수 있는 말이다.

“누구가 무슨 말을 했는지를 내가 알고 있습니다. 왜 그 사람이 나를 욕하는지, 나에게도 말할 기회를 주십시요.”

“듣기 싫어!”

그날 밤, 안써니 김 본부장은 본사 관리본부장인 최종하 전무에게 악의에 찬 소설 같은 편지를 쓴다. 한달 전 올려 보낸 사우디 사업본부의 진급자 명단에서 민기태를 빼내야 한다고.

“최근에 민기태의 언행에 대해 현장 소장들의 보고는 위험 수준이고, 도저히 조직의 인화에 부적격하므로, 더 이상 진급 절차가 진행되기 전에 긴급히 민기태를 진급자 명단에서 삭제해 주시기 바랍니다.”

통관 문제로 트러블이 있었던 W 현장 소장과의 문제와, 주말이면 내려와서 사적인 일로 그를 귀찮게 하던, 어디선가 갑자기 날아들어 온 철새 영업이사한테, 이번 주말만은, 렌트를 이용하시면 고맙겠다는 정중한 말 한마디를 꼬투리 잡는다.

그는 다시 안써니 김 앞으로 다가간다.

미리 준비해 둔, 소파 뒤에 있던 바퀴 달린 작은 탁자 위의 42인치 TV에 비디오를 연결해서 노인 앞으로 밀어놓는다. 노인은 화면에서 노래하는 자신을 보고 기겁을 한다. 그가 10여 년 전에 대형 중식당, 로스앤젤레스 한인 타운 양쯔강의 대연회장 금강홀에서, 부부동반, 노인의 동창회 모임 망년회에서, 노인이 열창하는 ‘미사의 종’을, 동영상으로 잡은 것이다. 원탁 테이블에 둘러앉은 150여 명의 열기 속에서, 반쯤 열린 옆문 출입구 두꺼운 다크브라운색 커튼을 조금 밀치고 옆에 서서 민기태는 안써니 김이 노래하는 영상을 바로 근접해서 잡은 것이다. 노인은 이렇게 철두철미하게 자신을 추적한 이놈들의 치밀함 앞에서 트라우마 상태에 빠진다.

그는 노인의 얼굴 30cm 가까이 다가가서 검은 마스크를 벗는다.

“내가 누구냐?”

“…!”

40여 년 전, 본사 현관 앞에서 마지막으로 조우해서, 축 처져서 흐느적거리느며 망가진 그와 두 눈이 마주 쳤을 때, 그의 두 안경 렌즈 뒤에서, 희열에 들떠서 비시시 웃으며 춤추던, 바로 그 두 개의 눈동자는, 지금 커다란 민기태의 회사 창고 속 사지에서, 공포에 질린 채로 물에 빠진 쥐처럼 허우적거리고 있다. 40여 년 전, 본사 건물 현관 앞에서 안써니 김을 만났을 때 물에 빠진 쥐처럼 허우적거렸던 사람은 민기태였다.

본부장회의에 참석하기 위해 전날 귀국해서 출근하던 안써니 김 본부장은 우연히 본사 현관 앞에서 맞닥뜨린, 자신이 통쾌하게 박살내어서, 산산조각이 난 민기태를 전혀 뜻밖에 마주치고, 자신의 야비한 총칼에 치명상을 입고 피를 흘리며 신음하는 그를 직접 확인하는 순간, 얼굴이 화사해지면서, 환희에 솟아오르는 체열에 의해, 얼굴 색깔마저, 그의 안경 렌즈에 살며시 코팅된 연한 붉은색상이, 얼굴에 번져 어우러지면서, 이른봄 하동 섬진강변 화개 10리길 만개하는 벚꽃처럼 붉게 물들어졌었다. 이런 그의 비참한 모습을, 뜻밖에 자신이 직접 그의 눈으로 확인하는 행운을 한없이 즐기는 순간, 그의 온몸에 전류가 통하는 것과도 같은 짜릿짜릿한 쾌감을 느꼈다.

이것은 숨 가쁘게 쫓기던 야생동물을, 먼 거리에서 조준 사격해서, 피를 흘리며 목숨이 끊어지기 직전에 쫓아와서, 헉헉거리며 고통에 신음하며 거친 숨을 몰아쉬는 몸뚱아리 위에 오른발을 올려놓고 포효하는 사냥꾼의 환호와 환희였다.

공포에 질린 눈으로 그를 뚫어지게 보고 있는 노인은, 30대 초반의 젊은이가 진갑을 바라보는 남자로 변한 민기태를 알아볼 수 없다.

탁자위의 42인치 TV 화면에서는 계속해서 자신이 열창하는 '미사의 종'이 자동으로 반복해서 리플레이되고 있다.

"지나온 과거사를 뉘우쳐 울적에

오 오 산타 마리아의 종이 울린다."

"저 노래는 당신의 애창곡이야."

"..."

"저 노래에는 사람이기에, 저질렀던 과거의 잘못을 뉘우치고, 사람답게 살아가야 하는 길과, 앞으로는 살아가면서, 두 번 다시 또 다른 과거와 같은 비인간적인 잘못은 저지르지 않겠다는 아름다운 의지와 함께, 거룩한 성모 마리아의 발 아래 엎드려 사죄하고 용서를 비는, 그리고, 볼 수도 들을 수도 없는 성모 마리아의 자비와 사랑이 스며들어 있어."

"..."

"당신이 저 노래를 부르는 것을 처음 본 것은 젯다에서였지. 벌써 40여 년이 흘렀어."

"..."

이제야 안써니 김은 어렴풋이 생각나기 시작한다. 30cm 앞에서 얼굴을 맞대고 있는 민기태의 나이를 한 해 두 해 거꾸로 밀어내어 가면서, 얼굴에 진 주름들을 하나씩 다림질하듯이 펴나가니 40여 년 전 지금 이 친구의 젊은 시절 얼굴이 오버랩된다.

노인의 주름진 눈꺼풀이 가볍게 떨리면서,

“아차! 맞아! 바로 그 친구야!”

노인은 경악을 금치 못하고 경련을 일으킨다.

“당신이 야비하게 부수어버린 나는 바로 낙오자가 되고, 패잔병이 되어서 남미로 도피하여 숨었어. 마치 가스실에 처넣어서 수많은 유대인을 고통속에서 질식사시키고 패전 후 아르헨티나로 피신한 아이히만처럼.”

“…”

“아르헨티나에 도착한 지 세 달 만에 교통사고로, 아들을 잃었어. 내가 당신에게, 그토록 보고 싶은, 이제 막 태어난 아들 곁으로 보내달라고 애원했던, 그 아들 말이야!”

“…”

노인은 민기태의 말을 들으며, 왜 자신에게 원한을 가졌는지 알아차리기 시작한다.

“아내는 지금도 식물 인간에 가까운 핸디캡이야. 휠체어로만으로 이동할 수 있어. 그리고 더 이상 아이를 가질 수도 없어졌어. 겨우 목숨만을 건졌지.”

“…”

“그뿐이 아니었어. 그 충격으로 나의 어머니까지 돌아가셨어.”

“…”

“수많은 유대인을 죽이고 아르헨티나로 피신한 아이히만은 원한에 찬, 그 희생자들의 후손 모사드에 잡혀서 이스라엘로 끌려갔지 않았나?”

“…”

"나는 아이히만처럼 가해자가 아닌 피해자로서 아르헨티나로 가서 숨었어. 당신이 꾸민 흉계로 모든 누명을 뒤집어 쓴 채, 꿀 먹고 말 못하는 벙어리처럼 변명 한마디 할 수도 없는, 무능하고 손가락질 받는, 억울한 죄인이 되었기 때문이었어."

"…"

"당신의 횡포로 피신한 아르헨티나에 도착한 지 3개월 만에, 나에게 불어닥친 이 불행은, 모사드가 아이히만을 처치하듯이, 내가 직접 내 손으로 당신을 처단하기로 만들었어."

"허으흑, 잘못했네. 용서해 주게. 으흐으흑…."

말 없이 듣기만 하던 본부장은, 처단하기로 했다는 그의 말에 용서라는 단어가 처음으로 튀어나온다.

"지금 저 비디오에서 부르는 당신의 노래는, 40여 년 전부터, 지나온 과거사를 뉘우치고 흐느껴 운다고 했어."

"으흐으옥, 용서해 주게. 내 나이 이미 아흔일세. 흐으옥, 이제 내가 살면 얼마나 더 살겠어?"

노인은 갑자기 살고 싶다. 미치도록 살고 싶다. 죽고 싶지 않다!

"25여 년전에, 뉴욕에 다니러 왔을 때, 캘리포니아로 와서 당신을 죽여버리려고, 총기까지 구매해서 구체적인 계획까지 세웠어. 25년을 더 살게 해주었으면, 더 이상 무엇을 원하나? 당신은 아흔 넘어 까지 장수하면서도 더 살고 싶다고 하는데, 당신이 죽인 내 아들은 겨우 3년 밖에 살지 못하고, 나와 아내는 가슴속에, 죽을 때까지 아물지 못할 쓰라린 상처로, 피를 토하듯 지금도 신음하고 있어."

"흐으으옥, 으옥, 자네가 너무 욕심이 나서, 화풀이를 한 거였어.

흐-으윽 으윽 허- 잘못했네. 용서해 주게.”

“당신의 화풀이로 죽은 내 아들의 영혼은 누가 위로하며, 그로 인한 충격으로 운명을 달리하신 나의 어머니와, 반신불수로 겨우 생명을 건져 한평생 불구로 살아온 내 아내는, 누가 무엇으로 보상을 하나?”

“흐흐으윽, 으으윽, 잘못했네. 그러나 내가 자네의 아들을 죽인 것은 아니지 않나? 하지만, 나의 분풀이가 그런 화를 몰고 올 줄은 몰랐네, 용서해 주게.”

“당신이 기분 전환용으로 던진 돌멩이가 연못 속의 개구리를 죽일 수 있지 않나? 이솝 이야기도 못 읽었었나?”

“흐흐흑- 잘못했네. 흐흑….”

“돌 지난 아들이 보고 싶다고, 당신한테 애원한 것이 얼마나 인간적인 것이었나? 그리고 귓속에서 피부가 썩어가며 고름이 나오니까, 빨리 치료받게 귀국시켜 달라고 당신한테 애원했지 않았나?”

“용서해 주게, 흐흐으윽 흐흑.”

노인은 울기 시작한다.

“몇 주만 늦었어도 귓속 바이러스가 뇌속으로 침투해서 뇌막염이 되고, 뇌수술을 받아야 하고, 나의 생명이 위험할 뻔했다는 진단이 나왔어. 그리고 왼쪽 고막은 이미 바이러스의 침입으로 삭아서, 다 떼어내고 인조 고막을 붙여 놓았어. 청각 테스트로는 겨우 3%만 기능하고 있어서, 내가 지금도 내 오른쪽 귀를 당신 입 쪽으로 향하고 있는 이유야. 왼쪽 귀는 들을 수 없는 불구이기 때문이야. 보청기도 무용지물이야. 제때 치료를 받지 못해서, 뿌리까지 망가졌기 때문이야.”

이제는, 어깨까지 들썩거리며 두 눈에서는 닭똥 같은 눈물이 비 오듯 흐른다.

"알렉스! Can you bring some paper towel for this guy?"

"Sure, wait minutes."

노인은 알렉스가 건네는 페이퍼 타올로 연신 흘러내리는 눈물을 닦는다. 페이퍼 타올을 갖다 주라는 민기태가 한국어가 아닌 영어로 말하니까, 순간 한국 사람처럼 보이는 알렉스가 혹시, 한국 놈이 아닌가 하는 생각이 잠시 스쳐갔지만, 그것은 지금 이 절박한 순간에, 노인한테는 관심 사항이 아니다.

미국에서 태어난 한국인 2세, 3세 중에서, 한국말을 못하거나 서툰 어른들도 많다. 백인 동네 50대 치과의사는 금속 의료 기구를 입속에 넣어 주고 "씹으세요."라고 하고, 어떤 어른은 전봇대를 전등이라고 하거나 "내가 말씀 하시겠어요."라고도 한다. 애써 예의를 갖추어야 할 연장자에게 말하는 경우, 영어에는 없는 우리나라 존댓말의 헷갈림이다.

그리고, 노인은 후회하기 시작한다. 3분이면 쓸 수 있었던, 본사 관리본부장 최종하 전무 앞으로 보낸 짧은 편지 한 장 쓰는 데 온 밤을 세웠다. 그날 밤, 안개처럼 떠 오르다가 사라지곤 하던 실체 없는 이상야릇하고 기분 나쁜 필링(feeling)이 왜 이제야 생생히 기억 나는가? 그때 찢었던 편지를 다시 쓰지 말았어야 했는데, 으흐흑흑…….

"그냥 보내 주자, 안돼, 저놈이 나를 두고, 내가 그렇게 함께 더 일하자고 하는데도, 그냥 간다고?"

잠자리에 누웠던 안써니 김은 다시 벌떡 일어나, 좀 전에 쓰다가 찢어 버린 편지를 다시 쓴다. 그러기를 반복하고 또 반복하면서 쓴 편지를, 뜬눈으로 밤을 새운 어지러운 상태에서, 본사로 곧 출발하는 당일 행낭에 넣을까 말까, 망설이고 또 망설이다가, 한 달 전 본사로 보냈던 인사 서류가 오늘 내일 처리될 수도 있다는 강박 관념에 쫓기어, 지체 없이 발송하고 말았고, 행낭이 떠난 며칠 후에도, 보냈어야 했는지 말았어야 했는지 고심하고 주저했던 일이 머릿속을 떠나지 않다가, 일주일 지난 후부터는, 이미 돌이킬 수 없었던 일로 치부하고, 스스로 '잘 했어! 나를 버리고 가는 놈은 천벌을 주어야 해!'

그러나 한편으로는, 혹시 한 달 전 보냈던 인사 서류가 먼저 처리되면 본인만 헛발질 하고 우습게 되는 것이 수시로 마음에 걸리고 있었지만. 이런 일련의 일들이 엊그제 있었던 일처럼 생생히 떠오른다.

그리고, 이어서 한 달 후, 본사에서 열렸던 각 지역 본부장 회의에 참석하러 왔다가, 아침 출근길 본사 빌딩 현관 앞에서 마주친, 자신이 휘두른 야비한 폭력으로 신음하던 초라한 민기태를 보자마자, 희열에 들떠서 쾌재를 부르며, 환하게 웃던 자신의 모습과, 한 없이 만끽했던 그때 그 순간의 기쁨도 생생히 기억난다. 심지어는 임지로 돌아가는 항공기의 안락한 비지니스 클래스에서도, 전혀 예상하지 못했던, 뜻밖에 마주치고 자신의 눈으로 직접 확인한 민기태의 망가진 모습은, 11시간 비행 시간을 지루하지 않게 해 주었던 일도 되살아난다.

민기태는, 사우디 사업본부장이 40여 년 전에 저질렀던 일을, 지금 그의 창고에 납치되어와서, 자신의 운명을 한 치 앞도 내다볼 수 없는, 절체절명의 순간에, 온갖 지난 날의 상념들을 떠올리고 후회하며 흐느적거릴 때, 말없이 노인의 심중으로 들어가서 절제된 분노와 함께 냉정하게 지켜 보기만 한다.

누구나, 한 번 태어나서 한 번 살다가 가는 우주이다. 어떤 사람들은 노력해서 성취하고, 아들 딸, 손자손녀들과 함께 다복하고 명예로운 삶을 살아간다. 이것이 젊은 그의 바람이었고, 누구보다 노력하고 앞으로 힘차게 전진해 나갔었다.

얼굴에 눈물 범벅이 된 노인을 바라보는 그에게, 지금 이 노인의 눈물은, 참회의 눈물이 아니다. 그저 그런 악어가 흘리는 눈물일 뿐이다. 곧이어서 자신에게 닥쳐올 것 같은, 자신의 죄값으로 돌아올 처절한 복수에 대한 무서움 때문이다. 또한, 더 이상 볼 수 없을지도 모르는 마누라, 아들 딸들, 그리고, 손자, 손녀들 대한 생각 때문일 것이다.

잠시 후,

민기태는 계속한다.

"3,000여 명이 함께 일하던 사업 본부의 300어 명과 함께, 주 사우디한국 대사, 현지 정부 관료와 시청 관계자들이 참석한 젯다 M 공사 준공식 기념 행사 때, 당신의 치사에서 유일하게 거명하고 치하했던 이름이 민기태 아니었었나?"

"…"

'이역만리 뜨거운 열사의 현장에서, 사랑하는 가족들과 떨어져서 불철주야 우리 모두 다 함께 노력하여 이렇게 우람하고 멋있는 건축물을 공기 단축까지 하면서, 성공적으로 완공하였습니다. 그리고, 오늘 이 자리에 함께하지 못한, A.K 지점 민기태의 공로를 특별히 치하하는 바입니다.'

노인은 기억한다.

"내가 항만 통관 문제로 그날 준공식에 못 가고, 다음날 준공식 참석했던 여러 사람들이 나한테 알려주었어."

"…"

역시 노인은 듣기만 한다. 그러나 소상히 그날 노인이 치사에서 자신이 했던 말을 기억하고 있다.

"내가 가족 곁으로 갈 때가 되었다고 할 때, 당신 입으로, 한 달 먼저 만기 귀국하던 경리과 배형석이와 자재과 신기석이는, 있어도 그만 없어도 그만이니까 시계 바늘에 맞추어 정해진 날짜에 떠났다고 하면서, 이 민기태는 없어서는 안 되니까 보내줄 수 없다고 했어. 기억이 나시나?"

"그때 나에게는 자네가 꼭 있어야 했네. 너무 특별했어. 흐으윽."

이제는 어깨와 가슴까지 흐느적거리면서 울기 시작한다.

"회사의 헌법을 위반한 것은 당신이었지, 민기태가 아니지 않았나?"

"그만큼, 나는 자네가 절실히, 소중했었어."

"당신에게 소중했던 것은 그저 편리한 도구였어. 그러나 나는 한 가정의 남편이고 아버지였어. 내가 당신 포켓속 스마트폰이 될 수야 없는 것 아니었겠어!

그래도, 가족 품으로 떠났으면, 이왕 갈 사람 가야 했으니까 이미 이왕 떠났으면, 사나이 대장부답게, 태어난 지 1년이 되도록 보지도 못했던 아기랑, 신혼 생활도 없이 결혼하자마자, 떠나온 아내랑 행복하게 지내라고, 격려는 못 해주었어도, 창창하게 뻗어 나갈 젊은 사람의 푸른 미래를 야비한 거짓 흉계로 산산이 깨부수고 망가뜨리고, 망가진 민기태를 우연히 만나고는, 그렇게도 기분이 좋아서, 그렇게도 야비하게 비시시 웃었느냐? 축 늘어진 어깨로 비실거리던 내 모습을 보고, 그렇게 행복했었나?"

"내가 잘못했네, 정말로 용서 받지 못할 죄를 지었네. 흐흑…."

"당신 입으로 있어도 그만, 없어도 그만이라고 했던 배형석이와 신기석이는 귀국하자마자, 당신이 나와 함께 같이 올린 대로 진급했고, 당신이 일 번으로 올려놓은 민기태는 진급자 명단에서 삭제시키고 수용소로 보냈어. 당신이 대기 발령시켜 달라고 해서 보내졌던 대기실말이야."

"흐으윽– 미안하네, 잘못했네."

"그 배형석은, 사장이 되고 부회장까지 되고, 신기석이는 부사장까지 승진한 것은, 당신이 알고 있잖나? 전국에서 수십억 고액 연봉 수령자로, 재벌 오너 부럽지 않다는 부제와 함께 신문에 가끔 보도되는 것을 보았을 것 아냐?"

"흐으윽"

본부장은 말 없이, 미세하게 고개를 끄떡인다.

"그럼, 당신 입으로 사우디 사업부 본부 사람 모두 다 합쳐도, 민기태 하나만도 못하다고 했던, 나, 민기태는 당신이 야비하게 망가뜨렸지 않았으면 회장이 되었을 것 아닌가?"

"자, 잘, 잘못했네. 흐흐흑…."

"부산상고 출신 이창수는 일반 회사원 최초로, 아리랑 그룹의 회장이 되고, 대통령까지 했지 않았나?"

"흐흐흑–"

"당신이 모략으로 깨부수지만 않았으면, 이 민기태도, 대연그룹의 회장이 되고, 대통령은 안 되었어도 부통령은 될 수도 있었던 것 아니냐?"

"미안하네, 잘못했네. 흐으윽 으흐윽, 용서해 주게."

"내가 만약 용서해 주면, 당신은 또, 어딘가에서, 지금 저 비디오에서처럼 '미사의 종'을 열창할 것 아니냐? 또 지나온 과거사를 뉘우치고 흐느껴 운다고 노래할 것 아니냐?"

"흐흐흑"

"일요일마다, 성당은 왜, 무엇하러 다녔나? 성모 마리아께서 당신하고 심심해서 함께 놀자고 하셨나? 당신의 미국 이름 Anthoney는 당신의 세례명이지 않나?"

"흐흐흑—"

"내가 사표를 내고, 이민을 준비할 때, 당신은 쫓겨나서 미국으로 돌아갔다고 들었어."

"내가 어리석었네! 그럴 줄도 모르고…."

노인은 쉬지 않고 흐느끼기만 한다. 얼굴에는 눈물이 물 흐르듯이 흐른다. 멀리서 깊은 상념에 잡혀서, 민기태와 노인의 모습을 가만히 보고만 있던 알렉스가 페이퍼 타올을 더 가져다 준다. 잠시 후, TV 화면에는, 휠체어로 이동하는 측은한 그의 아내 모습이 한동안 나타나서 멈춰 서 있다.

곧이어, 1984년 6월 12일자, 부에노스 아이레스 최대 일간지 '클라린'의 사회면에 보도된, 당시 교통사고 기사가 사고 현장 사진과 함께 TV 화면에 나타난다. 트럭에 바친 찌그러진 승용차의 처참한 사고 현장 사진 한 컷과, 하얀 천으로 덮인 3살 어린이 시신과, 들것에 실린 피투성이 된 아기 엄마 사진이, 한동안 화면에 멈춰 있다. 고개를 떨군 채 흐느끼는 노인은, TV 화면을 흘깃흘깃 보면서 오열한다. 끼익

끼익 소리를 내면서, 연신 흐르는 눈물을 닦는다.

이어서, 42인치 TV에는 녹화된 최근 뉴스 보도가 나오고 있다. 녹화된 같은 뉴스가 끝나고 나면 화면에는 다시 반복해서 리플레이되고 있다. 노인과 민기태는 침울한 분위기 속에서 같은 뉴스를 보다가, 노인은 고개를 떨구고, 9시 메인 뉴스 앵커의 카랑카랑한 목소리를 흐느끼면서 듣고 있다.

지난해 1월 1일 새해 첫날, 서울 광진구 화양동, 여자친구와 함께 찾은 클럽에서, 일어난 살인사건 가해자들 2명의 대법원 확정 판결 뉴스이다. 20대 초반 무도 전공 가해자들이, 데이트 중인 피해자의 여자친구를 희롱하며 강제로 손목을 잡아 끌어당기면서, 함께 놀자고 하는데 항의하는 동년배의 20대 피해자를 잔인하게 폭행해서 죽인 사건이다. 창창히 뻗어나갈 젊은 청년의 미래는, 비겁하고 야비한 2명의 무도 전공 학생들의 집단 공격 앞에 산산이 깨어지고 끝났다는, 판사의 판결문이 여과 없이 인용 보도되고 있다. 같이 무도를 전공해도 2명을 이길수 없다. 쓰러진 피해자의 머리를 축구공처럼 차고 가버렸다.

"한창 미래를 향한 꿈을 품고, 열심히 살아가던 23세의 청년이, 그 뜻을 펼쳐보지도 못한 채, 야비한 폭력에 의한 고통 속에서, 사랑하는 여인의 눈 아래, 1월의 차가운 시멘트 바닥 위에서 싸늘히 죽어갔다."

대법원은 우발적 사건으로, 살인 의도가 없었다는 피고의 주장을 인정하지 않고, 1심, 2심의 살인죄 중형 판결을 확정했다는 뉴스 보도이다. 청년의 억울한 죽음은 사회적 시스템에 의해서 가해자들이 처벌받게 되지만, 개죽음으로 잊혀지고 사건화도 될 수 없는 유형 무형의, 여러 경우 피해자들의 아픔과, 앞으로 살아가는 동안 속수무책으로, 고통 속에서 죽어가는 사랑하는 남자친구의 모습을 지켜 볼 수밖에 없었던, 한 연약한 여자가 평생 안고 가야할 아픔은 누가 무엇으로 위로하고 보상하며 어떻게 해야 좋으냐? 국가도, 전지전능하신 절대자도 못하는 일이다. 법도 마디 마디마다 곳곳에 막혀 있다.

미국 어느 칼리지 하교길에서, 두명의 양아치들로부터 폭행당해 쓰러진 아들의 머리를 축구공 차듯이 차서 죽게 만든, 붉은 수의의 두 피고를 향해, 아들의 아버지는 5분만 밀폐된 장소에서 야구방망이를 든 채 아들을 죽인 두 피고와 함께 있도록 판사에게 허용해 달라고 울부짖고 달려들다가 세리프에 의해 두 손이 뒤로 수갑이 체워져서 법정 밖으로 끌려나가면서, 울부짖고 몸부림치는 뉴스 보도 영상도 녹화되어 연이어 리플레이되고 있었다.

위의 두 사건 속 미국과 한국에서 두 젊은이의 억울한 죽음과 민기태 아들의 죽음은 본질적으로 서로 다르다. 안써니 김이 살인을 의도하지 않았고 민기태의 아들을 직접 죽인 것도 아니다. 그러나 지나온 과거사를 뉘우쳐 울었다는 '미사의 종'을 애창곡으로 하는 세례명 안써니의 민기태를 향한 흉계 선상에 민기태 아들의 죽음이 기다리고 있었다. 안써니 김은 민기태를 향한 그의 흉계 바로 서너 달 뒤에서 민기태 아들의 죽음이 기다리고 있었다는 것을 알 수 없었지만, 자신의 민기태를 향한 흉계에는 민기태 아들의 죽음을 잉태하고 있었다. 민기태 아들은 안써니 김에 의해 '간접 살인'된 것이다.

유명 작곡가의 벤츠 차량이 인도로 돌진해서 인명 피해를 낸 것을 자동차 제조사에 의한 '간접 살인'이라고 했다. 피해자 가족들은 사전에 그들을 향한 흉계가 없었던 자동차 제조사한테 피 맺힌 원한을 사지 않는다. 그들은 슬플 뿐이다. '간접살인'의 정의는 '사람을 직접 죽이지 않고 중간에 매개가 되는 것을 통하여 죽음으로 내모는 것'이다.

해는 서서히 넘어가고 밤이 가까이 다가오는 것 같다. 창고 문 틈으로 새어 들어오던 어슴푸레한 빛은 점점 검어지고 있다. 알렉스는 노인을 미니 밴 뒷좌석에 앉히고, 옆에 앉는다. 민기태가 운전하는 미니 밴은 I-5 프리웨이 남쪽향 어둠이 깔린 프리웨이를 달려 내려간다.

이미 헤드라이트을 켠 차량들이 프리웨이 양 방향으로 가득차서 내려오고 올라간다.

40분 후 샌클레멘테(San Clemente)를 지나니, 달빛에 반짝이는 호수같이 고요한 태평양이 우측으로 펼쳐지면서, 하늘 높이 솟아오른 키 큰 야자수들과 함께 한 몸이 되어, 미니 밴이 내려가는 반대 방향으로, 쏜살같이 CA-1(PCH, Pacific Coast Highway) 위로 달려 올라간다. 우측에 펼쳐진 대양은, PCH 북쪽으로 달려 올라가고, Mexico의 'Baja California' 번호판이 붙은, 7인승 회색 Toyata Siena미니 밴은 PCH 우측 하행선을 타고 달려내려간다.

평화로운 대양, 태-평-양 바다.

PACIFIC!

누가 이 대양에 이렇게 아름다운 이름을 만들어 불렀을까?

출중한 감성을 지닌 시인의 영감으로 명명된 이름이 아닐 수 없다. 전해 오는 속설로는, 남미 대륙 남단 해협을 격렬한 풍랑을 뚫고, 사투하며 통과한 마젤란 선단이, 호수같이 잔잔하고 고요한 이 대양을 마주하면서 태평양이라고 명명했다고 한다.

40여 년 전, 안써니 김이 퇴임하고 캘리포니아 집으로 날아온, 저 태평양 바다 상공을, 바로 그 안써니 김에 의해서, 젊은 나이에 일찍 피어나지도 못한 채 망가진 민기태도, 2개월 후, 어린 아들을 품에 안고 남편을 따라 왜 남미로 가야하는지도 모르는 가엾은 아내와 함께, 안써니 김이 그토록 염원하고 함께 사우디 사업부에 남아서 동행(同行)하자고 했던, 그를 뒤따라서, 그의 소망대로, 동행(東行)해서, 저 대양 상공의 동쪽으로 날아왔던, 바로 저, 평화로운 바다! 지금, 달빛에 물들어 고요히 잠들어 있는 저 대양!

저 태평양은,

지금 바로 그 바다를 끼고 달리는 미니 밴 속의 안써니 김과 민기태를 아는지 모르는지, 안써니 김 옆에 앉아 있는 커다란 체구의 알렉스는 민기태와 안써니 김이 젯다의 사업 본부 건물 휴게실에서 처음 만나던 바로 그해, 민기태의 아들이 태어나던 바로 그날 그 시간, 지금 미니 밴이 향하고 있는 바로 저 아래쪽 멕시코에서 태어난 것을 아는지 모르는지, 그저 조용히 달빛에 반짝이며, 평화롭게 잠들어 있다.

카 스테레오에서는 1958년, 나애심의 애수에 젖은 허스키 보이스, 원곡 '미사의 종'이 애잔하게 흐르고 있다.

한 시간 후, 어두운 밤하늘에서 밝은 불을 켠 커다란 여객기들이 뜨고 내리는, 샌디에고 국제공항을 지나고, 곧 샌디에고 도심을 벗어난 미니 밴은, 멕시코는 '총기 반입금지'라는 표지판과 함께, U.S.A. 미합중국 마지막 출구는 여기서부터 세 번째 출구라는 사인이 나온다. 계속해서 1마일을 더 내려가서 USA 출구인 첫 출구를 지나친다. 이제 1마일 더 내려가면, 마지막 출구로부터 1마일 떨어져 있는 두 번째 출구가 나올 것이다.

이때, 카 스테레오에서 흘러나오는, 나애심의,

"오! 산타 마리아의,

종이 우-울--리-인--다--"

노랫소리에, 문득 번개처럼 민기태의 머리를 스쳐 떠오르는 것은 국경도시 샌 이스드로(San Ysidr)로 향하는 I-805를 빗겨가며 스친 후, I-5번 프리웨이로 꺾어 들어가면서 씨 월드(Sea World) 입구, 사오 마일 전, 왼편에 나타난 성당의 하늘 높이 솟아 있는 하얀 성모 마리아 상이다. 만약 다음 USA 출구와 그로부터 1마일 이후에 마주칠 USA 마지막 출구를 지나면, 국경을 넘어 Mexico 영토로 들어서게 된다. 만약, 다음 출구나 그 다음 마지막 출구에서 내려서, 새벽부터 오던 길을 되돌려 노인의 집 1마일 지점에서 내려다 주고

"안녕히 가시라. 그리고 이제부터는 '미사의 종' 노래는 부르지 마시라."고 하면 무슨 일이 벌어질까, 하는 가정이, 30여 분 전 스쳐 지나온 성모 마리아 상과 함께 머릿속이 헝클어진다.

그러나, 민기태는 그의 머리를 스치는 순간적인 가정에 빠르게 머리를 두세 번 좌우로 흔들고 소스라치게 놀라면서, 오히려 악셀레이터를 더 세게 밟으니, 갑작스런 가속에 엔진이 부-응하는 굉음을 내며, 계기판의 바늘이 갑자기 100까지 다다르고, 사시나무처럼 부들부들 떨고 있다. 잠시 후 미니 밴은 곧 안정을 되찾고, 조용히 그러나 빠르게 남쪽으로 미끄러져 내려간다.

불과 1분 2분 사이 헝클어지는 머릿속에서, 죽은 아들과 같은 나이의 젊은 알렉스의 안전이 소름끼쳐지며, 그의 가슴 속에서는

“안 돼!”라고 절규한다.

곧, 두번째 마지막 ‘Exit’ 싸인 출구를 지나자마자, ‘USA Last Exit’ 싸인과 함께, 다음 출구에서 내리지 않으면 국경을 넘어 MEXICO 영토라고 하는 마지막 경고 싸인이 쏜살같이 오른쪽으로 지나간다.

만약 순간적으로 그의 머리를 뒤흔들었던 가정이 실제 일어나게 되었다면, 이 노인의 줄기세포에는, 노인도 컨트롤 할 수 없는 DNA로 인해서, 귀가한 노인은 911 다이얼을 돌리고, 다음날 체포된 민기태와 알렉스가 캘리포니아의 감옥에 있는 동안, 이 노인은 또 다른 모임에서 ‘미사의 종’을 부르고, 때때로 마누라와 이런 대화를 나눌 것이다.

“어휴, 하마터면 그 놈 손에 죽을 뻔 했잖았어! 이렇게 오늘도, 당신과 함께 하루하루 행복하게 살아가고 있는 것은, 주일마다 열심히 성당에 나가서 미사드리는 데 대한 성모 마리아님의 은혜이고 축복이어요!”

“그러게 말이에요, 그때 행방불명되셨을 때, 우리 자식들이랑, 며느리랑, 사위가 얼마나 애태웠는지 생각하면 지금도 가슴이 떨려요.”

“여보, 이제 아무 근심 걱정 말아요. 그놈은 앞으로 20년은 햇볕을 못 볼 것이요. 참 지독한 놈이요. 40년이나 지난 일에 앙심을 품고, 그놈 아이가 교통 사고로 죽은 것을 내가 죽였다고 하면서, 내 주위에서 맴돌아서 나를 납치해서 죽이려고 했던 흉악한 놈이요.”

“그 양반 부인은 불구로 살아간다면서요?”

“그 흉악한 놈 여편네가 핸디캡이 된 것도 내 탓이라고 하는 미친 놈이요.”

“그래도, 영감이 그러질 말았어야 했어요. 그렇게 해서 화풀이는 되어도, 한창 타오르는 젊은 사람의 앞길을 헝클어 버렸잖아요.”

“어허! 시끄러워요! 내가 여러 번 말했잖아요? 함께 계속해서 일하자고 하는데, 돌아 가겠다고 하니, 화가 머리끝까지 나서 새벽까지 잠을 이룰 수가 없었다고!”

“다 지난 일인데, 그 양반도 참 안 되었어요. 내일 성당에 갈 때, 성모님께 용서를 비세요.”

“그만해요! 듣기 싫어요!”

“어휴! 저 고집은….”

민기태는 노인이 자연사하는 것을 어느 감옥에서 맞이할 것이니, 느닷없이 떠오른 초인적인 휴머니즘과 씨월드 인근 성당입구에 서 있던 하얀 성모 마리아의 자비로운 모습에 의해, 머리속을 불현듯이 스쳤던 가정이 다시 떠오르려고 꿈틀거리기 시작하자마자, 고개를 세차게 다시 한번 더 젓고, 동시에 힘이 들어가는 그의 오른발 발바닥이 갑자기 악셀레이터를 더 세게 밟으니, 세 사람을 태운 토요타 미니 밴 ‘시에나’는 더 빠르게 남쪽으로 남쪽으로 멕시코 국경을 향해, 쭉쭉 뻗은 고속도로를 쏜살같이 질주해서 달려 내려간다.

1마일을 더 달려 내려가니, 프리웨이 위를 가로 지르는 커다란 회색 시멘트 다리에는,

“BIENVENIDO MEXICO.”

“멕시코에 오시는 것을 환영합니다.”

글자 한 자 한 자가 대문짝만 한 싸인이 미니 밴 위를 빠르게 스쳐 지나간다.

실종 신고를 접수한 미국 경찰은, 인근 CCTV를 모두 확인했지만,

7인승 밴은 TOYATA SIENA였지만, 미국 차량등록국 DMV 등록된 차량 번호판은 5인승 FORD 세단 FIESTA였다. 세단 앞뒤 번호판 주위의 지문 채취도, 용의자들이 사용했던 공업용 고무장갑으로 불가능했었고, 검은 후드와 처음 입고 버린 상하의 옷들과 코로나 펜데믹으로 일상이 된 검은 마스크를 한 용의자들의 인상착의는 시계 Zero였다.

산타마리아의 성당에서는 은은하고 성스러운 종소리가 매 시간 5분씩 울리며, 공기 속으로 조각조각 부서져, 연기처럼 사라진다.

데 엥	데 엥	데 엥	데 엥	사	랑	하	라
데 엥	데 엥	데 엥	데 엥	용	서	하	라
데 엥	데 엥	데 엥	데 엥	사	랑	하	라
데 엥	데 엥	데 엥	데 엥	용	서	하	라

작가 인터뷰

이번 책을 집필하게 된 계기는 무엇인가요?

거대 조직이라는 정글, 그 안에서 벌어지는 인간 군상의 민낯을 그리고 싶었습니다. 서로 다른 성향을 가진 사람들이 부딪치며 만들어내는 파열음, 보이지 않는 곳에서 꿈틀거리는 음모, 그리고 소통의 부재가 빚어내는 비극에 대해서 말이죠. 특히 1980년대 중동 건설 붐이라는 치열한 현장을 무대로 삼았습니다. 조직의 논리가 한 개인의 삶을 얼마나 무참히 파괴할 수 있는지, 그 서늘한 과정을 보여주고자 했습니다.

평소 어떤 일을 하시기에 이런 소설을 창작할 수 있었는지 궁금합니다.

젊은 시절 회사에 다니며 상품 수출입 현장을 누볐고, 해외에서는 건축 자재 구매와 조달 업무를 담당했습니다. 이후 무역회사를 창업해 수출 전선에 뛰어들었죠. 제조업까지 병행하며 산전수전 다 겪었습니다. 걸프만 입구에 물류 기지를 세워 생활용품을 비축해 두고, 인접한 사우디아라비아나 쿠웨이트 등지로 신속하게 공급하는 '재고 판매(Stock Sale)' 방식을 도입하기도 했고요. 그때 몸으로 부딪치며 체득한 치열한 비즈니스 현장의 공기가 이번 소설의 밑거름이 되었습니다.

'젯다에서 멈춘 시간'이라는 제목을 선택하게 된 이유는 무엇인가요?

주인공 민기태의 시간은 40년 전, 사우디아라비아의 '젯다'에서 멈춰버렸습니다. 그곳에서 겪은 억울함과 한이 그의 인생을 지배하고 있음을 함축적으로 보여주고 싶었어요. 독자들에게 '도대체 젯다에서 무슨 일이 있었길래?'라는 궁금증을 불러일으키고 싶기도 했고요.

소설 속에 등장하는 노래 '미사의 종'이 인상적이었는데요. 이 노래를 통해 어떤 메시지를 전하고자 했나요?

사람은 누구나 실수를 합니다. 남들에게 차마 말 못 할 부끄러운 과오도 있죠. 노래 가사처럼 종소리가 울릴 때 잠시 멈춰 서서 가슴에 손을 얹어보자고 말하고 싶었습니다. 우리 모두 지나온 시간을 돌아보고, 진심으로 뉘우치는 순간을 가져보자는 의미를 담았어요. 아이러니하게도 소설 속에서는 남에게 가장 큰 고통을 준 위선적인 인물이 이 참회의 노래를 가장 애절하게 부르는데요. 죄를 지은 사람일수록 역설적으로 내면 깊은 곳에서는 용서와 구원을 더 갈구한다는 인간의 이중적인 모습을 보여주려고 했습니다.

악역인 안쎄니 김의 캐릭터를 구상하실 때 가장 중점에 둔 포인트는 무엇이었나요?

그는 마치 사이비 종교와 같은 '사이비 성도'입니다. 양지에서는 독실하고 진솔한 기독교인의 탈을 쓰고 있지만, 음지에서는 독선과 이기심으로 똘똘 뭉쳐 있죠. 교회 안에서는 존경받는 지도자로 대표 기도를 하면서도 밖에서는 아무렇지 않게 사기를 치는 이중적인 인물입니다. 특히 그는 한국과 서구 문화를 모두 경험했지만, 그 장점을 조화시키는 대신 철저히 자신에게 유리한 것만 취해요. 필요할 땐 한국식 '정'을 강요하고, 불리할 땐 미국식 '합리주의' 뒤에 숨어요. 우리 주변에서 볼 법한 비겁한 어른의 모습을 투영했습니다.

특별히 애착이 가거나, 혹은 쓰면서 가장 힘들었던 인물이 있다면 누구인가요?

아무래도 주인공 민기태의 아내와 어머니, 그리고 아들입니다. 민기태의 아내는 소설 속 교통사고로 어린 아들을 잃고 본인마저 평생 휠체어에 의지해야 하는 비극을 겪어요. 그의 어머니 역시 눈에 넣어도 아프지 않을 손자를 잃은 충격으로 식음을 전폐하다 생을 마감하죠. 작가로서 그들에게 너무 가혹한 운명을 지운 것 같아 쓰는 내내 가슴이 저릿했습니다. 또한, 민기태와 같은 아픔을 공유하며 묵묵히 곁을 지키는 알렉스에게도 각별한 연민을 느낍니다.

민기태는 투명 인간처럼 숨죽여 40년을 기다립니다. 그 긴 침묵과 복수의 여정을 통해 무엇을 보여주고자 하셨나요?

죽음의 공포보다 무서운 건 가슴에 맺힌 한(恨)을 풀지 못하고 눈을 감는 것입니다. 흔히 종교는 내세의 영원한 삶을 약속하며 죽음의 두려움을 이기게 한다고들 하죠. 하지만 민기태에게 진정한 구원은 종교가 아니라 안써니 김에게 맺힌 한을 푸는 것이었어요. 40년이라는 긴 시간 동안 치밀하게 복수를 준비하는 과정은 역설적으로 그가 편안한 죽음을 맞이하기 위한 제의였던 거죠.

민기태가 40년 동안 품어온 복수심의 본질은 무엇이었을까요?

'이 억울함을 풀지 않고는 죽을 수 없다'라는 신념, 그것이 그를 버티게 한 유일한 힘이었습니다. 여기서 중요한 건 복수의 '완성'이 아니라 '전달'인데요. 안써니 김이 자신이 왜 당하는지도 모른 채 죽는다면 그 복수는 민기태에게 아무런 의미가 없습니다. '당신이 던진 돌멩이에 내 우주가 어떻게 깨졌는지'를 상대에게 명확히 알리고, 자신의 고통을 상대의 뼈에 새기는 것이 그가 품어온 복수의 본질입니다.

민기태가 안써니 김을 처단하는 대신 그를 태우고 멕시코 국경을 향해 달리는 열린 결말을 통해 의도하신 바가 있다면요.

멕시코는 기묘한 땅입니다. 매년 3만 명 이상이 살해당하는 폭력의 땅인 동시에 3만 개가 넘는 성당에서 사랑과 용서를 구하는 미사가 울려 퍼지죠. 살인과 구원이 공존하는 이 아이러니한 공간이야말로 복수와 용서 사이에서 갈등하는 민기태의 마지막 무대로 가장 적합하다고 생각했습니다. 민기태가 국경을 넘은 후 안써니를 처단할지, 아니면 용서할지는 독자들의 몫으로 남겨두고 싶었습니다. 누군가는 처단을, 누군가는 용서를, 또 누군가는 잔혹한 생매장을 상상할지도 모릅니다. 그 열린 가능성 속에서 읽는 분들이 각자의 정의를 생각해 보길 바랐어요.

길고 밀도 높은 서사를 집필하는 과정에서 가장 어려웠던 부분은 무엇이었나요?

바로 '인과관계의 설득력'이었습니다. 안써니 김이 직접 칼을 들고 민기태의 아들을 해친 건 아닙니다. 하지만 소설 속 민기태는 이를 명백한 '간접 살인'이라 규정해요. 안써니의 이기적인 인사 전횡과 괴롭힘이 나비효과가 되어 민기태를 지구 반대편 아르헨티나로 내몰았고, 결국 그곳에서 비극적인 사고를 당하게 만들었으니까요. 이 보이지 않는 인과관계를 독자들이 '그럴 수 있다'고 공감하게 만드는 논리적 연결 고리를 만드는 데 가장 많은 공을 들였습니다.

퇴고를 하면서 가장 많이 달라진 장면이나 인물이 있나요? 혹시 아섭게 덜어낸 이야기가 있는지도 궁금합니다.

보통 영화나 소설의 흥행 요소로 꼽히는 잔혹한 살인, 과도한 폭력, 관능적인 묘사 등 자극적인 요소들은 의도적으로 배제했습니다. 그런 요소들이 독자들을 흥분시킬 수는 있겠지만, 이야기의 본질과 인물의 심리에 더 집중하고 싶었습니다.

작가님의 작품에서 인간은 끊임없이 '견디는 존재'로 묘사됩니다. 작가님이 생각하는 인간의 생존력은 무엇인가요?

한마디로 정의하자면 자신이 세운 목표를 향해 투철하게, 그리고 끝없이 정진하는 힘입니다. 그 끈기와 집념이야말로 인간을 생존하게 만드는 가장 큰 동력이라고 생각합니다.

작품을 쓰는 과정에서 작가님의 개인적인 경험이나 철학이 투영된 부분이 있다면요.

'나비효과' 이론이 투영되어 있습니다. 브라질 나비의 날갯짓이 텍사스의 토네이도를 일으키듯, 어제 없는 오늘이 없고 오늘 없는 내일이 없다고 생각합니다. 안써니 김이 민기태를 곁에 두고 싶어 부린 작은 억지와 몽니가, 지구 반대편 아르헨티나에서 한 가정의 파멸과 40년에 걸친 처절한 복수극으로 이어지잖아요. 이 순간 나를 둘러싼 관계에서 일어나는 모든 일은, 결국 나를 포함한 모든 사람에게 영향을 미칩니다. 그리고 그 영향력은 끊어지지 않고 계속해서 관계를 이어가게 만든다는 철학을 담았습니다.

소설을 통해 독자들이 어떤 질문을 스스로에게 던지기를 바라시나요?

책을 읽으며 다음과 같은 질문들을 곱씹어 보셨으면 합니다. 첫째, 앞만 보고 달려온 나의 과거 행적 중에서 나도 모르게 상처를 주거나 피해를 입힌 사람은 없었을까? 둘째, 내가 만약 민기태라면 멕시코 국경을 넘은 후 어떤 선택을 했을까? 셋째, 내가 이창호나 최종하였다면 안써니의 부당한 요구를 받아들였을까, 저항했을까? 넷째, 조만수의

"뜻을 알겠습니다"라는 대답을 어떻게 평가할 것인가? 다섯째, 민기태의 행동이나 결정은 옳았는가? 마지막으로, 이 소설을 읽고 난 후 달라진 생각이 있는가?

마지막으로 독자들에게 한말씀해 주세요.

이 소설 속 비극의 씨앗은 거창한 악의가 아니었습니다. 등장인물들의 일시적인 이기심, 분노, 그리고 소통의 부재가 걷잡을 수 없는 화를 불러왔죠. 불과 1년 남짓한 짧은 시간의 갈등이 평생에 걸친 복수와 죽음이라는 악순환을 낳았습니다. 살다 보면 부당하고 불편한 손해를 겪기도 합니다. 하지만 그때마다 맞서 싸우기보다 때로는 양보하고 이해하며 한 템포 인내한다면, 오히려 전화위복의 계기가 될 수도 있지 않을까요? 만약 소설 속 인물들이 조금만 더 멀리 보고 서로를 이해하려 했다면 이 비극적인 이야기는 쓰이지 않았을 것입니다.

작가 홈페이지

316

젯다에서 멈춘 시간

미사의 종

발행일 2025년 12월 29일

지은이 김제이
펴낸이 마형민
기획 페스트북 편집부
편집 곽하늘 강채영 유혜수
디자인 김안석 표진아
펴낸곳 주식회사 페스트북
주소 경기도 안양시 동안구 관악대로 488
홈페이지 festbook.co.kr

© 김제이 2025

ISBN 979-11-6929-962-6 03810
값 17,000원

* KOMCA 승인 필
* 이 책은 저작권법에 의해 보호를 받는 저작물이므로 무단 전재와 무단 복제를 금합니다.
* 페스트북은 작가중심주의를 고수합니다. 누구나 인생의 새로운 챕터를 쓰도록 돕습니다.
creative@festbook.co.kr로 자신만의 목소리를 보내주세요.